力群文集

力群 / 著
薛芃 / 主编

山西出版传媒集团
三晋出版社

力群先生像(1912—2012)

力群小传

力群于1912年12月25日生在山西省灵石县郝家掌村，原名郝丽春，参加革命后改名力群。他自幼与农民的孩子相处，对农村生活很熟悉，这对于他后来的木刻画创作和文学写作颇有影响。1931年，力群考入国立杭州艺术专科学校，1933年2月与同学曹白等人组织进步美术团体"木铃木刻研究会"，开始从事木刻画创作。同年9月加入中国左翼美术家联盟，10月10日因"木铃"事被捕入狱。1935年出狱后，继续从事木刻画创作，木刻《采叶》《鲁迅像》等通过曹白寄给鲁迅，受到先生的指导与好评。

1937年7月7日抗日战争全面爆发后，力群从事救亡宣传工作，边搞木刻画，边写散文、小说。1938年初，曾在郭沫若领导的军委政治部第三厅美术科任少校科员。1940年初，到延安任鲁迅艺术文学院美术系教员，1941年加入中国共产党。1942年5月，参加延安文艺座谈会。抗日战争胜利后，到晋绥边区工作，任《晋绥人民画报》主编，并开始写文学评论文章。

1949年在全国第一次文代大会上,被选为主席团成员,并任中国文联委员、中国美术工作者协会常务理事。到太原后,与高沐鸿同志创建了山西省文联,被选为文联副主任,山西省美协主席。1953年调北京工作,先后任人民美术出版社副总编辑,中国美术家协会常务理事、书记处书记,《美术》杂志副主编,《版画》杂志主编等职务。

20世纪50年代,出版有《木刻讲座》《力群木刻选》《力群美术论文选集》和《访问苏联画家》等书。80年代,出版有美术论文集《梅花香自苦寒来》和《力群版画选集》以及散文集《我的乐园》、力群文学作品选集《野姑娘的故事》。《我的乐园》于1984年在上海少年儿童出版社出版后,被上海评为优秀作品,获儿童文学园丁奖。其版画作品曾多次在世界各国展出,并为英、法、苏、南斯拉夫等国家的陈列馆、图书馆和博物馆所收藏。因为力群在版画事业上的贡献,"日中艺术交流中心"于1988年12月14日特向他颁发了"贡献金奖"。1991年中国美术家协会、中国版画家协会为其颁发了"中国新兴版画杰出贡献奖"。

力群于1985年10月21日被作家协会书记处批准加入中国作家协会成为会员。1992年5月,山西省委、省政府授予力群"人民艺术家"称号,2003年9月,中国文联、中国美协授予力群"金彩奖"成就奖。力群晚年任中国版画家协会名誉主席、山西省文职名誉主席。

2012年2月10日,力群去世。

目　录

我的乐园 ……………………………………… 001
  内容提要 ………………………………………… 003
  序 ……………………………………… 冰　心 004
  我的乐园 ………………………………………… 005
  春·摘茹茹 ……………………………………… 007
  丢胡胡·黄鹂鹂 ………………………………… 010
  毛圪狸 …………………………………………… 014
  串山林 …………………………………………… 017
  蚂蚱蚱 …………………………………………… 020
  蛇的故事 ………………………………………… 023
  井上的乐趣 ……………………………………… 025
  炎夏的小溪 ……………………………………… 031
  看圪羝打架 ……………………………………… 036
  打酸枣 …………………………………………… 039
  失乐园 …………………………………………… 044

煤窑的旅行 ································· 049
我的奶妈和奶爹 ···························· 057
我的第一位老师 ···························· 064
官道的故事 ································ 071
一次难忘的劳动 ···························· 075
我的高小 ·································· 080

梅花香自苦寒来 ···························· 087
前　言 ···································· 089
论艺术加工 ································ 091
论艺术的主题与题材 ························ 102
要以自己的东西为主 ························ 114
漫谈艺术风格 ······························ 118
从"唉哟哟"谈起 ···························· 123
艺术家的有色眼镜 ·························· 126
鲁迅是培养中国新兴版画艺术的母亲 ············ 130
鲁迅先生怎样指导木刻创作 ···················· 137
我的创作道路 ······························ 140
谈版画家古元 ······························ 149
《牛文作品选集》序 ························ 155
《晁楣作品选集》序 ························ 162
《董其中木刻选》序 ························ 169
梅花香自苦寒来
　　——评张新予、朱琴葆的版画 ············ 177

春风又绿江南岸 ················· 182
木刻艺术浅谈 ··················· 187
木刻技法经验谈 ················· 190
论刀法 ························· 199
别开生面不同凡响
　　——看了《石鲁书画展览》给作者的一封信 ······ 204
瑰丽的生活图景,大胆的艺术创造
　　——赞金山农民画 ············ 209
门外舞谈 ······················· 214
谈文学著作的装帧和插图 ········· 218
从云冈石佛想到的 ··············· 222

野姑娘的故事 ··················· 233

野姑娘的故事 ··················· 235
他们全开到前线去了 ············· 254
我和表兄 ······················· 260
桃树庄的春天 ··················· 269
一只野兔的悲剧 ················· 315
张侯拉访问记 ··················· 329
我的奶妈和奶爹 ················· 336
我的第一位老师 ················· 343

力群的生活道路及文学创作(代编后记) ······ 齐凤阁　350

我的乐园

内容提要

大自然熏陶下天真活泼的儿童情趣,少年时代那些难忘的可亲近的人,幼小心灵对人生的憧憬和对生活的感受……著名版画家力群在本书中"同时用'文'和'画'鲜明生动地记了下来"(冰心语)。这些回忆童年生活的散文感情真挚,文笔洗练,富有艺术感染力。

序

　　力群同志把他写的《我的乐园》稿子寄来，要我为这本儿童读物写一篇简短的序。

　　我一口气把这本稿子看完了，觉得他写得很好，感情真挚而浓郁。他又是一位版画家，能够把童年时代印象深刻的山水人物，同时用"文"和"画"鲜明生动地记了下来，使得我们似乎看得见那些活泼飞动的鸟兽虫鱼，闻得见那些艳丽芬香的奇花异草，这一切都是少年儿童所喜闻乐见的。我愿把这本读物介绍给八十年代的小朋友。

　　同时我认为：小朋友们不但要读它，而且要向这位作家学习。你们在这样年纪，这个时代，也都有自己的"乐园"，应当在自己记忆力最强，对周围一切事物接受和反应最灵敏的时候，抓住一切感受，即时在日记或作文中写了下来，这也是练习写作最好的方法。

冰心

1983年9月14日

我的乐园

《圣经》上说,人类最早的祖先亚当、夏娃曾经有过一个美好的乐园,名叫"伊甸园"。可是因为他们不遵守上帝的吩咐,竟偷吃了园里的智慧果,懂得了怕羞,终于被上帝逐出了乐园。

其实世界上从来也没有过什么伊甸园,这不过是神话。但我们每一个人在儿童时代确实都有过自己的乐园。后来长大了,于是那个乐园也就无形中失掉了。但它却长期存在于人们的记忆中。例如鲁迅的童年也有过一个乐园,名叫"百草园"。据他后来回忆说,那个乐园可好了,其中有碧绿的菜畦,紫红的桑椹,还有鸣蝉,叫天子,油蛉,蟋蟀……我曾两次到"百草园"去参观,说实在的,这个小小的院落,一点趣味也没有,大概因为我已经不是儿童,不能领略其中的所谓乐趣了。但感到我童年的乐园却比这个百草园要广阔得多,有味得多了。

我生长在山西灵石县的一个偏僻的山间，整个小村和周围的山野都属于我童年时代的乐园。从春到秋，我的乐园的山野里有各种各样的野花，不说那浓香的野丁香、野蔷薇了，单就那金黄的小蒲公英，深紫的乔璐璐花，蓝色的荆条花……就把我的乐园装点得够美丽了。此外还有各种各样的善于歌唱的鸟，其中有土著鸟(留鸟)串山林、麦角角、金翅、斑鸠、石鸡……但最使我感兴趣的却是那些候鸟，其中有华丽的黄鹂鹂，墨黑的黑砚瓦，带冠的"丢胡胡"；此外还有白头翁、布谷鸟……在我的乐园里还有各种各样的小动物，如可爱的毛圪狸，可怕的赤练蛇，以及善跑的野兔，会跳的青蛙……也有各种各样的昆虫，其中有会唱的蚂蚱蚱，红色的蜻蜓，好看的花蝴蝶，会弹琴的秋蝉……有各种各样的野果，其中有樱桃似的茹茹，玛瑙一般的酸枣。此外，还有壮观的"圪羝"打架，有趣的"骚胡"串群；山里有会学舌的"岩娃娃"，沟旁有清凉甜美的泉水，……真是说不完。总之，我的乐园可爱极了，今天回忆起来，犹如一个美丽的童话世界。

春·摘茹茹

当春天来到的时候,我的乐园充满了无限的生机。柳条在和暖的春风中开始放发出新绿的芽,蒲公英在绿草中开出了小黄花。我多么的高兴,感到春意宜人,万物苏生。好象石鸡们也为之高兴,它们在山岗上格格格地笑着,震荡得从严冬中苏醒了的山峦也报之以回声。金翅鸟轻捷地在柳树间飞翔,发出欢乐的鸣叫……是的,春姑娘就这样来到我的乐园了。

我和农民的孩子们唱着,跳着,沐浴在清新的空气中,走到小河边,在清澈而冰凉的河水中用小手捞摸那初生的蝌蚪,看着那些微小而活泼的黑点,就感到小生命的可爱。

大人们过来了,我就拉着他们的衣襟,求他们把嫩绿的柳枝割下来,给我们做吹奏的小乐器。于是,大人们将柳枝一扭,抽去木心,我们就每人有了一支小喇叭,立刻就吹奏得满山乱响,再听不到石鸡的笑声和金翅的歌唱了。好象我们就是这乐园的主人,用小乐器吹奏出愉悦的心声,也吹奏出春天的序曲。

粉红色的杏花开了,蜜蜂在花间嗡嗡地唱着,茹茹的灌木丛也开出小白花来,在杏树下悄悄地放出清香。这时榆钱成熟了,在春风中颤动,发着鹅毛黄的嫩色,大些的孩子们爬上树顶砍下几枝来,我们就抢着将榆钱,包在衣襟里,拿回去让妈妈做面食"科垒"吃。

红艳艳的桃花也开了,桃园的绿草中点缀着蓝色的猫眼花和紫色的荞璐璐花。我和小姑娘们一面采摘一面唱着童谣:

荞璐璐花,登登镲,
好女嫁给老鼠家。

麦收后,茹茹熟了,在带刺的尖叶间象樱桃似的小果实,紫红紫红地招人喜欢,酸甜的果汁诱人流口水。我们带着小篮篮,象采茶似的在山野里摘茹茹,很好玩。不止我们摘,还有外地的大人们也到我们乐园里来打茹茹,听说茹茹还是一种药材呢。

妈妈曾给我们讲过一个她童年摘茹茹的可怕故事:有一天她和两个小姑娘去柳沟摘茹茹,开始时大家在一丛上摘,后来又每人占了一丛,不知怎的两个姑娘互相争执起来,说那丛是她占下的,不让另一个摘,接着就恶狠狠地相骂。一个说:

"叫狼吃了你!"

说话间就真的来了个东西,不慌不忙地走着,但孩子们不认识,其中一个说:

"快看,是冯老四家的狗来了。"

其实哪里是狗,是狼。狼到了被骂的那个小姑娘身边用头一顶,小姑娘就倒下了。狼咬着她的脖子用力一甩,就把小姑娘背走了。她摘下的茹茹,红丹丹地洒在草间。这时才知道来的正是狼。但已经把大家吓呆了。

等赶集的大人们路过的,妈妈就把一个大人紧紧抱住,只会说:

"怕怕!"

"快说,怕什么呀?"

等说出狼拖走小伙伴时,狼已经走得很远了。

大人们去找小姑娘,没有找到,只拾到两只小红鞋。从此,妈妈就再也不敢到山野间摘茹茹去了。

这个故事讲得我毛骨悚然,至今都记忆犹新。但我的乐园里却没有出现过狼,所以我们每年都照样去摘茹茹。

丢胡胡·黄鹂鹂

初春,当大雁从南到北飞过我的家乡,儿童们唱着:"雁雁摆流流,红衫衫绿袖袖"时,戴胜鸟也就不知道从什么地方悄悄地飞到我的乐园里来了。我看到它们,就象在水中看到了鱼,在花间看到了蝴蝶似的那么高兴。它们各有一个很尖细的长嘴,穿着一身由黑白和灰黄色组成的花衣,头上有一个时开时合的花冠,"丢胡胡"、"丢胡胡"地叫着,因此我们就根据它们的叫声名之曰"丢胡胡"。但大人们却叫它"臭八姑"。据说它们是很臭的。而我却很爱这丢胡胡,因为它们叫得有趣,长得好看。

戴胜的到来,立刻就使我的乐园热闹起来,但我却从来也不知它们的家住何处。只见它们忙着衔草衔虫。

夏天了,一次我和小伙伴们在山野间玩,突然看到在一个杏树洞里飞出一只丢胡胡来,好了,这下可算发现了它们的秘密,于是立刻爬上树去,把手伸进洞中,掏出它们的儿女来。一共有四只,雪白,象一个个雪球似的。但我即刻就嗅到一股非常难闻的臭味。于是便赶快把这些小雪球又送回洞里去。到这时我才懂得了为什么大人们叫它们臭八姑。大概这种难闻的臭味正是保卫它们生命的一种武器。从此我就再也不敢访问它们的家室了。但直到如今我画国画时,还喜欢画戴胜,就因为它们曾经是我的乐园里的惯熟住户,对它们是很有感情的。

丢胡胡飞来不久,接着到来的是黄鹂鹂。

黄鹂鹂是最美丽的一种小鸟,叫得婉转有情,它们象丢胡胡一样,不吃农家田里的谷物,只吃小虫,后来懂得这都是益鸟。请不要误会,以为它们就是唐代诗人杜甫诗中所说的"两个黄鹂鸣翠柳,一行白鹭上青天"中的黄鹂。黄鹂是全身嫩黄色的一对候鸟,而我家乡的黄鹂鹂却不同,雄的穿一身很华丽的衣裳,全身是用橘黄、黑、白组成的很悦目的图案;雌的穿一身较为灰黄的衣服。它们总是雄雌一对,经常在一起,和人一样,是一夫一妻制,而且令人感到是一双恩爱的好夫妻。我曾请教过生物学家,才知道学名应叫"灰顶红尾鸲"。就是这灰顶红尾鸲,它们一来,总喜欢在我家的院里找一个地方做窝,有时在大门框上,有时在柴房里,这样就很便于我发现,抄家。

有一年它们飞到我们院里几次,在找住处,后来就飞进柴房里的一个檩洞里。接着就衔草衔毛忙个不停,我非常高兴,经常站在门里偷偷观察。可它们真鬼,看到有人就嘴里衔着毛草,停在屋顶不肯进洞。

过些时我偷偷地爬到洞口一看,母鸟受惊飞走了,我发现窝里生下四个小蛋,暖暖的,有红小点的花纹。我观察到孵卵期间母鸟卧在蛋上动也不动,由她的"爱人"在野外捕小虫喂她。这种情形直到现在想起来还深为感动。

待孵出小儿女来了,都是一丝不挂的赤条条,这时父母黄鹂鹂就忙着衔虫,轮番地喂。起先小儿女穿着"麻布衫",渐渐地有了较为丰满的羽毛,但总和父母不一样,而且也雌雄难分。

当快出窝的时候,我把小鸟掏来全部关在笼子里。但它们离开妈妈就绝食,我想尽办法拿小虫喂,希望能够长期活着成为我的朋友,可它们就是不吃,闭着眼睛,隔半天吱地叫一声,在想妈妈哩。两天后四只小黄鹂鹂终于都一个个相继死掉了。这使我非常的伤心。

当我把黄鹂鹂的家抄了后,做父母的鸟可真急坏了,在屋顶上飞来飞去,发出悲哀的鸣叫,邻居婶婶问我:"你知道它们叫什么?"我说:"不知道。"她说:"它们在叫:

住的高了,一火烧了,

住的低了,一水漂了,

住的不低不高,

就教小娘小爹们掏了!"

婶婶继续说:

"它在骂你哩,以后再不要掏了,怪栖惶的!"

现在看来,婶婶的这首出自同情黄鹂鹂的不幸遭遇而为之代言的童谣,很有趣,所谓水火之事,是属于浪漫主义的,几乎不可能发生,而只有关于"小娘小爹"才是现实主义的。

我成为大人后,也时常想起黄鹂鹂,但总有一种忏悔的心情,总觉得在乐园里抄了这些益鸟的家,真是一种罪过,是要请它们饶恕的。

毛圪狸

在人世间，大凡有害于人类的小动物，我都深恶痛绝地憎恨它，例如老鼠我就恨得特别厉害，因为它全身没有一点可爱之处，看到它那蚯蚓似的一条尾巴就够讨厌的了，何况它还要偷吃人家的粮食，啃咬家具，把粪便撒在面粉里，甚至传染鼠疫……而唯独毛圪狸（一种黄土高原地带的小松鼠），虽然也偷吃农家田里的小麦、豆子……可我却不但不恨它，反而很爱它，儿童时代是如此，现在还如此。毛圪狸是我乐园里的小宝贝，它不象老鼠似的鬼鬼祟祟地出没在阴暗的角落里，而是光明正大地活动在大自然的怀抱中。我们儿童之喜欢它，更因为它长得亲眉怪眼、活泼伶俐，尤其是那毛丰丰的大尾巴，真逗人喜爱。它背部有五条黑纹，算是一种装饰。为此陕北地方就叫它"五道眉"。我的乐园里如果没有这"五道眉"，就象夏夜的草原看不到流萤、春天的山坡里看不到野花一样。

毛耳狸吃东西的时候用两只小手抱着吃，一颗瓜子到了它手里，几下就用门齿啃去了皮，然后吃其中的仁，吃得非常利落。但有时候也并不去皮，而是把瓜子藏在两腮间，鼓鼓的，然后回到窝里又吐出来，用这办法来运输、储藏过冬的粮。如果急于要把获得的野食搬运走，而又不需要老远地运回窝中，就找个地方，用两手挖个小坑埋起来。但它究竟是小动物，而不是人，所以它埋下的粮食，不见得都能记得，如果是松籽之类，它埋下，第二年就发芽出土，无形中毛耳狸也成了造林的功臣了。但这是连它自己也全然不知道的。

夏天，它有时到小河中喝水，然后回到高高的山坡上，在清凉的岩石间叫着，叫得很好听，象把一块小圆石放在瓷罐中，有规律地摇动时发出的一种特别的响声，咯当咯当地震荡得整个山谷报以回音。那缓缓的声调，有一种悠闲之感。

我有一个堂祖父，是经营桃园的，他很爱我，当桃熟时唯独允许我在他的桃园里任意选择最大最红的桃子吃。但后来发现，毛耳狸决不在匣里和笼中到处大小便，总是走出匣子的洞门，在我给它安放的一个厕所（铺了细沙的木盘）里小便。当然也不会随地吐痰了。现在想来，它倒真是懂点文明礼貌的。到了冬天它就七八天也不出来吃一点东西，我起先不见它走出木匣来玩，很奇怪，打开盖一看，它动也不动，竟以为死掉了，但握在手里却感到尚有体温，便放在热炕上，给盖上被子，终于又活了。那时还不懂得毛耳狸有冬眠的习性，所以发生了这场虚惊。

据抄过松鼠家的人说，它的家在土壁上，其洞既高又深，挖起来很费劲,要有耐心,约挖一丈深,才算到底,其中有它的卧室、粮仓和厕所,就是没有浴室和会客厅。据说粮仓里的存粮竟有一斗之多,这也可能有些浮夸,但有几升总是可靠的,所以传说光绪三年遭年饥,人们饿得慌,就挖毛圪狸的仓。但它的洞门一到冬初就用松土封起来了,也是很不好寻的。但我没有抄过松鼠的家,关于这方面的知识就都是听来的。至于我养的那只松鼠,后来因为没有关好木匣,它总是感到住得不舒服,跑掉了,我在家里寻了好久也没有寻到,自然是很难过的。

而小松鼠对于我一生的影响却是颇大的,即使成为大人,当了共产党的干部,做革命工作了,却还经常在梦中梦到捉松鼠,全然是童年乐园生活的再现。终于前几年童心大发,创作了一幅描绘松鼠的木刻画——《林间》。我真感谢我的小松鼠,它没辜负我爱它们一场,使我创作出一幅被人们誉之为名作的版画。亲爱的小松鼠,愿上帝保佑你们永生。

串山林

读鲁迅的《朝花夕拾》,第一篇就说到他是"仇猫"的,因为它捕食了他心爱的"隐鼠",后来虽然证明是一起冤案,但他和猫的感情却终于没有融和起来。至后又出现它伤害了兔的儿女们的事,因此鲁迅就更加仇恨猫。而我自童年时代即恨猫,倒并非是受了鲁迅的影响,因为那时《朝花夕拾》还没有出版,我也根本不知道世上有鲁迅其人。我之恨猫是确凿地知道它捕食了我心爱的"串山林"。

串山林是我家乡的一种土著鸟(留鸟),它们是我乐园里的常住户。它们也是不糟蹋农田里的谷物而专吃小虫的。到了冬天就觅食灌木林中的小种子。串山林不象黄鹂鹂和丢胡胡穿得那么华丽,而是穿一身灰黑色的衣服,比黄鹂鹂大,比丢胡胡小。但它们是我的乐园里最有名的歌唱家。童年时代感到获得一只串山林比获得一块黄金还难。

串山林这个名称古人想得太好了,它不大喜欢在空中飞动,象黄鹂鹂似的,而喜欢在山野里的灌木林中自由地钻来钻去,真是名副其实的串山林。它高兴的时候就站在灌木的顶端歌唱。在冬天,当各种候鸟都去得无影无踪时,串山林就是我寂寞的乐园里的唯一的歌唱家。

串山林的小巢不象丢胡胡那样喜欢建在树洞里,也不象黄鹂鹂那样喜欢建在人家的柴房中,而是建在灌木丛中,遭受着风雨的吹打。当夏季枝繁叶茂时,要发现串山林的住处比在稻草中寻针还难。但牧羊人是深知山野间的秘密的,一年的夏天,我邻家的张叔叔放羊回来,向我泄露了一个好消息,我就由他的指引终于抄了一窝串山林的家。当我拨开叶丛寻找时,看到巢里有四只小儿女,一见我就受惊的飞动起来,可惜我只捉到一只,其他三只都钻到灌木林中寻不到了。一只就一只吧,这也算重大的收获,于是就把它关在笼子里。当我喂小虫时,它张开黄嘴吞食,这使我非常高兴。这样我就每天忙着在草中给它打虫食,感到是一种无上的乐趣。喂来喂去就和我非常熟识起来,把我当成了它的妈妈。后来打开笼门,让它飞出来,喂过之后就飞到我肩膀上、头上,成为我的好朋友了。因此我就经常打开笼门,让它在家里玩。我是多么爱我的串山林呀!

村里的韩老大看见了,告诉我说:他曾喂熟一只串山林,白天上地劳动时,就放在肩膀上,到了地里,串山林就飞到山野里找虫吃,找对象玩去了,而且向同行学会了许多新歌。待到他收工时,打一个口哨,他的串山林就即刻飞回来,站在他的肩膀上一同回家了。但他说后来就被一个有钱的人看上,愿意出一块银洋买他的,因为他老婆生孩子需钱花,就不得不忍痛卖掉了。而我的串山林是绝不卖掉的,已经养得能够飞出去在村里的树上玩一会儿又自己飞回笼里来。虽然它还不大会歌唱,但一发现猫就会向人报警,吱呀吱呀地叫个不停,我立刻知道是猫来了,就赶快把猫打走。

不意张叔叔放羊归来,又在山里捉到一只串山林,我喜出望外地接受了他的赠品,关在笼子里。我想,这下可好了,我的串山林有伴了。不料它一见这位新来客就在头上啄了两下,我很担心,深怕它们互不相识,合不来。可是两个睡了一夜,到第二天就和平共居了,我忙着给它们打虫吃,感到无限的乐趣。然而使我非常惊异的是原有的串山林得到我喂的小虫后竟不咽下去,而是转过头去喂它身边的新朋友,如此者相继有一月之久。我想,昨天还啄它,今天就亲密地相喂,这种风格就算够高的,我多么为之感动。

一天,我在中窑里玩,又突然听到两只串山林在隔壁窑里报警了,吱呀吱呀地怪叫个不停。我赶快跑到东窑里去看,见两只串山林站在柜顶上还在叫,但我左寻右找并没有找到猫,其实它藏在缸后面。等我走后串山林也以为猫走了,但当它们飞下来在炕上玩时,竟被猫捕食了一只——正是以保姆自居的那个,为此我非常伤心地痛哭了一场。剩下的一只,我就严加管束紧关在笼里,但它却不肯吃食。也不知是受惊吓坏了,还是怀念它的保姆,过几天竟死掉了。我是多么的痛恨猫,多么的怀念我那可爱的串山林!这两只爱鸟的死,使我有好几天丧魂失魄的难过,不想吃饭,也不愿说话,有如痴呆了似的。

蚂蚱蚱

我们的童年时代,并不象现在的孩子们那么幸福,可以在商店里买到小手枪和布娃娃之类的玩具儿。那时,冬天玩的是高粱秆——用手掌大的一块扁平的圆石"打箭箭";夏天除了玩鸟就是玩昆虫。

在虫类里有一种叫"蚂蚱蚱"(即蝈蝈)的,这在我的乐园里可多了,由于它会歌唱,所以也就是我喜欢玩的对象。其实天下的儿童都喜欢玩它,所以一到夏天,不论在北京城或太原城都有人挑着一担蚂蚱蚱沿街叫卖,小孩子一听到小笼里的吵杂声,就好奇地不走了……

每当盛夏的黄昏,当农人们收工回家的时候,蚂蚱蚱就爬在酸枣丛的顶顶上自鸣得意地叫起来。我为了捉到它,就一个人躲在村边酸枣丛的旁边等它叫,借着月亮的光观察它的动静。可是它真够鬼,一听到人声就不叫了,这样我就等呀等的,有时等到圆月已从东山上爬到天空了还捉不到一个。

直到听见妈妈在门前大声喊我的名字了,这才不得不空着手扫兴而归。自然免不了遭妈妈的一顿数落:"天这么黑了,还不回来,就不怕狼吃了你!……"是的,我宁肯让狼吃了,也想捉到一只蚂蚱蚱。

捉一只蚂蚱蚱可真不容易呀,你捉它,它就狠狠地咬你,有时还吐出一股黑水。但我并不怕它咬,看到它那一身绿玉似的颜色,两根长长的眉毛,振动鞍翅在歌唱的样子,直觉得非捉住它不可,哪里还顾得怕它咬呢!

当时还不知蚂蚱蚱的歌唱是为了找对象、求爱,只认为是它吃饱了绿叶之后,高兴得叫哩。但有时也在酸枣丛中发现一种肚子较大尾部有宝剑似的长刀的蚂蚱蚱,却从来没有见它叫过,因为背上的鞍翅较小。大些的孩子说:"这是母的"。这种认识是不错的,后来懂得尾部的长宝剑正是为了秋天把卵产在土中而用的。

由于我不怕狼吃了,肯下工夫,每年夏天至少也捉三四只。蚂蚱蚱是很好养的,喂它南瓜花、葱叶子之类它都吃。但假如你三天忘了喂,糟了,它就把自己的大腿吃掉了,所以我们家乡有句歇后语:蚂蚱蚱吃腿哩——自吃自。意思是说不吃别人。

我有个小弟弟,他很爱蚂蚱蚱,但他不会捉,向我要,我不给。今天想来是大有愧于高风格的串山林的。一天,我忽然感到黍箭笼里少了一只,问弟弟,他说没拿。我想:真奇怪,笼门又没有开,怎么能跑走一只呢?但到晚上,我却突然听得蚂蚱蚱在柜子里刮刮刮地叫,好象在说:"我在这里,我在这里。"打开柜门一看,才知道是弟弟偷了,放在他的笼笼里。妈妈说:"你那么多,就给他一只吧。"这我才算开恩地允许给他这一只,他高兴极了。现在想来,弟弟也真笨,蚂蚱蚱是可以偷的吗?它会自己报告被人藏在哪里的呀!

现在,弟弟已经去世快十年了,而我每想起他偷蚂蚱蚱的故事,就觉得很有趣,但同时也感到我作为大哥哥的,真对不起他。

蛇的故事

我的乐园里除了可爱的小鸟和毛圪狸外,也有可怕的动物,这就是蛇。我是很怕蛇的,但它总和我打交道。一到夏天,妈妈就再三吩咐,不许我们到深草中去,就怕我踩在蛇身上被它咬伤。但我运气好,总算没有被蛇所毒害。可是牧羊人张叔叔的羊却时常被蛇咬伤。当一群羊正在专心一意地吃草时,其中一只突然怪声怪气地"咩咩"叫起来,张叔叔一听就知道不好了,又是蛇咬着羊嘴了。于是他就立刻拿出带在身边的皮筒,从中取出药针,扎羊的嘴,并使劲儿地挤血。这样羊就可以好起来,蛇可是已经跑掉了。

《圣经》上就曾记载着亚当和夏娃的乐园——伊甸园里有蛇,而且就是蛇怂恿他们吃了智慧果,惹下大祸,而被上帝逐出乐园的。鲁迅描写到他的乐园——百草园时,也说相传这里有一条很大的赤练蛇。看来,哪一个乐园里也少不了蛇,这真是没法的事。

有一次,我们看到麻雀衔着虫飞进一个墙洞里,于是决定抄它的家。洞高,探不到,怎么办?做人梯。由一个大些的孩子蹲下当梯子,我踩着他的两肩托着墙慢慢爬上去,麻雀突然飞走了。我将小手伸进洞中,感到窝里有很多小麻雀,肉肉地一堆,于是就伸开五指用力抓着往口袋里装。待到从那个孩子的两肩跳下来,高兴的去口袋里掏小麻雀给伙伴看时,不料从里面抓出来的却不是小麻雀,而是一条白花蛇,肚里还有一个鼓起来的大疙瘩。大概是白花蛇饮餐了麻雀的儿女们之后,就满足地在窝里休息了。这样的遭遇自然是不敢告诉妈妈的,因为妈妈预先就在警告,不许掏雀窝,怕掏出蛇来。可见这种危险事也是常有的。蛇蛋我也看到过,和鸟蛋一样,是绿色的,但不是在窝里,而是在草中。我以为是小鸟的蛋,怪好玩的。但打破后出来的却是一条小花蛇。可把我吓坏了。

又一次我们在河滩上玩,一个孩子发现草里盘着一条赤练蛇,动也不动,象死了一样,腰间也鼓起一个大疙瘩。我们很好奇,一个孩子踏着它的尾巴,用脚把那个疙瘩硬从嘴里挤出来,原来是一个蛤蟆。可怜的蛤蟆一挤出,蛇就发威了,它抬起头来猛追我们,要和我们拼命,吓得大家丢盔弃甲地跑,总算没被蛇追上,从此就再不敢玩蛇了。长妈妈曾经给幼时的鲁迅讲过一个关于美女蛇的故事,这样风流的奇闻可惜我在童年不曾听到过。我听到的却是一个关于将要成精的蛇的传说。当小伙伴们向王大妈汇报蛇吞蛤蟆的经历时,她就给我们讲了如下的故事:

从前呀,不知道在什么地方有一个人在山下砍柴,突然感到象腾云驾雾似地升到半空中,又下来,这么着有好几次。他奇怪了,不知是怎么一回事,抬头四处张望,发现高山上有一条大蟒蛇正在张口吸他,象一条普通的赤练蛇在房椽间吸麻雀一样。据王大妈说:"这条大蟒蛇还没有修练成,如果修练得成了精呀,一下子就可把那个砍柴的人吸到肚里去。"说得我们怪可怕的。因此,我每每走到山下,就难免想起王大妈的故事来,然而总没有感到有腾云驾雾之势。可见我的乐园里虽然有白花蛇和赤练蛇,但将要成精的蟒蛇肯定是没有的。

井上的乐趣

一到炎夏,我就特别喜欢到井边去玩。

那是一个非常清凉的小天地,一点也不热,虽然也有太阳光,可是它的威力却没有了。

那里有橘黄色的甜杏,水汪汪的紫桑椹,清香的薄荷草还有一种好玩的小虫虫,我们叫它"倒",是会耕地的。

我们的井,可不是一般的井,地形好极了,它在一个悬崖下。崖壁是凹进去的,所以下起雨来也下不到井里。崖上有很多青色的灌木和绿色的野草。灌木丛中的荆条一到夏天就开着蓝色的小花,散发着清香,引得蜜蜂在它周围转,嗡嗡地哼着小曲子。井旁生长着各种水草,有水艾、车钱子、薄荷。用手指把薄荷叶碾烂,一股香味就冲鼻而来,我很喜欢闻这种味道,感到清凉。

井的左右是高高的石壁,画起图来就象一个"叵"字。站在这"叵"字里,抬头看蓝色的天,就只有窄窄的一条条了,但蓝得迷人。不时有燕子在其间飞翔,吱吱地叫着,好象它们也在这井上感到无穷的乐趣。

石壁上生长着各种树木,经常有小鸟在树上做巢。当它们在炎夏哺喂自己的儿女时,我们在下面能听到争食的叫声,却看不见雏鸟。悬崖上也有酸枣丛长在壁缝里,到了秋天,酸枣叶发黄时,熟透了的红酸枣落下来,我们就捡着吃。还经常可以看到小松鼠在悬崖上吃酸枣,但是无法逮住它。

人家的井都是水从井底往上冒,而我们的井却是一股泉水从石壁的一条裂缝里往下流。这一股泉水有一指粗,又清又凉,走近井边就听见叮叮冬冬的流水声。古人请石匠在泉下凿了个大石臼,泉水就流在这个大石臼中,经过一夜,就满得往外流。所以我们的井上用不着安装辘轳打水,挑水人连水担也不离肩,将桶放在井里一转,就是满满的一桶清水。

在我们山西,我曾看到过一眼用辘轳打水的井,有二十多丈深,几乎要用半个小时才能从井下绞上一桶水来,当地人感到水和油同样的贵。相比之下,我们的井可真是一眼出色的井呵!因此外村人看到就非常眼红,怪上天待人太不公平,怨自己村没福分享有这么一口好井。

我们每到井边,在井石板上玩的小青蛙就扑通扑通地全跳到井里去了,接着就用标准的"蛙式"游到它们认为安全的地方。

在井的石缝里,我们能用小手摸出豆粒大的小海螺,有时还有很小的虾,可惜就是摸不到鱼,但我们是多么希望井里能够出现小鱼呵!——那仅仅能在图画上看到的小鱼……

有时也看到我们的好朋友——黄鹂鹂从崖上的灌木丛中飞下来,尾巴一翘一翘地在井边饮水。也有白色的小蝴蝶从天上飘下来,在井上飞翔……

一天,我和小伙伴玲玲悄悄地跑到井边玩,先是到杏树下寻杏吃,那熟透了的黄杏从树上落在草中,等待着我们来享用。

我寻到一个,放在鼻下一闻,很香,就给了玲玲。她咬了一口,连声说:

"真甜!真甜!"说得我直流口水。

不久,她在灌木下也竟捡到一只,说:

"春哥,这个顶大,给你!"

我吃完了就拿起石头敲杏核,把肥大的杏仁给了玲玲。她不敢吃,说:

"妈妈说的,杏仁不能吃,是苦的,能毒死人……"

我说:"不怕,你尝,是甜的。"

她摇头,就象摇"拨浪鼓",两个小辫前后乱动。可是她见我吃,也就吃起来,笑着说:

"真的不苦,是甜的。"大概玲玲还不知道井边的杏是甜仁仁。我告诉她,杏仁有苦的也有甜的。她点点头,这回表示相信我的话了。她于是就留了两个装在衣袋里,说是要拿回去给她妈妈吃。

在草中再也找不到黄熟的杏了,但一抬头,又看到杏树上结满了黄澄澄的杏子,把枝头都压得弯弯的了,就是探不到,吃不上。

玲玲说：

"春哥，你上树，踩在我的肩膀上。"

可是试了几次也不行，刚刚爬了几下，就滑了下来，小手里没力，抱不紧。玲玲笑着说：

"春哥真没用。"

没用就没用吧，于是我们又跑到桑树下，草地上到处是落下的桑椹，紫黑紫黑地发着诱人的亮光。

玲玲和我在树下拾一个吃一个，吃得她的小嘴也染成黑的了。

一个山鹊子摇摆着它的长尾飞到桑树上，一面咋咋的叫，一面吃桑椹，同时就给我们往下丢，玲玲抬头对着山鹊高兴的说；

"山鹊姐姐，谢谢你，你真有用。"

我抬头看，看见山鹊拖着它的长尾巴从这枝跳到那枝，用嘴挑熟透了的桑椹啄，同时桑椹也就不停的往下落，有时就打在玲玲的头上。玲玲说：

"好姐姐，可千万不要拉下屎来，拉在我头上。"

我说："你山鹊姐可坏了，顶喜欢在小姑娘头上拉屎……"

山鹊在树上咋咋叫，好象说：

"不要听你春哥胡说，我没有那样缺德……"

我们把甜杏也吃够了，桑椹也吃够了，就去石崖下寻"倒"玩。

在那极细的绵土中，有一个个酒樽大的小圆坑，这就是

"倒"设下的陷阱,就象蜘蛛织下的网一样,目的在于捕食落在陷阱中的小虫虫。当一只小蚂蚁不慎掉在圆坑里时,你看吧,"倒"就从坑底扬土,一心要把逃命的小蚂蚁用土打下来,直到打得它昏头转向,接着"倒"就从土里伸出一个钳子来,紧紧地把蚂蚁的腿夹住了。蚂蚁在拼命的挣扎,但挣扎的结果终于被"倒"拖进了土中把它吃掉了,然后把蚂蚁的空壳抛在坑外。

我们把"倒"的工程一毁,就能在土中找到象小豆大的一种虫虫,接着就看到它钻到土中游动,于是玲玲就口中念念有词:

倒倒耕地地,
我给你二亩好地地;
倒倒耕地地,
我给你二亩水地地。

这时小虫虫就象一条驯服的小牛似的在土中转圈圈犁地,但它不是向前走,而是屁股向后倒着走,这就是"倒"的名称的来源。

多有趣的"倒",一辈一辈传下来,它竟成了我们儿童到井边来玩时必定要访问的"小朋友"。

"倒"也玩够了,感到口渴了,就走到井旁的田里,把韩大伯家种的南瓜的叶子不心疼地摘下来,去掉叶冠,然后把空心的叶柄插在壁缝中,泉水就象从自来水管里流出来似的往

外流,这时,我和玲玲就在管上痛饮这清凉的泉水。玲玲说:

"真好喝,甜得很!"

可是不巧韩大伯来担水了。他一看见就笑着骂道:

"你们这些小鬼头,把我的南瓜叶都糟害了,就不怕掉在井里!"

"不怕,掉下去才好哩,就象小青蛙似的游水水……"

"掉下去,就让韩大伯用桶担打捞起来。"玲玲说。

"快回去吧,你们的妈妈到处寻你们哩,丢了宝贝了!"

这样我们就跳着跟着韩大伯回到村里……

故乡的井呵,你多么美好,直到现在还象一个美的梦境似的活在我的记忆中。

炎夏的小溪

夏天，太阳象个火球似的烤着，天蓝得迷人，邻家的黑狗拉长了舌头，喘着气躺在阴凉处，天热得很厉害。然而蜜蜂们不怕热，象开会似的忙着，围绕着我家大门口的老槐树嗡嗡地叫。因为老槐树开花了，一簇一簇的黄花装点在墨绿的槐叶间，使盛夏的气氛更浓了。

妈妈说，要下沟洗衣服，我听到多高兴，跳着说："我也去！我也去！"妈妈拿上脸盆和一大堆衣物，又拿上肥皂、衣杵，顺便去叫隔壁婶婶。

婶婶也拿上铜盆和衣物，但她没拿肥皂，拿的是皂角水和木棒。

婶婶家玲丹听说下沟去，也高兴的跳起来，急忙把吃剩的一块糠窝窝头填在嘴里，便紧跟在她妈后面。

出了院门就看到牛牛和狗娃，他俩正在大槐树下无聊地坐着，好象在细听蜜蜂们的热闹的歌唱声。一瞥见我们这一群,就自然地跟来了,因为他俩看着妈妈和姊姊手里的东西,就知道我们是干什么去的。

我们走着,在我的眼前就浮现出清清的溪水,碧绿的草地,红色的蜻蜓……到了山畔,牛牛就面对着对面的山岩叫起来;

"岩娃娃!"

山岩即刻也回答说:

"岩娃娃——"好象在很远的地方有个孩子在学舌。

玲丹也用女孩子的尖嗓子叫:

"岩娃娃!"

"岩娃娃——"同样是女娃的尖声。

"我们下沟玩去哩!"

"我们下沟玩去哩——"

"你也来吧!"

"你也来吧——"

姊姊说;

"别叫了,热得这么厉害,赶快走吧,岩娃娃的妈妈不会让她来的。"

火球烤着,我们下到沟底时,每个人的头上都出了汗水。然而一走近水边,就顿觉异样的清凉起来。妈妈和姊姊找到水池,就跪在池边洗她们的衣服,惊动得小青蛙四处奔逃。杵声打破了沟里的平静,两山间不时报以回声。姊姊的红衣点缀得绿色的山沟特别富有情调,而她的嫩白的脸蛋在阳光下却显得更美了。

在碧绿色的草间开着黄色的野菊花，蝴蝶在花际飘飞；只在水边生长的麦穗穗花垂着水红色的长长的花絮，象垂着头的谷穗似的；山坡上的野蔷薇已结了小小的红果，而荆条的灌木丛却正开放着那青蓝的小花，一丛一丛，装点得山沟多么繁茂，多么有情。黑色的串山林鸟时而出没其间，有时停在枝头尽情地歌唱，整个山沟流荡着那荆条花的清香和串山林的歌声。燕子飞来，停在溪边饮水，红蜻蜓在水上飞动……我的乐园呵！你是多么的迷人，多么的美丽。

婶婶一边洗衣，一边向妈妈诉说着她家的苦情。又是说她地少人多，打的粮食不够吃；又是说欠下王掌柜的钱还不了，每年单利息也给不清；又是说她命苦，嫁的男人没本事……但这些和我没关系，我听了几句就离开这些烦恼的声音走开了。虽然我很同情婶婶，可我一个小孩子有什么办法呢？

我感到大自然在召唤。于是和牛牛、狗娃、玲丹一起，在绿色的草地上奔呀，跳呀，象小羊出了圈门来到旷野似的。我们走到那细语着的清澈的溪中，赤脚在温意的水里跳着，踏得溪水四处飞溅；细沙在脚底流动，感到有一种异样的乐趣。

狗娃说："咱们垒个大水池，洗澡吧。"于是就搬石头，四个人七手八脚，一阵就垒成了。溪水流进池中，慢慢地由浑变清，我们几个男孩子就脱光了衣服，跳到水里，互相泼溅，躺在池中乱滚……享受着溪水的清凉和玩池水的快乐。

玲丹也要脱衣裤，婶婶说："女娃家，脱光了屁股多难看……"于是玲丹就失意地看着我们玩。牛牛说："来吧，不怕。"婶婶瞪了玲丹一眼，说："你敢！……"吓得她呆在那里咬衣襟。

玩呀玩的就都口渴了,于是狗娃就找了个石片当小铲,在山脚下潮湿处挖呀挖呀,果然就挖出泉眼来。泉水象开了锅的水似的,从沙眼里往上冒,一阵工夫就积了小小的一汪汪水。等澄清后,我们就轮流着趴下喝,象小羊在池里喝水似的。泉水清凉又甜美,惹得玲丹也跑来趴下要喝,牛牛说:"你喝吧,比糖水还甜!……"

我们玩美了,喝足了,看看妈妈和婶婶洗的衣服都晒在草地上、灌木上,红的、紫的、白的、花的……把溪边摆得怪好看。但一眼就能看出哪些衣服是婶婶家的,婶婶晒下的衣服不是破烂的,就是打补丁的,这些特点表明了她家境的困难。

妈妈对我说:"把你脱下的小衣裤也拿来,一齐洗了吧。"于是我从大石上寻来给了妈妈。

有些累了,我们三人就都赤条条仰天躺在草滩上,背上有草梗刺着,痒痛痒痛的也感到有趣。我们看着两座红色土山间的蓝得异样的小天,在高山崖边,有雕在天际飞翔,两翅间的图案花纹象长着两个大眼睛观看着我们。那雕一阵不见了,一阵又飞回来,飞到悬崖上的小树间,那里有一个巢。牛牛说:

"看见了吧,老雕在喂它的娃娃们,你听,小雕们还在吱吱地叫哩。"

"咱们能捉到一只小雕养起来多好。"狗娃说。

"假如我们也能长个翅膀象老雕似的就好办了……"

"不,最好是象孙悟空那样,能腾云驾雾……"

我们躺在草上,思想飞翔在幻想的天国里。

"春儿!"妈妈的喊叫声惊破了我们的梦,三个人一起从草毯上爬起来。于是穿衣,收拾妈妈们晾干的衣物……

一离开溪边就逐渐感到火球的威力。在归途中,妈妈和婶婶说说笑笑,牛牛和狗娃、玲丹还和岩娃娃对话,而我的脑际却仍飞翔着老雕,口里还感到甜味的泉水的清凉……

走到老槐树下时,就又听到蜜蜂们的嗡嗡的歌唱声,然而我对这些都不感兴趣了。我说:

"妈妈,我饿了!"……

看圪羝打架

在我的童年,住在偏僻的山沟里,真够可怜的了,既没听说过电影,也难看到唱戏,更难看到杂技和马戏,但我却容易看到羊打架。看羊打架可真有意思了,就象都市的儿童看耍猴和赛马似的有趣。

在我的乐园里,羊是很多的,都是私人的羊,有本村的也有外村的,至少也有三四群,经常在山坡上流动吃草。每群里都有黑、白两种,黑的是山羊,白的是绵羊。在这两种羊里又都各有一个很高大而威武的羊,它们的角比一般羊要大,而且好看,这就是公羊。我看到它们就骇怕,生怕它们用大角抵我。在我们乡下,山羊的公羊叫"骚胡",绵羊的公羊叫"圪羝"。"圪羝"是白色的,"骚胡"是黑色的;"圪羝"的大角向下弯,弯卷得象一个大蜗牛,而"骚胡"的大角却是向上的,一卷一卷地向上卷去,象个倒写的大"八"字。我小时候很喜欢"骚胡",它经常在母羊的身边伸出舌头唠唠地叫,有时还抬起头来象闻什么似的用鼻子闻着。

羊是很爱打架的,尤其是山羊,不论大的小的,一不高兴就站起来打,两角相遇,啪的一声。有时也许是闹着玩儿的,就象儿童玩耍互相打闹一样。但这种打架并不稀罕,因为在羊群里经常能看到,而唯独"圪羝"的打架却不是经常能够看到的。因为每群羊里只有一个"圪羝",它想打也没对象。虽然山坡上有好几群羊,但会合起来的时候不多。只有在"歇晌"的时候,几群羊歇在河边了,"圪羝"们才有相斗的机会。但有时牧羊人不让斗,就斗不起来,而且没有较大的场地也斗不起来,因为它们的相斗是要摆开阵势的。"圪羝"的打架,不象山羊。山羊不论在什么地方,什么时候,它们站起来就打;而"圪羝"相斗就象足球比赛一样,还必须有一个较广阔的阵地。听说美国资本家曾经把行将退休的两列火车开出一定距离,又回头加速马力相撞,以取悦于观众,卖票赚钱。而我们的"圪羝"相斗真有点象火车相撞哩,不同的是并不卖票赚钱。

在我的儿童时代,乡下有一种习惯——是一种很好的习惯,叫"卧地",也叫"踩粪"。就是每当夏季,缺粪的农家就约好两三家牧羊人,请他们在某一天的中午,把羊赶进离村较远的田里,让羊在田里休息两三小时,这时,羊自然要拉屎撒尿,于是就解决了缺肥的问题,而且又省得老远地挑去,真是个好办法。

一天,我的二爷爷也要羊群"卧地"了,地点是他的桃园附近的一块平地里,他准备下一年在这里安西瓜。我妈妈给

"卧地"的牧羊人熬了两桶红豆稀米汤,还烤了几块大大的圆饼,切了些咸菜。当二爷爷担上米汤挑上大饼往沟里走时,我高兴极了,就跟在他后面,想去看"卧地"的盛况。

到了地里,空荡荡的还没有人哩。我不耐烦地等着,二爷爷到地边把荆条采来,去了皮,做了三四双筷子。不久牧人们领着羊群就先后来到地里,山野间即刻就流荡着羊的膻味。我看到羊就高兴起来,听到"骚胡"唠唠的叫声,就象在戏台上看到"三花脸"①出了场似的感到有趣。这时炎热的太阳很威,但山脚下已经有了山影,牧羊人就在阴凉处蹲下一圈和二爷爷一起进行野餐。正在这时,两家的"圪羝"打起架来了,就象两只不相识的公鸡放在一起必然要打架一样。但它们的相打比公鸡的相斗其声势要大得多了。先是双方各退后约有三四丈远的距离,而后跑在一起拼命一抵,啪地一声,震得两山都发出回响;之后又退开,又跑在一起……所有的黑羊白羊都和我一样躲在一边,成了看客,加上大人们,围了一个椭圆形的圈。我感到非常紧张,真有点心惊肉跳。打了约十余回合,就看到两个"圪羝"的头上已打出血来了,但还不分胜败。当我看得正有趣时,牧羊人心疼他的羊啦,就进场把其中一只硬拉走了。他怕把他的羊打坏了,而我却觉得非常扫兴,象看电影看到紧张的关头突然停电了一样。

现在我已经是七十岁的老人了,回忆起乐园时代"圪羝"打架的场面来,还是感到非常壮观的。

注:①传统戏曲脚色行当"丑"的俗称。

打酸枣

清早起来,无有营生干,
咱姐妹二人梳洗巧打扮。
八月中秋秋风峭,
忽然间想起了打酸枣。
长长的竹竿肩肩上搐①,
然后再把竹篮篮挑。
山高路远什么时候到,
爬起了坡坡就到了。
青枝绿叶红红的酸枣,
打呀打得绕地跑。
拣拣拾拾一篮篮,
拿回去给嫂嫂尝一尝。

以上是山西的一首描写打酸枣的民歌。这样的民歌,差

注:①搐(音恼),山西方言,意为扛。

不多各县都有,大同小异。因为山西山多,到处有酸枣,所以到处也就有打酸枣的民歌。

其实这不仅是姑娘们的事,我在童年时代也经常打酸枣,不同的是并不梳洗巧打扮。在我的乐园里,夏天摘茹茹,秋天打酸枣,既是对于野果的一种享受,也是和小伙伴们在山野里活动的一种乐趣。

在我的家乡,酸枣可多了,山坡上,梯田边,到处都有。那红红的果实,有大的,有小的,都很诱人。我和邻家的牛牛、狗娃、玲丹经常一起去摘酸枣,说说笑笑;山野里有毛圪狸,和我们一同在酸枣丛中相会。看到它,我们就非常高兴,好象会到了另一个小伙伴似的。

其实不止是姑娘儿童打酸枣,我曾记得我的爷爷有一年就打了很多酸枣,然后铺在热炕上,等干透了,就在碾盘上碾,把酸枣碾得烂烂的,箩下粉,作成"酸枣面",是我饭后的美食。我们有时在街上的小杂货铺里也能看到这种"酸枣面",已经经过加工,用刀切成一小块一小块的,儿童们都喜欢吃。

酸枣和大枣是亲兄弟,一家长在山野里,成灌木;一家惯于长在人家的院子里或住宅旁,算乔木。酸枣果实小,其味酸;大枣果实大,其味甜。但它们都有刺,而酸枣的刺更多,所以农家就把酸枣丛砍下来做篱笆,既可防止牲畜家禽闯入菜园,也使顽皮的孩子们不敢问津。

酸枣的刺,还有另一种用途。在延安时代,我们在商店里买不到图钉,就用酸枣刺把木刻画钉在泥墙上,作为图钉的代用品。因此不能忘记,酸枣刺也曾为革命文化服务过。

酸枣和大枣一样,夏天发着青色,民间说,"七月核桃八月枣",到了旧历的八月才由半红到全红。民歌里说的"青枝绿叶红红的酸枣",是指初成熟的时候,颜色是深红的,吃起来很脆;等到叶子发了黄,酸枣就绵了,发着朱红的颜色。到了冬天,叶子都落了,这时大地上也没有野花开放了,而红色的酸枣却点点挂在枝间,在北风里颤抖,点缀着荒凉的山野,显得格外醒目,人们看到就要流口水。曹操曾有"望梅止渴"的故事,我想,望酸枣也是可以止渴的。

其实酸枣不一定都是很酸的,也有比较甜的,但往往颗粒小,大都在低矮的小灌木上。我在童年就偶尔吃到这种甜酸枣。

有人发明了酸枣接大枣,流行了一句歌谣说:"酸枣生来脾气怪,接上大枣长得快。"

这是真的。在十年内乱的后期,我在家乡当了林业队长,就学会了在酸枣根部嫁接大枣的本领,根接[①]在清明左右,芽接[②]在入伏之后。酸枣经过根接,在根部接上大枣枝后,一旦成活,就象吃了什么特殊的补药似的,扶摇直上,一二年就长一人多高,而开始结上大枣。

但在我的童年时代,还没听说过酸枣能够嫁接大枣的事,因此酸枣丛就都平安无事地生长在我的乐园里。

注:①植物嫁接的方法之一。即利用树根作砧木进行嫁接。
②也是植物嫁接的一种方法。嫁接时从枝上削取一芽,略带或不带木质部,插入砧木上的切口中,并予绑扎,使之密接愈合。

要数妇女们最喜欢吃酸枣了,所以描写打酸枣的民歌,出场的都是姑娘。尤其是怀孕的妇女,当她发娃娃的时候更想吃得厉害。民歌里说"拿回去给嫂嫂尝一尝",大概嫂嫂当时正发娃娃哩。

我小时候虽然并不发娃娃,可是也是顶喜欢吃酸枣的,不怕酸,觉得怪有滋味。而我为了吃酸枣也真不知吃了多少苦头哩。

民歌里说的打酸枣,那是一种郑重其事的采法,我们儿童却一般不用竹竿打,而是用手摘,象采茶似的。也不带篮篮,就随摘随放在衣袋里,或包在衣襟中。酸枣大概是很不喜欢我们摘,你摘它,它就用刺刺你的手。然而我们并不怕它刺,刺得手上流了血了,还要摘,就有那么股顽强劲。因此从山野里摘酸枣归来,经常不是刺破了手,就是撕破了衣裤,这时就短不了挨妈妈的骂:

"一天到晚的在山里野,这回是把衣服钩破了,下回还不知怎么的,怕哄哄地,以后不许你们再去摘了……"

其实妈妈哪里管得了,一出家门,就不由她了。

一次我在场畔里看到一丛酸枣,那初红的小果,含笑似的给我送情,引得我流口水。夏天打麦时,风把麦秸都吹到酸枣根部了,又经过三个多月的尘土飞扬,雨水飘淋,积浮在酸枣根部的麦秸已经沤烂了,看上去和土色差不多,我用力探着,探着,一脚踏在沤烂了的麦秸上,岂不知是个陷井,一下就从一丈多高的土崖上掉下去。不但撕破了裤,大腿上还划了一个大血口,脸上、手上也都被枣刺刺破了,流着血。我哭着走回去,爷爷正在大门口磨面,看见我成了这步光景,心疼死了,就把我抱起来,找了些干净的黄土搽在伤口上,就算上药。谢天谢地,总算没有感染细菌化了脓,后来也就好了,但直到现在大腿根上还有象春蚕大的一条疤,作为童年摘酸枣留下的一个纪念。

虽然这次为了摘酸枣受了大伤,差点送了小命,但我并没有从此罢休,每年的秋天当酸枣红了时,也还是照旧去摘酸枣,因为这既是对于野果滋味的一种享受,也是和小伙伴们在山野里活动的一种乐趣。

失乐园

我一进小学就算失掉乐园了,象亚当、夏娃被上帝逐出伊甸园一样。现在回忆起来,就只有痛苦……

其实我一开始学习文字就是很痛苦的。那时,我还没有上小学。父亲从外省经商归来,就逼着我学习方块字。这种一面是图画,一面是文字的"豆腐干",虽然有看图识字的好处,但我还是讨厌它,绝没有追逐蜻蜓和玩毛圪狸有趣。何况父亲又采取的是强迫和镇压的手段,我心里就非常反感。

一天晚上,炕上点着麻油灯,父亲又逼着我认方块字,我已经瞌睡得眼皮儿也抬不起来了,但他还不开恩,不肯宣布大赦,仍继续逼我,象追逼一个小偷似的。但我就是回答不上来,旁边坐着妈妈和姐姐,她们也为我着急。父亲很凶的叫:"快说!"

但我不吭气。因为就是看图也认不得,图上的那个玩意儿我从来也没有见过。

姐姐半逗笑半帮腔的说:"是个爹字。"其实姐姐根本不识字,她是瞎说哩。我跟着说:"爹字。"

父亲说:"不是。"

"是个娘字。"姐姐又说。

"是娘字。"我又跟上说。

当时父亲正用一个铜烟管吸烟,"劈"地一声铜烟管就打在我的腿上。我大哭起来。但不久妈妈就发现我的裤子湿了。

"是不是打出尿来了?"她一面说一面就把我的裤腿管拉起去。呵!不是尿,而是一条黑血,象水龙头似的向外喷,大家明白,是打破我小腿上的动脉血管了。这下可吓坏了爸爸和妈妈,妈妈一手压着血口,慌得不知做什么好,手在不停的发抖。爷爷听说出了事,也来了。我看到爷爷象看到救命恩人似的,就大骂父亲:

"混帐爸爸!我爷爷那时还把你打成这样子!"

妈妈立刻训斥:"不许骂!"但爷爷也着实责备了父亲一顿,是为我出了气的。爷爷和妈妈虽然七弄八弄用药物止住了血,但我却从此坐在炕上养伤达一月之久,等于坐了一个月的禁闭。蒙老天保佑,我总算没有成为拐子。但父亲还是不肯饶了我,为了让我识字,他以后虽然不再用铜烟管打了,却改用木板打手心、罚跪、禁闭……弄得我总不得好活。因此提起我当年的识字来,就感到是一种异常痛苦的回忆。

父亲探亲的假期一满就离家走了,我是多么的暗自欢喜,好久就巴不得他很快离家的。

父亲一走,我满以为可以舒心地玩了,却迎来了去上小学的痛苦。

上了小学,就象把毛圪狸关进了铁笼子,失掉自由了……

我村的小学是设在一个有金菩萨的小庙里的。

那天早上,妈妈给我做了个糖饼饼,名之曰"记心火烧"。这是我们乡下的规矩,意思是要我上学后能记住功课,少挨老师的打。爷爷领我去上学,他手里还拿着为我而做的一个小书桌。我先拜老师,后给孔夫子磕了三个头,就上炕,坐在小书桌旁念书。

那时的小学,既非私塾又非新学。是新学的过渡,私塾的遗魂。时约一九一九年。

学生们有念《论语》的,有念《三字经》的,有念《百家姓》的,而我念的却是商务印书馆出版的新课本,是父亲特意为我寄回来的。一开头就是"人、手、足、刀、尺、狗、牛、羊……"大家都象唱歌似的高声朗读。

在我旁边的一个学生也是刚上学的,他摇头晃脑地念道:"有朋自远方来,不亦乐乎……"另一个则念:"子曰:敏而好学,不耻下问,是以理之文也……"这些《论语》上的书文,我一点也不懂,但因为听惯了,迄今还记得。

小学的日程是这样:黎明即起,去了先给老师倒尿壶,然后给老师生火、扫地……念上一早上书然后就背,这是一大关口,象我在父亲那里一样,背不下来就用木板子打手心,有时还让脱了裤子打屁股。总之是过着痛苦的生活。

早饭后到校,先写一方字,是照上"引格"描的……

冬季,这里虽然也是牢笼,但同学们人多,还能背着老师玩。例如捉着苍蝇在它背上插上席刺,让它拉纸车,在纸上画鬼脸……有时也小声地讲故事。当老师在内室里一不听到书声时,他就叫喊道:

"怎么不念了?"

于是大家又象歌唱似的念起来。

又念呀念的,不高兴了,就假借上厕所到外面透透风,也算是一种愉快的享受……

我最怕的是过夏天。那时农家的孩子们都请假帮父兄干农活去了,于是每天到校上学的就只有我一个人。因为我父亲是商人,不种田,所以无法请假。因此所有倒尿壶、扫地之类的事,就都落在我一人身上了。那时因为天热,老师允许在佛堂前的走廊里念书,这里清凉些。当老师不在跟前时我就捉蚂蚁,看石碑上的图纹,观赏两个鸽子咕咕地叫着彼此在屋檐下追逐……

一天,我又一个人来到庙里,坐在小书桌旁,除了有麻雀在柏树上吱唧的声音外,还能听到庙外传来的农民耕田回犁的喊声、摇耧声、村里孩子们的笑声……我是多么向往外面的热闹生活呀。但我出不去,只能一个人在这寂静的小庙里玩。不见老师,一个人玩着玩着就在书桌上睡着了,于是就梦见又在沟里耍水,和牛牛、狗娃追毛圪狸;又觉得身上长出了翅膀,飞到高崖上捕小雕去了……小雕以为是妈妈来了,张开黄嘴要吃……我正高兴的用手去捉小雕时,牛牛在下里叫着说:"给我也捉一只。"……

好象听到房门响动的声音,我惊醒了。书桌上流下一摊口水,但书本却不见了。地下寻没有,石阶上寻也没有,"书到哪里去了呢?"我想。正没着儿,老师来了,双手背着说:

"为什么不念?"

"书没了……"我哭丧着脸,毫不隐瞒地说。

"书怎么能念得没了,真奇怪!"他笑着说。

"我睡着了。"于是他把书交给我,意外的没有责骂。大概他也同情我,一个人关在这个笼子里是很苦闷的。这天他真开恩,早早的就放学。我象脱了缰绳的小马,奔回了家中……

但无论如何,小学时代的生活在我的记忆里是很痛苦的,象失了乐园。我非常羡慕现在的小学生所过的新的美好的生活……

煤窑的旅行

我的乐园

在我的童年，曾听到过婶婶大娘们之间流传的不少民谣，其中有关她们婚姻的还记得几句：

千嫁汉，万嫁汉，

千万不嫁下窑汉，

嫁了下窑汉，

真算遭了难，

一年四季他钻地洞，

黑脸黑手没人样，

带回家来一身炭……

也听到过下煤窑[①]的叔叔们谈论他们的生活：

"四块石板夹一块肉，唉！这活计可不是人干的……"

注：① 山西的煤层有高有底，如阳泉煤矿有一人多高的煤层，可用小火车运煤；这里讲的是最低的煤层，所以运煤和砍煤都很困难。

话虽这么说，可是下煤窑的叔叔还是要继续干这行活计；妇女们虽然不愿嫁给下窑汉，可是叔叔还是娶到了老婆。这真是生活的讽刺画。

但我知道叔叔不下煤窑全家就会挨饿，而他累得受不了，就抽大烟①。

可是对于我们儿童，倒觉得下煤窑的生活很神秘，虽然是"四块石板夹一块肉"，可是叔叔也说过煤窑里是没明没黑，冬暖夏凉，砍煤时人们都是赤条条的，一根线也不挂……

我想：在煤窑里也许是很好玩的吧，头上挂个灯壶壶，在洞洞里进进出出，比我们捉迷藏大概还有趣。

一种好奇的探险的心情，使我很想到煤窑里一游。然而这想法是万万不能让妈妈知道的，她知道了就决不会让我实现这个美梦了。

一天，我对邻家的狗娃说：

"咱们跟上张叔叔到煤窑里去看看吧？说不定煤窑里是很有趣的……"

狗娃一听就赞同，于是我们就找张叔叔，要他下窑时把我们带上。起先张叔叔不答应，说：

"你们寻死吗！那可不是好玩的，要是你们的妈妈知道了，我可担当不起……"

可是经我们反复缠他，再三央求，说明"决不让妈妈知道"，他终于答应了。不过他说：

"要下窑，你们得听话，不能胡跑。"

就这样一言为定，单等着行动了。

一天早饭后,我们到张叔叔家探听动静,看到张叔叔又把他那灯壶壶拴在头上了,就知道他又要下窑。我和狗娃就悄悄地跟在他的后面,因为我们的计划万一让张婶婶知道了,也会坏事的。

很久以来,当我每每瞧见叔叔大爷们赶着毛驴,从煤窑驮回煤来时;看着那黑得发亮的石块在炉里燃烧起来,帮妈妈烧饭时;冬天的夜晚,舒服地躺在被煤块烧得暖烘烘的热炕上时……就好奇地想:

这煤到底是怎样从煤窑里挖出来的?煤窑里究竟是怎么的一种光景呢?这些问题不能解答,就总想亲眼看看。

现在时机总算来到了。我是多么的高兴。

走出村外,我的心还在卜塔卜塔的跳着,不时地回头瞧瞧,生怕妈妈她们发觉了追上来。可是她们没有追来,大概她们以为我和狗娃到村边摘茹茹去了,或者到山坡上采野花玩去了。

走呀走的,经过了好多田野和树林,还不到。我就问:

"张叔叔,有多远呀?"

"急什么,下了坡坡,拐个弯弯,过条沟沟就快到了。"张叔叔道。

正说着,看到王大爷赶着毛驴驮着煤从坡下上来了。张叔叔对王大爷说:

"你真行,尽挑了些圪塔,看把牲口都压得冒汗了!"

王大爷笑笑说:

"早点回来,不要叫老婆老想你!"

王大爷说的虽是逗笑的话,但也是真情。你想,"四块石板夹一块肉",矿工下煤窑何尝不象渔夫出海、战士出征?

然而这于我和狗娃好象没干系,我们是恨不得马上就到了煤窑上。

煤窑在深沟里,走呀走的,我和狗娃跳过了一条小溪,上了一个小坡,终于走到了。

煤窑上堆积着很多的煤,黑黑的一片。有各村的人来驮煤,又是骡子又是毛驴,乱纷纷的。

张叔叔坐在一块大石上,摸出烟管吸烟,对我们说:

"稍歇歇,咱们就进去,可你们一定要紧紧地跟着我,不敢掉了队,不许走到半路里害怕了就哭起来,要返回去;记着千万要把头低下,不敢乱抬头,要不,你们的后脑勺就要被石板碰烂了。"

"叔叔放心,我们一定低头,一定不哭,哭就不是好汉。"

张叔叔笑笑,划了根洋火,把灯壶壶点着拴在头上,就往煤窑里钻。煤窑太低了,是长方形的一个小洞,象洋火匣套似的口,既不能站着走进去,也不能弯腰爬进去,而要用两手和两个膝盖当脚板,象蛤蟆似的爬。

山西的煤窑大都是斜井。抗日战争时期,我曾在陕北延长县的竖井里旅行过,那煤窑的口在平地上,就象人们打水的井口一样,矿工下井要用辘轳绞下去,然后再钻煤窑。而我们山西的斜井,一般都在山下,矿工下井就省了用辘轳绞的工序了。

我们钻到斜井里,刚爬了几步就什么也看不见了,黑洞洞地,只能看见叔叔头上的那点灯光。而叔叔在行进中,他的身子又时时将亮光遮掩,我和狗娃就只能从他的交错的肢体的空隙间享受一些亮光。

我叫着:"叔叔呀,慢些爬!"

叔叔就停下来,等我们。我向四壁看看,到这时才真正懂得了什么是"四块石板夹一块肉"的滋味了。

又爬了好一会,旅途的困难增加了,道路是水嚓嚓的,简直象在泥浆中爬行;加以在泥浆中还羼杂着玻璃碎片似的小石块和煤屑,而且有时还有一节节的枕木似的棍子安置在泥浆里,真难爬。

爬呀爬的,叔叔总是爬得太快,而我们总是赶不上,于是就"叔叔慢些"、"叔叔慢些"的叫着。狗娃紧跟着我,他一声不响,但我能听到他的急促的呼吸声,象小牛在喘气似的。

爬了一段路,我的膝盖就痛起来了。真的,膝盖怎么可以当脚板使用呢,膝盖总归是膝盖呀!然而没法子,膝盖还是要担任脚板的任务的。

在黑黑的行程中,我开始觉得有些怕,头顶能时时感到石壁的威胁。

爬着爬着,有时竟忘了叔叔的警告,一不小心猛一抬头,就冬地一声,象有人用石板狠狠地在头盖上击了一下,痛得很。如果顶壁突然垮下来,我们即刻就会压成肉饼,想想真是害怕的呀!

又爬了一阵,就看到了前面似乎出现了另一盏灯,象萤火虫的光在黑暗中移动。渐渐的就听到一种喘气声,有点象拉货车的牲口在喘气。那灯光来到我们对面时,才看出是一个比我们大些的小孩拉着一筐子煤出来了。张叔叔叫我们往宽处躲一躲,让煤车过去。然而这是多么的难躲呀,路窄得要命。那小孩看到我和狗娃,就对张叔叔说:

"怎么进来两个小鬼?不行,过不去,你们往后退吧。"

张叔叔道:"退就退!"

真糟糕,好容易爬了进来,现在又要退。三个人一直退到较宽的地方,拉煤的小孩说能过去了。于是煤车擦着我和狗娃的肩膀硬挤过去,我才算松了一口气。

我们紧跟着张叔叔继续前进。我问叔叔:"快到了吧?"叔叔说:"爬了一半路了,你们累坏了吧?"

我说:"不累。"狗娃也说:"不累。"其实是很累的,爬了这么久,怎能不累呢?现在硬说不累,为的是要在张叔叔面前逞好汉。

我们继续爬行,每爬一步膝盖就痛得象针扎一般。我觉得全身都热得流汗了。又爬了不远,叔叔就喊道:

"低的地方来了,小心脑袋!"

真的低的地方立刻就来了,蛙式的爬法也不行了,需要连肚皮都贴在地下,于是蛤蟆爬变成了乌龟爬。可是这样的爬却怪好玩,肚子贴在煤水中凉冰冰的,而且不时有泥浆溅在脸上,简直是在泥浆中打滚。我一面爬一面嗤嗤地笑,狗娃跟着我也憨笑起来。

"有什么好笑呢?"张叔叔奇怪的问。我说:"我也不知道。"

幸而这样低的洞不久就爬过去了。之后,就来到较高一些的洞里,我们继续采用蛙式爬。可是我的手臂多么酸痛呀,真是想哭了,然而不敢哭,因为这是预先和叔叔订了条约的。于是就咬紧牙关继续行进。心想:张叔叔能做到的,我们也应做到。

最后,听到冬冬的砍煤声时,张叔叔就回头对我们说:
"不远了,快爬吧!"
我听到真高兴,要不然膝盖也要磨掉了。
果然,不久就听到歌唱的声音,而且跟着也就看到了远处的几盏灯光了。

到了我们的旅途的终点,艰难地从一个煤堆上爬越过去,就来到了大爷叔叔们砍煤的地方,在这里有三盏头上的油灯照耀着,显得很明亮。矿洞是很清凉的,但人们为了劳动的舒畅,都是裸着身体。他们用墨黑的笑脸迎接我们,露出了雪亮的牙齿和眼白,象非洲的黑人似的。他们问叔叔:

"老张,怎么带来这两个小家伙?"
"他们要来看稀罕。"叔叔说。
一个黑大爷对我说:
"来,砍上几下!"
我笑着说:"等我大了砍,现在砍不动。"
接着是一阵哈哈的大笑声。
当我定睛细看时,在昏暗中看出有三个人蜷伏着挥动着尖镢砍煤,发出象伐木似的声音。然而这工作比伐木要困难得多。煤层过于顽强,一尖镢砍去,有时只能溅起一些煤屑,象砍在石头上一样。

听叔叔讲,他们从早上上班一直工作到太阳落山(要靠拉煤的小孩报告时辰,因为洞里是不分昼夜的呀!但日子长了,下窑的人也可以感觉出时辰来),一共要砍四百多斤煤。在这十来个小时当中,因为腰是经常曲着的缘故,所以是一直不会感觉到饥饿的,因之几乎不吃一点饭、不喝一口水。可是一爬出煤窑外,腰一挺直,饥渴就来到了。

听了叔叔大爷们的苦情,我很感动。从此我看到煤就联想到大爷叔叔们在煤窑里蜷伏着砍煤的情景,好象每块煤都染着他们的汗和血。

最后张叔叔又把我和狗娃送出煤窑。不送不行,一来张叔叔怕我们没灯,黑洞洞地寻不出来;二来即使有灯,也怕我们走进岔道迷了路,爬不出去。

爬出煤窑,在阳光下一看,我和狗娃都变成"黑脸黑手没人样"的黑鬼了,我俩不禁相视而笑,而且发现膝盖和两肘以及手掌都流了血,并且感到火辣辣的痛。

但我们看张叔叔的膝盖却不流血,这是由于他长期用膝盖爬行,已经打下和牛皮一样厚的一层死皮了。

张叔叔要我们到小溪里洗个澡,然后自个儿先回家。

我们在清水里洗了个痛快,而且把脏了的衣服也都洗了,不然妈妈看到一定会骂的。

在归路上,我和狗娃笑着、说着,感到人能挺直身子在阳光下行走是多么的舒畅,多么的快活呀!

我的奶妈和奶爹

我时常想起我的奶妈和奶爹。

听妈妈说,我小时候没奶吃,就奶给本村最贫寒的一个婶婶家。于是,我就有了奶妈和奶爹。

我是很喜欢我的奶妈和奶爹的。

我不曾记得奶妈怎样喂我奶,单记得小时候总喜欢跑到她家玩,觉得比自己家里好玩得多了,虽然她们家比我家穷。我的家,窗上安块大玻璃,桌椅板凳也是油漆了的,发着亮光,粉墙上还挂着字画……而奶妈家的窗纸尽是窟窿,风吹着忒楞楞价响;地下只有带土的锹镢,根本没有什么油漆家具,有人来,就坐在装粮食的麻袋上;墙上是多年的黑色的老泥皮,近炕处还有一道一道的臭虫的血迹;炕席也是破的……但我仍然喜欢奶妈家,一点也不嫌她家穷,觉得她家可热闹了,可快乐了。奶妈家有一个大姐姐,四个大哥哥,我去了,就经常和较小的两个哥哥玩。奶妈任我们在炕上胡折腾,从来也不骂我们，更不打我们——不象我的亲妈妈那样，动不动就狠狠地骂我，掐我，打我——因此我很不喜欢我的妈妈。

大姐姐很早就嫁到郝家铺了，较少回来。论我们郝家辈数，我应该叫她奶奶呢，但我总愿叫她大姐姐，觉得这样叫亲切些。大哥哥时常为人家打短工。二哥哥比我大得多，玩不在一起，后来不幸早夭了。只有三哥哥、四哥哥和我年龄相当，能够在一起玩。听说我就是分享了四哥哥的奶长大的。四哥哥已经五六岁了，到了冬天还是赤屁股，把大腿冻得紫红紫红的，但他也不说冷。我知道奶妈没钱给他做裤子。

我时常和三哥哥、四哥哥一起在山里捉毛圪狸，寻串山林……一天，三哥哥在地里撒粪时，竟用撒粪的笸箩扣住一只石鸡。我每天要去奶妈家看石鸡：红红的小嘴，红红的小腿，翅膀上还有黑白的花纹，怪好玩的。三哥哥把石鸡喂了一二年，熟了，很通人性。他上地时就带到田里，它在田里胡折腾，把种下去的玉米又从土里挖出来寻着吃。累了就睡在土里，有时引来很多野石鸡一起玩。收工时跟上三哥哥和奶爹往家飞，常常是人还没到家，石鸡就先回去了……后来听三哥哥说，奶妈的娘家，远在灵石县的静升河苏溪村，家里很有钱。她父亲曾经做过保定府的总督，外号叫"于瞎打"。在苏溪的老家门口，竖着两支铁旗杆，很威风的。她母亲生了七个女儿。当时奶爹在静升学买卖，竟被"于瞎打"看上了，自愿把七姑娘许配给他。这七姑娘就是我的奶妈。

奶妈嫁给奶爹后，很爱他，不嫌他穷。后来就跟上奶爹来到我们小庄上下户,过着贫寒的农家生活,就象王宝钏丢彩球嫁给了薛平贵住了寒窑①似的。自我记事,奶妈娘家的人就没有来看望过她,也没听说她去住过娘家。她真象王宝钏,穷得有志气,不愿沾娘家的光……

奶妈从来也没有在我们面前夸耀过她娘家的富,更没有任何表示嫌奶爹的穷。她经常穿着打补丁的衣裤,总是微笑着,说话也没有高声过,任劳任怨地劳动着,抚育着儿女,从来也没有和奶爹吵过架,从来也没有打骂过儿女们。由于家贫,买不起灯油,奶妈就用细荆条串起蓖麻籽照明当灯用。在这种灯下纳鞋底,一天一夜就能纳一只。一到春天,奶妈就以花叶菜、地木耳、苦苣菜、刺尖叶、椿芽、柳芽、榆钱等野菜掺在饭里吃,度过春荒。有时还跟别的穷家妇女一道,到东山里去采龙芽菜,当天去当天回,一群小脚女人往返走七八十里路不算,还要背四五十斤龙芽菜爬山路走回来。

有一年,奶妈喂了一口猪,因为年终急需钱,就卖给了杀房。来人将猪拖走,猪在叫,她心在疼,跟了好一段路,最后她哭了——因为喂了一年,和猪有了感情,舍不得杀。奶妈就是这样的好心肠。这件事是三哥哥后来讲给我听的。

奶妈有时也在我们孩子们面前说到她娘家的情况:

"我们家的河里可好了。"奶妈说,"有清得朗朗的水,绿圪黎黎的草,草里开着小红花,水里游着小鱼儿。山里有很多大树,也有很多灌木,里头有一种名叫'圪尖'的紫红色野果,

---

注:①这是戏曲传统剧目《平贵别窑》里的故事。

比茹茹甜。还有一种叫'醋溜溜'的,结着很酸很酸的小黄果……"说得我立刻就心动了,而且流着口水。

我的乐园里有小河,河里有蝌蚪、青蛙,但就是没有鱼。我只是在图画里看到过鱼,活的鱼是从来没有见过的。我的乐园里有茹茹,有酸枣,但就是没有甜美的"圪尖"和"酸溜溜"。听了奶妈的话,我神飞天外,多么想到她那遥远的家乡看看那能游会跳的小鱼,多么想尝尝"圪尖"和"醋溜溜"的美味呀……

奶爹是个很和蔼的人,还识几个字,会讲《西游记》中唐僧到西天取经的故事。我就是从他那里知道孙悟空的神通和猪八戒的蠢事的。他对待奶妈可好了,村里的男人们象打牲口似的打老婆,而奶爹对奶妈却连句重话也没有。

我很喜欢我的奶妈和奶爹。

有一次,郝家铺官道上丢下一只因拐了腿而掉队的小骆驼,奶爹就把它收拾回来养在家里,引得孩子们天天去看这新的来客。我们感到新奇,好玩。起初很怕它,不敢走近;后来和它熟了,知道它既不咬人,也不踢人,和老黄牛一样的善良,我们就喂它草,摸它的头,它跪下时,我们就骑在它的两峰间玩。它已成为我们儿童们的好朋友了。

后来骆驼的腿不拐了,奶爹就牵上它去耕地,引得附近村庄的人们都来看热闹。他们看到过牛耕田,驴耕田,却从来也没有看到过骆驼耕田,因此在附近村庄中就成为人们饭后闲谈的笑料了。人们说:"骆驼耕地,真是逆行哩。"但它不仅乖乖地给奶爹耕地,还让三哥哥骑上去炭窑上驮炭哩。它真是个可爱的牲畜……

有一年,奶爹在沟里安了几亩西瓜和甜瓜。当瓜快上市的时候,妈妈就警告我:

"不要到你奶爹的瓜园里去玩,人家该给你吃不该!……"

可是有一天,我和四哥哥在一起玩,玩着玩着他就把我引到奶爹的瓜园里。奶爹看见我就说:

"小鬼,你来得正好,拿几个甜瓜回去,给你妈妈尝尝。"

于是就在瓜田里左寻右挑,摘了三个大甜瓜。一放到我怀里,那扑鼻的香味就撩逗得我直流口水。但我同时也就心跳起来,突然想起妈妈的警告。经验告诉我,违反了她的旨令比违反了上帝的吩咐还可怕。怎么办呢?还给奶爹吧,舍不得,口水已流得止不住了;拿给妈妈吧,岂不是自讨苦吃!但我又不忍心一个人私自独享了,总得想一条既不挨打,又让妈妈也能吃到甜瓜的妙策……我两手抱着香喷喷的甜瓜,一面走,一面心在扑通扑通地跳着,在苦恼着……

快进村时,看到几丛茹茹的灌木,妙策有了。于是我就把三颗甜瓜放在茹茹丛下,空着手回到家门口。那时妈妈正和很多妇女在碾盘上坐着纳鞋底。我看见小弟弟,就把他叫上,领他去村边玩。走到茹茹丛旁,我就大叫起来:

"看!怎么这里有三颗甜瓜?"

弟弟很高兴,象发了洋财似的。这样就把三颗甜瓜交给了妈妈,并说明了它们的来历。因为有弟弟作证,不怕妈妈怀疑我是从奶爹瓜园里得来的。但碾盘上一个大娘却大叫道:

"这一定是五儿偷了我家地里的瓜,见有人就藏在茹茹丛下了……"好象她家地里的甜瓜真的被五儿偷了似的。但我心里最明白,觉得可笑。

于是妈妈就拿回家去,母子三人分吃了。瓜又脆又甜,吃得妈妈满意,弟弟满意,我当然也满意,并为自己高明的妙策而得意。

第二天早饭后,不料奶爹来到我的家。我一看到他就心跳起来。他进门后就对妈妈说:

"我让春儿昨天给你拿回几颗甜瓜来,也不知熟了没有?口味好不好?"

这真有如夏娃吃了上帝的智慧果,我已预感到大祸将要临头,全身都颤抖起来……

妈妈即刻就火冒三丈,说:

"这该死的东西,真可恶!拿回来还不敢承认是你给的,说是在路上拾来的。我老早就告他,不要到你瓜园里去,让你为难……"

"唉,他大娘,看你说到哪里了!自己地里种下的,算不了什么……"奶爹笑着说。

"你们怪苦寒的,留着卖几个钱。村里人多了,都这样,还行吗?"

"还能这么说,你越说越远了。春儿就象我自己的孩子一样……"

说了一阵奶爹就告辞走了,但我是多么地怕他来,又多么地怕他去呀。

果然,他一走,妈妈就很生气地把鸡毛掸子倒拿到手里,向我走来。我所遭受的自然是痛苦。

以后我进了县里的高级小学，就很少有机会去奶妈家了。

但我常常想念奶妈和奶爹。

有一次我从学校回家，妈妈告诉我：奶妈因得急病死去了。我伤心地赶到现场，奶妈已装进棺材。奶爹泪流满面，拍打着棺材盖哭着说：

"你丢下我和孩子们，可教我怎过呀！怎过呀！……"

我听着也泪珠直流。

我长大起来，参加了革命工作，常年在外。后来，听说奶爹在抗日战争初期也去世了。三哥哥在抗日战争中参加了八路军，之后，一直在陈赓将军的部下做后勤工作。全国解放后，四哥哥在山西省汾西煤矿南关矿当党委书记。只有大哥哥一直种田。他们的生活都好起来了，这对过了一生穷苦生活的奶妈和奶爹，当会含笑九泉的吧。

我的第一位老师

我曾经有过一位"二爷爷",村里人都叫他"二老汉"。提起"二老汉"几乎是没有人不怕他的。因为他脾气不好,而且有些怪。但我并不害怕他,因为知道他很爱我。

二爷爷的模样我还记得很清楚:瘦弱的身躯,稀疏的胡须,右襟上方吊一个水牛角的胡梳梳,闲下了,他就用这梳胡须。冬天戴一顶大红桃黑绒扁圆帽,类似清朝一般官员戴的那种帽子。

就是这个"二爷爷",是我学画和获得文化知识的第一位老师。

自我记事时,他已经是经营果木的园艺家了。我就亲眼看见他用根接的办法在杜梨的砧木上嫁接梨树。

他的炕桌上虽然经常摆着颜料——诸如藤黄、花青、胭脂、赭石……可很少见他作画。但我在庙里——也就是小学里的墙壁上,却看到一幅《凤凰戏牡丹》的彩色画,是直接画在墙上的,今天看来也算一种壁画。大人们说这就是我二爷爷的手艺。此外,在别的什么地方好象也看到过据说是他画的菊花,是红色和黄色的两种花瓣。所以附近村庄都知道二爷爷是一位画家。

其实二爷爷不仅是园艺家和画家,听我妈妈讲他在前清曾进过武秀才,后来还立志要进武举,但不知什么原因没有如愿。这对二爷爷可关系大啦。

妈妈说他年轻时曾娶过一位媳妇,没有生养,不幸早早地去世了,因此我未能见到我的二祖母。人家劝他续弦,他说:"等我进了武举,能有两个丫环搀上新娘拜天地时,我再结婚吧。"

真是"时不利兮骓不逝"[①],由于他一直未进武举,因而后来就一直打光棍。这真是二爷爷的悲剧。

二爷爷可亲我了。他每到镇上赶集回来,总要给我买个有枣的"火烧",一进院门就大声喊:"狗囊子,快来!"我知道这是在叫我哩,赶快跑出去,于是就得到一个香甜的饼饼。这是我童年印象最深的。

我常到二爷爷住的窑里,见窑洞后墙上挂着一张大弓——据说就是他当年进武秀才时用过的——上面都结了蜘蛛网,可见长期不动用了。但听村里的大人们说,早些年他们曾看到过二爷爷在老槐树下拉弓,耍一百多斤重的大刀。可是我没有眼福看这种场面。

注:①语出《史记·项羽本纪》。这句话的大意是:时势不利,青白杂色的马也不肯往前走了。

我不能理解,为什么在二爷爷的窑后头堆积了那么多炉灰,已堆成山了,他也不清除;吃了饭也从来不洗锅洗碗;桌上积满了灰尘,也从来不用鸡毛掸掸一掸……为此,妈妈经常和邻家婶婶以他的脏在背后议论。

后来终于懂得:因为二爷爷没老伴,所以他对这些日常生活显然已没心劲讲究了。

可是他对他的桃园却是很有兴趣的,园里的草总是锄得很干净。一到桃子快成熟时,他就搬上铺盖住在园地靠山修建的庵庵里。这住处没有门窗,地下铺着麦秸,褥子又铺在麦秸上,就象当地人看西瓜的庵庵一样。我经常看到蚂蚁和蚰蜒在庵里墙上爬,但我二爷爷是并不怕的。如果说这庵庵有什么好处的话,那就是晚上睡觉空气好。二爷爷活了八十多岁,大概和他的这种桃园生活是很有关系的。

可是他也怕野兽,庵庵里经常放着一支土枪,是为了打狼的吧。你想,他一个人住在这野山沟沟里,能不怕吗?

二爷爷做饭、烧水,就把砂锅架在三块石头上,用从山坡上捡来的干柴枝在锅下烧火。不见火苗了,他就趴下用嘴吹,风不顺时,烟熏得他两眼直流泪。我喝过他烧下的水,一股烟熏味。他吃面食连菜也不放,就咬上自己种下的绿辣椒就着吃。生活够清苦的了,但二爷爷却乐在其中。

一天,二爷爷要到镇上去,就把看园的任务交给我的亲爷爷,也就是他的四弟,而我是寸步不离他的。一到桃园就是我的天下了,想吃哪一颗桃就吃哪一颗,挑红的,拣大的,没有人敢阻止。突然看到园边上有一人多高的荆条,象围墙一样长得密密麻麻的,很茂盛。我一时心血来潮,一定要把最高的砍下几株来玩,但在场的人谁也不敢给我砍。"我们怕你二爷爷骂。"其中一个放羊的说。但我非要不可,爷爷就叫他给我砍了三株。

待到傍晚,我依在爷爷的怀里在大门口的老槐树下乘凉,二爷爷突然来在树下向全村大声叫骂:

"谁把我的荆条糟踏成那分样子了,你们真胆大……"跳得有三丈高。

爷爷即刻说:

"二哥,不要吵,那是你小孙孙干的。"

二爷爷二话没说,扭身就回去了。要是别人干的,那可算捅下乱子了,不知要骂成个什么样子。而一说是我,没事,他就是这样的爱我。

大概是对二爷爷的绘画作品自幼就耳濡目染,我上学后竟喜欢起画画来。画人,画鸡,画树,画狗……村里人看到我的图画就夸奖地说:"真是门里出生,自带三分。"这所谓"门里",就是意味着我的二爷爷的。二爷爷知道这种情形后,当然很高兴,破例用他炕桌上的颜料给我画了很多画,都是小品,其中除了梅兰菊竹,还有海棠花和小鸡之类,作为我学画的楷本。

从此二爷爷就不断的给我谈画事,论古今,讲有趣的故事……当时在我的家里,父亲在外经商,母亲是文盲,我的亲爷爷那时早已去世,能和我谈书论经的就只有我的二爷爷了。

一次他看到我用红铅笔在纸上画《喜鹊登梅花》(这是我们乡下人很喜欢的画题,正象喜欢《凤凰戏牡丹》一样),二爷爷就告我秘诀,说画梅不离"女",意思是说梅花的枝干要象"女"字那样交叉。并顺便告我:画兰草在第二笔时就应画出凤眼来,三笔画成象眼,意思是凤眼是长形的,象眼是三角形的,这也是讲兰叶之间的交叉关系的。并告我在画事上"寻师不如访友"。据他说,他最初不懂得什么是章法,每画都把花物放在纸正中,感到不是味,但也说不出个所以然。后来访了一位朋友,就改变了这种画法。从此就感到画内有画、画外也有画,耐看了。我听到这些有关画画的技法自然是很感兴趣的了,但更感兴趣的是有关大画家傅山的故事。

他说有一次傅山给人家作画,在墙上画了许多黑墨道道,主人看了很不高兴,以为是胡画哩。但到夜里,墙上的黑墨道道燃起了熊熊的火焰,照得全屋通明,始知傅山画的黑墨道道是些木炭。在民间,这种神化了画家本领的故事是很多的。

他还给我讲了另一个有趣的神化了画家的故事:

有一个财主请一位大画家到他家作画,每天给吃酒吃肉,但画家就是不动手,而是到野外闲游,如此者有十余日,财主心里不高兴,但也不好催问,只好耐心地等着。一天画家从野外归来,兴致所至,就给财主画了一丛灌木,其间又画了一个叫蝈蝈。画家走后,财主把画裱好,挂在客厅里。有一个晚上,竟听到客厅里有蝈蝈叫,但他在客厅里寻来寻去又寻不见蝈蝈,日子久了才发现原来是画中的蝈蝈在叫哩。后来竟观察出当雨天蝈蝈就从灌木上走下来,晴天蝈蝈又从灌木下爬上去。因此这幅画就成了宝物。

这个故事颇有意思,说明了画家描绘事物必须经过细致的观察和较深的感受,而后才能"外师造化中得心源",有所传神。虽然也有个浪漫主义的结局,却是说明了画家不能凭空构思这一现实主义的真理的。而在当时,我只觉得有趣而已。

现在想来,不仅二爷爷所讲的绘画秘诀和画家故事对我后来从事美术工作有影响,而且二爷爷的热爱大自然,热爱园艺工作于我对各种树木感兴趣,在版画创作上喜欢表现风景和林木,也是有一定影响的。

自古书画同源,能画者就能书。我的二爷爷也不例外。在我家的墙上就有他写的对联,上联是"虎行雪地梅花五";下联是"鹤立沙滩竹叶三"。写得很工整挺拔,并颇有画意。为此,他也很关心我的写字,并以我们家辈辈会写字而骄傲。

一次,在除夕之前,二爷爷让我写全村的春联,算是培养接班人吧。他和村人在旁边观看,并用水牛角小梳梳他的胡须。起初他以我能写似乎很欣赏,但写着写着,由于我计划不周竟把一条的最后一个字有一半写在纸外了。他看了很生气,大声说:"这还算什么写家,狗家!"

看的人都笑了。这是二爷爷第一次骂我,但这种骂也是包含着他内心对我的爱的。

这时我已经在太原的初中上学了,很少和二爷爷在一起。

有一回我暑假回家,去看他,谈起了考试,他给我讲了一个古时考场舞弊的故事:

说有一个考官和办学的老师是好朋友,一次相会,考官问老师:

"这次你有学生来考吗?"

"有四个,只是学得很不好,写'也'字都不会挑钩。"

考官点头。

老师回去就关照四个学生在考卷上写"也"字不要挑钩,并严加保密。结果四人都榜上有名。因那时都是密封卷子,不让考官知道卷上的人名,以防舞弊。

自讲这个故事后,我就再没有见到我的二爷爷,绝没有想到那竟是最后的一别了。当年寒假回家,妈妈说二爷爷去世了,因为怕耽误了我的学习,没有让我知道。我不禁失声而哭。

算来二爷爷离开我已有五十多年了。

十年浩劫的后期,当我回乡插队当了林业队长,率领全村青年在二爷爷当年的桃园里进行植树造林时,心里是很不好受的。看到在桃园的废墟上一片荒凉,枯草在春风中颤抖,很不是滋味。当年二爷爷住过的庵庵、果实累累的桃林、围墙似的荆条……都哪里去了呢?后来看到那在荒草中尚可辨认的庵庵遗址,架锅用过的石头……我的眼泪就暗暗地流下来,接着,二爷爷那稀疏的胡须和他的瘦弱的身影就在泪花中浮现在我的眼前……

官道的故事

我家山村的对面,在那黄土高原上,曾经有过一条官道。从我家大门口望上去,这条蜿蜒的时隐时现的大路就好象是建在天边似的。那里也有一个村庄,名郝家铺,但看不到人家的院落,远远地只能看到几株大槐树,以及槐树上的鸟巢,此外还能看到一个小庙的背脊……

在我的童年,看着官道上大马车成天地来来往往,就自己给自己提出个问题:官道的两端通向什么地方?大马车从何处而来又到何处去?可是我自己无法解答,不识字的妈妈也解答不了,于是就觉得这条官道非常神秘。我有时想:假如能象老雕似的长两个大翅膀,沿着官道一直飞,也许能飞到它的尽头吧。但我是长不出翅膀来的,因此我的梦想终于不能实现。

夜里,当头遍鸡鸣之后,就从官道上传来了驼铃的声音,丁冬丁冬地在寂静的夜空里有规则地飘荡。在那严寒的冬夜,当我从睡梦中偶尔醒来,听着这远远传来的单调的驼铃声,就象在夜里听到杜鹃鸟单调的悲鸣,感到一种人世的艰辛和凄凉。

白天,一清早就从官道上传来了车轮磨擦的吱吱声,是一种难听的惨叫,一直到黄昏。但经常是看不到大马车的,只能看到西北风吹得官道上黄尘漫卷,好象是着了火腾起的烟雾。

官道是辛苦的,它日夜都不得安宁,不得休息呵!

妈妈曾说:当她正怀着我的时候,郝家铺打起仗来了,妇女们不敢停在家里,就全往山圈①里跑,而士兵们从官道上看到山下穿红着绿的妇女在雪地里逃,就瞄着她们打。妈妈带着个大肚子,子弹打在她的身旁吱吱地响,差点没命了。

"那时假如把妈妈打死了,也就没有你了。"她对我说。

后来知道,妈妈所说的郝家铺发生的这次战争,就是辛亥革命的余波。当时清军卢永祥与革命军在郝家铺打了一仗。从此之后,在官道的附近,在我的村旁就经常能拾到步枪的子弹和子弹壳……这些竟成了我童年的最好的玩具。这是官道上发生的这次战争的恩赐,也是辛亥革命给我的童年留下的唯一的纪念品。

可我一直没敢到官道上去玩,因为太远了,而且还要爬一道大山坡。有一回,我的贫寒的奶爹在官道上搭了个小茅屋,开了个烧饼铺。开张的那天,全村人去庆贺,我有幸和爷

注:①山圈是牧人在村外关羊群的地方。

爷也去参加了。听奶爹说,过路的大马车有的载着棉花,有的载着柿饼,有的还载着兰州的水烟、稷山的大枣……大都运往北地了。此外也有达官贵人坐的轿车,或轿窝子……总之,我看到官道上是非常热闹的。只是坐车的和赶车的都变成些土人儿了。看着他们就觉得好笑。那些为了生活而常年奔波在尘土中的赶车人是最辛苦的。我听奶爹说的什么兰州呀,稷山呀,虽然不知道在什么地方,但总觉得是很远很远的,赶车人要走很远的路呵!

每年的冬闲,隔壁叔叔就在天不亮赶上毛驴到霍县城驮白面去了,天黑时又从官道上归来,第二天又在天不亮赶上毛驴把白面送到灵石城,借此赚点驮脚费。这时我想:这官道大概是南通霍县、北通灵石的。

后来在高小里读了地理,才知道这条官道南面远通西安、兰州,北面远通太原、大同。在没有火车之前,是纵贯山西的一条唯一的交通要道。读了历史,更知道当年八国联军侵占了北京城,西太后和光绪皇帝路经大同逃往西安时,也就是走的这条官道。当然他们也是必须路经郝家铺的。然而他们是否也变成了土人儿,那就说不清了。

再远溯上去,当年苏三①起解出了洪洞县城,也是沿着这条官道路经郝家铺徒步到了太原的。可以想见,苏三当年在这黄土喧天的大道上奔波,也一定变成个土人儿了,而绝不会象戏台上出现的那个漂亮的样子的。

注:①即玉堂春。"苏三起解"为戏曲传统剧目《玉堂春》中的一折。

当同蒲线建成,火车奔驰在铁路上时,官道的历史使命也就完成了。

文化大革命后期,我被下放故乡,深夜醒来就再听不到从官道上传来的驼铃声,白天也再听不到从官道上传来的马车轮磨擦的吱吱的惨叫声了,自然也没有黄土喧天的景象了。而偶尔听到的却是从同蒲铁路上远隔重山传来的火车的汽笛声。有一次我从霍县回家,路经当年的官道,它已经被辟成良田,种上小麦了……

官道呵!你曾经是旧时代人民苦难生活的见证,而今已成历史,但你却永远活在我的记忆中。

一次难忘的劳动

当我十来岁的时候,我的家就离开了生我之地的小山庄,搬到十里路之外的一个名叫"仁义镇"的地方去住了。于是就离开了我的可爱的乐园,到了一个新的天地里。这里是官道上的一个小码头,不论马轿车,还是骆驼队,到了这里都是要打尖歇脚的。街上有饭馆、酒铺、骡马大店、布庄、杂货店、粮店、肉铺、药房、银炉、醋铺……应有尽有,是很热闹的。

听一位老太太告我,她年轻时还见过皇上娘娘哩。她说:"娘娘来到镇上,人们知道了就跪了满街,要见她。后来娘娘出来,和大家见了面,就旗旗伞伞的坐上马车南去了……"

当时我还小,不知道她说的"娘娘"是何人。后来上了高小,才知道老太太说的所谓"娘娘"就是慈禧太后。当年八国联军侵入北京,她吓得逃出京城,路经大同到西安时,是曾在仁义镇打尖的。

由于仁义镇是个码头之地,不仅老太太年轻时看到过"娘娘",而且还时常能看到唱大戏,几乎每年总要演一台,大都是晋剧,也就是中路梆子。不象我们那个小山庄,只能看皮影戏。

我在小山庄时,从来也不想到向妈妈要钱,因为给了钱也没处花。可是到了仁义镇,我的口就特别馋起来。在大街上看到糖饼想要吃,看到甜瓜想要吃,看到西瓜也想要吃……然而妈妈不给钱,吃不上,只能空闻香味。尤其是镇上唱戏的时候,戏庙里卖着各样的水果、点心……好象专门是引逗儿童流口水的。

有一年,我们镇上的龙王庙里唱戏了,是"万人爱"的戏梆子。附近三四十里小村庄的农民都来看戏,有的来了就住在亲戚家里,近一些的看完戏还得回去。

至于我们儿童,除了进庙院看热闹,就是为了买好吃的东西吃。

那时花的还是小铜钱。因为唱戏了,妈妈开恩给了我十几文,让我买水果吃。凭良心说,这一点钱哪里够花呢,顶多能买三块西瓜。可是妈妈就是小气,不多给,没办法。

我心里想:快快长大吧,长大了能自己赚钱就好了……然而就是不能一下子长大,因此就深深感到没有钱的痛苦——这是我有生以来第一次感到这种痛苦。如果我有钱,一定要痛痛快快地买些好东西吃,甜瓜呀,西瓜呀,大桃呀吃它个够。而现在,多可怜呀,只能在戏庙里看着别人津津有味的吃。

这天,在戏台下见到一个名叫小四的穷家小伙伴,他对我说:

"听说醋房里今夜要搬曲①,我们小孩子也要,不白搬,人家要给钱的。"

我一听就动了心,说:"我也去,到时候你一定来叫我。"

到了唱夜戏的时候,龙王庙里被汽灯照得象白天一样亮,戏台上音乐已响,打扮得很好看的小旦也穿着红色的衣裙出场了,台下挤满了站着看戏的农民,在庙门口摆着各种小摊摊,各种叫卖声好象和小旦争高低似的拼命地叫喊:

"快吃西瓜噢,又沙又甜呀!"

"香瓜噢,贱卖哩!"

这些声音比小旦的唱腔对我有更大的魅惑力。想买的吃,但没钱。妈妈给的十几文钱,早买了糖送进肚子了。

我到处寻找小四,终于在庙门口看到了,他说他也正在寻我。那好,戏也不看了,我们就到了那个做醋的作坊里。一股醋糟的香味冲鼻而来,接着醋房的王东家就出现在我们面前。他笑着说:

"小家伙们不看戏给我帮忙来了,好,好,好。"

说了几个好,就分配我们工作。当时到场的还有小赵和狗蛋。

王东家说:

"把这些曲都给我搬到南房里,要做醋了。搬吧,搬完了,给你们吃西瓜!"

在暗淡的麻油灯光下,我一看那曲,象墙壁似的堆了那么高,心想今晚能搬完吗?但一念到还给吃西瓜,劲儿就来了。

每块曲就象一块大长方砖,但比砖轻,我可以一次搬五块。

我们四个孩子拼命的搬,一走到院里就能听到龙王庙传来的打板声、锣鼓声,然而心里想到的并不是戏台上的小旦和三花脸,而是庙门口卖水果的那些小摊摊……

搬呀搬的,我们都搬出了汗,小四和狗蛋便脱了小衫,光膀子上阵了。但看那曲墙,才下了一半。

搬呀搬呀,我们从北房把曲块送到南房,放在地下,王东家在暗淡的麻油灯照耀下,就又把曲一块块地垒成墙壁。

这种工作,我长了十岁了,才是第一次干;要不是为了赚点钱,我才不干哩。

后来在院里再也听不到打板声和锣鼓声了,就知道时间不早,已经散戏了,心里有点慌。散戏了还不回家去,妈妈不要找我吗?但也没有办法,曲还没有搬完,西瓜还没有吃,钱还没有拿到手,怎么能半路里偷跑了呢?是的,万万不能偷跑,老师说过:做事总要有始有终,决不能半途而废。

王东家过来看了看,说:

"不多啦,赶快搬完了咱们吃西瓜。"

于是我们鼓足最后一股气,几乎是用小跑的步伐搬运起来。说实在的,已经是汗流浃背了,口也很渴了,就是凉水也想喝几口,更不要说吃西瓜了。

吃西瓜的预告对我们真有效,果然不几回就搬完了。

我们正用衣襟擦脸上的汗,王东家果真就抱来三个大西瓜,两个是花皮的,一个是黑皮的,用刀切开,红瓤黑籽,我们四人就痛快的吃起来,感到从来也没有吃过这样甜美的西瓜。王东家又付给我们每人五十文大钱。这是我有生以来第一次用劳动换来的钱。

待我在月色中回到家时,院门已关了,敲了半天,邻人王大爷才出来给开了,说:

"你跑到哪里去了,你妈到处寻你!"

我的心冬冬地跳着,走到窑门前,看到窗上还有灯光,知道妈妈看戏回来还没有睡,在等我哩。

我推门进去,她从被窝里坐起来劈头就骂:

"你死到哪里去了!让我到处寻你,黑天半夜的,就没有叫狼吃了!好,你先睡去吧,明天我再和你算账!"

第二天早上,我如实交待了搬曲的事,但还是挨了她一顿痛打。一来散戏后她找不到我,余火未消,二来我和穷孩子们一起干搬曲的事,也许有伤她的体面……

这件事过去已有六十年了,而今我不但有了儿女,当上父亲,而且也有了孙儿孙女,当上了爷爷。当我每每想起自己童年的这次难忘的劳动和由此而受到的惩罚,看到如今我的孙儿孙女们所过的幸福生活,就有很多感想。

是的,时代不同了,而今大多数父母对于儿童生活的关怀,对于他们的各种愿望的体会与满足都使我羡慕。

我带着痛苦的心情写下了童年的《一次难忘的劳动》,呈献给新社会的儿童们,请想想你们今天的劳动和生活与我当年有了多大的不同……

我的高小

我时常怀念起我的高小。

我的高小比小学好玩得多了,有足球,乒乓球,还有网球;有洋鼓、洋号,还有风琴、箫笛……

我也很怀念高小时代的小伙伴们,有一个外号叫"猫头鹰"的,他那两只又大又圆的可爱的眼睛呀,到现在还在我面前闪烁。

有一个外号叫"串山林"的,因为他爱歌唱,他的歌声好象还在我的耳际回荡……

我的高小离我家有三十里路,在一个名叫"道美村"的村庄里。道美村背山而面临汾河,风景很美。学校是由一个象样的玉皇庙改建的,位于村之南头。

道美村有我一位表兄,当我还在小学里上学时,他常来我家作客,有时就谈到高小。表兄说,当他们上地路过高小大门时,能听到里面细吹细打的声音,有时也看到学生们在球场里踢足球……总之,他说高小可洋气啦。经表兄这么一宣传,我的心就动了,想:如果我也能到高小里上学那多好。

没有想到不久区上来人,要我母亲派我到高小上学。可我母亲却不想让我去。其实上高小读书,并不交学费,仅仅送口粮、交书费就行了。但在我母亲看来,高小比小学要多花很多钱,所以不让去。

1923年前后的我的故乡,在很多家庭看来,子弟上高小是一种额外的负担,而且怕上坏,不听父母管教了。所以要是进行招考,将会是一个学生也招不到,因此就由区上用行政命令在各村找富户进行摊派。我家的生活较好,于是就成了摊派的对象。这在我真是求之不得的,可我母亲却为此而烦恼。

但在我的争取下,妈妈终于派了个亲戚,赶上毛驴,驮上米面、衣物、铺盖,把我送到道美村高小了。

上了高小,感到一切都很新鲜。功课不象在小学里只有国文和算术两门,又新增加了历史、地理、植物、英文、农业、商业、珠算、图画、手工等课程。我是最喜欢其中的图画课和手工课的。但那时的图画课还不画写生画,采用的是临摹的办法,即老师照着图画本上的马呀、兔呀……画在黑板上,给学生每人发一张图画纸,让我们照着画。但即使如此,我也是很感兴趣的。每次作业,老师都给我打一百分,并经常贴堂示范,给予我莫大的鼓舞。

手工课也很有趣,上课时老师发给我们红红绿绿的发亮的手工纸,让我们照着样本编织成彩色的图案。这是一种非常耐心的工作,要用米尺量出经纬纸条的宽度、长度,然后用很锋利的裁纸刀在玻璃板上一条一条地裁出来,再用两种不同的色纸条进行编织。这种作业在一小时的课堂上是无法完成的,要拿到寝室里去继续做。我非常喜欢这种作业,虽然费工,可是成品是非常美丽的。它既培养了我的耐心,也培养了我对于图案艺术的兴趣。

除了图画和手工,我还喜欢《植物》课,讲什么雄花呀雌花呀,又是什么风媒花呀虫媒花呀……怪新鲜的。

我最讨厌的是《孟子》,一开头就是:

"孟子见梁惠王,王曰:'叟,不远千里而来,亦将有以利吾国乎?'孟子对曰:'何必曰利,亦有仁义而已矣。'"

我管它什么仁义不仁义的,一上课就想打瞌睡。

我们学校可热闹啦,一到课余,有的同学学吹洋号,有的学吹笛子,而老师们却喜欢弹风琴、吹洞箫。怪不得我的表兄说"细吹细打的"。

我们有时也演话剧。记得有一年的阳历年举行游艺晚会时,曾演出了《孔雀东南飞》①,由猫头鹰扮兰芝,串山林扮焦仲卿,而我竟扮仲卿母。因为当时不是男女同校,所以只好男扮女装。然而我们的演出竟感动得道美村的妇女为之泪下,而在我倒觉得是怪好玩的。

注:①原为汉乐府民歌中的杰出作品,是古代少见的长篇叙事诗。内容写汉末恩爱夫妻焦仲卿和刘兰芝因受封建礼教压迫而致死的悲剧,并歌颂了他们的反抗精神。这里讲的是根据这首诗改编的戏剧。

我最喜欢的是踢足球。当我正在宿舍里做作业时,只要听得操场里嘭的一声踢足球的声音,就象屁股上生了刺似的,立刻就坐不住了。于是便丢下功课,不管三七二十一就往球场里跑,哪怕被同学踢破了腿也不伤心,还要去踢……

那时学校里也有网球,主要是老师们玩的。当夏收秋收过后,老乡打粮食的场里没活了,老师们在课余就指挥大些的同学把球网拴在两个碾场用的碌碡上,又用石灰水画上线,就打起网球来。我们同学一边看,一边给老师们捡球。待老师们打得乏了,也让我们打;有时候人员不够,也让我们插进去陪老师打。

那时的网球场上,一色说的是"洋话",什么"澳塞"(outside)呀、"盖姆"(game)呀、"兰因"(line)呀、"耐特"(net)[①]呀……我们还没有上外文课,就已经学会这些英文词了。

在我们学校附近,就是道美村的田野,一到春天,当桃花盛开,我和猫头鹰就起个大早偷偷跑到桃树下念书去了。那时田里的麦苗已返青,一片海绿;桃林如画,一片红霞。从汾河上吹来了醉人的春风,令人感到空气的清新。戴胜鸟"丢胡胡,丢胡胡"地在树间鸣叫,增加了春天的乐趣。

我和猫头鹰躺在黄色蒲公英和紫罗兰小花开放的草地上,有如置身于一个童话般的梦幻的世界里。

我们读着陶渊明的《桃花源记》[②],眼前的景色和书中的

注:[①] out　side意为出界,game在打网球时指"局",line意为压线,net意为触网。

意境溶成了一体。

猫头鹰说:"多美呀,咱们也好象成了武陵人③了。"

听到有人在唱歌,猫头鹰说:

"听,串山林来了。"

一看,果然是串山林,他穿过桃林向我们走来。

我说:"串山林,这可是你歌唱的大好季节,唱吧!"

但串山林没有唱,他也和我们一起躺在草地上,就谈起他的一次"艳遇"。他说当他在汾河畔唱歌时,一个正在河里洗衣的姑娘竟停止了动作,呆呆地听他的歌声,并用秋波瞟他。他一看,是一个如花似玉的美人,真是窈窕淑女,美目盼兮……说得我们都为之神往。

我和猫头鹰是好朋友,但有时也吵架。我们俩是同姓,按族里的辈数,我应叫他爷爷哩。但我从来也没有叫过。一次我们一起打网球,猫头鹰打过球来,我说是"澳塞",他说是"兰因",因为石灰线已模糊,所以引起了争执,以致于两人相打起来。我一拳打过去,猫头鹰睁大了两只发亮的眼睛叫道:

"喳!你还打爷爷哩?!"

"就是要打爷爷哩!"

逗得在场的串山林和另一位同学都笑起来。

串山林说:"算了算了,爷爷孙子不要吵架了!"这才平息。

待散场时,我和猫头鹰说说笑笑,又是好朋友了。

秋收一过,道美村的渠道里就停止了从汾河引水了。一个星期天,正是秋高气爽的晴朗天气,在汾河岸边长大的串山林对我说：

"咱们摸鱼去吧？"

"哪里有鱼？"

"你跟我来。"他说。于是我们拿上洗脸盆，他就引我到了渠畔。这时渠道里虽已没有流动的活水了，但尚未枯干，不少地方有积水。于是我的向导就跳下渠里，在积水中乱摸。他真内行，摸来摸去果真就摸到了鱼，有鲤鱼，也有泥鳅。我多么高兴呀，第一次看到活鱼，而且有两三寸长，它们惊慌地在洗脸盆里乱窜。

过去，我只是从图画里看到过鱼，吃过的鱼是父亲从外地买来的熏鱼。至于活鱼嘛，现在总算看到了，多么的动人！

接着我也下去摸。当两手在冰凉的浑水中触到鱼时，它就跑掉了，老是捉不住，真笨！于是向导告我，要慢慢地把鱼赶在角落里，才容易捉到。我照办了，终于捉到了一条，是鲤鱼，象在我的乐园里逮住了毛圪狸、在灌木丛中捉到了串山林似的高兴。

待归校时，我竟有了满满的一脸盆鱼……

将近六十年过去了，听说我的高小而今扩大了校舍，增加了初中和高中，又是男女同校了。然而我还时常怀念起我幼年时代的那个高小，怀念同学猫头鹰和串山林，怀念桃花林芳草地上谈"艳遇"的往事，怀念在冰凉的积水中摸鱼的乐趣……

梅花香自苦寒来

前　言

选在本集中的文章，是以毛泽东同志《在延安文艺座谈会上的讲话》为指导思想的。多年来无数艺术家的实践证明，他的讲话是文艺为人民服务、为社会主义服务的指针。

目前在我国的艺坛上，很多美术家在探索艺术的新形式，力求树立个人的新风格，这是好现象。但也有不少人对生活和艺术内容不够重视，有的人单纯追求艺术形式上的创新，有的人一味迷恋于西方现代派，这些问题虽有其历史原因，但也值得我们注意，用毛泽东文艺思想给以引导。

我不是专业的美术理论家，水平不高，欢迎读者指出文中的缺点和错误。

力　群

1983 年 12 月于太原

论艺术加工

从事艺术工作的人，要有两种经验，一种是生活经验，一种是创作经验。生活经验是解决艺术加工的原料问题，创作经验是解决艺术原料的加工问题。没有生活经验就无法进行艺术创作，也就是说没有生活原料就无法进行艺术加工，"巧媳妇难为无米之炊"。反过来说，如果没有创作经验，即使有生活原料也变不成艺术成品，正好比有了米而没有巧媳妇还是吃不上饭一样。要创作一件象样的艺术品，生活经验与创作经验都是非常重要的，缺一不可，而两者又是相互关联的。

世界上存在着两种加工工厂，一种是物质的加工工厂，制造物质产品；一种是精神的加工工厂，制造精神产品。不论是物质的加工工厂，还是精神的加工工厂，其共性是：原料——加工——成品，而成品比原料有了非常之大的变化。

毛泽东同志曾把我们的头脑比作一个"加工工厂"，这是用辩证唯物论的观点对头脑的一个正确看法，是对思维和存在的关系的一个非常形象的比喻。我们的头脑的思维活动,不管是逻辑思维还是形象思维,都是以社会生活为对象的,思维就是加工,社会生活就是原料。

艺术家摄取人类社会和自然界的原料,经过形象思维和逻辑思维,集中概括,通过对事物产生的爱和恨,进行夸张、变形、典型化、美化等改造加工,最后写成小说,画成图画,使原料和艺术成品相比有了很大的变化,否则就等于没有加工。

艺术加工的问题,也就是艺术家如何对待生活和自然的问题。是再现生活、再现自然,还是表现生活、表现自然?是如实描写,还是大胆创造?是把头脑这个加工工厂降低到一面镜子去机械地反映生活、反映自然,还是把头脑这个加工工厂提高到应有的高度对生活原料和自然原料能动地进行大胆的加工?苏联有位美术家名叫克里马申,他的作品是属于如实描写这一派的,所以苏联漫画家给他画了一幅肖像画,画面把他的头脑这个加工工厂给搬掉了,另安装上一个照像机。我觉得这幅漫画是很有意思的。

艺术加工的问题,也是生活真实和艺术真实之间的联系和区别的问题,也就是在艺术创作中如何正确解决客观与主观之间的辩证关系问题。照像式的如实描写就是自然主义,这是纯客观的再现生活和自然。而基于生活的大胆创造,是现实主义和浪漫主义相结合的创作方法,是主客观的辩证统一。我们是拥护"革命的现实主义和革命的浪漫主义相结合"这种创作方法的。

毛泽东同志说:"过去的文艺作品不是源而是流,是古人和外国人根据他们彼时彼地所得到的人民生活中的文学艺术原料创造出来的东西。"又说:"人民生活中的文学艺术的原料经过革命作家的创造性的劳动,而形成观念形态上的为人民大众的文学艺术。"毛泽东同志所说的"创造性的劳动"就是"加工"的同义语。那么照像式的如实描写能不能算加工和创造呢?显然不能。因为没有经过"创造性的劳动",也就是说成品没有比原料更高、更强烈、更有集中性、更典型、更理想。因此,如何加工的问题是艺术创作上的一个极为重要的问题。

经过创造性的劳动而加工了的艺术作品,在内容上应当首先把艺术家的鲜明的思想感情加进去,把艺术家的强烈的爱憎加进去,使主题更突出、更深刻,否则就不可能对人民群众产生积极的教育作用。但艺术的内容是必须通过艺术的形式来表现的,虽然说内容决定形式,但决不可忽视形式在艺术中的相对独立性。否则就会得出这样的结论:认为同一内容的绘画必然是同一的形式。因此,对艺术的形式风格来说,加工的目的,就是要使作品具有高度的创造性、高度的艺术性和高度的形式美。也就是说,应有个人的独创艺术风格和强烈魅力,从而使观众对我们的作品感到爱,感到是一种极大的精神享受,并且在潜移默化中受到教育,提高美的欣赏能力。例如当我们看了鲁迅的《伤逝》、梅兰芳的《苏三起解》、卓别林的《城市之光》,或看了齐白石的某些佳作、希腊的雕刻……都能感到是一种极大的精神上的享受。

旧社会把"杂技"叫做"耍把戏",耍把戏的人一开场就说:"会看的看门道,不会看的看热闹。"近些年来,我不论看造型艺术或是各种姐妹艺术,都是看如何加工,看艺术与生活有多大区别这些"门道"。例如京剧《苏三起解》,我们很多人都看过,它对我们在艺术如何加工的问题上最有启发。大家知道这是个大大的冤案。苏三当年在山西洪洞县的小小监狱中关了好久,根据生活真实来说,她应该是一个被折磨得蓬头垢面、衣著褴褛的囚犯形象,她决没心情在囚房里搽粉抹胭脂的。在艺术作品中,戏剧家是怎样大胆进行加工的呢?在舞台上出现的苏三的形象,是象新娘子一样的美人,连她颈项上带的那面枷,也是改造了的,在梅兰芳扮演的苏三出场时,解她的长解交给她的不是两块大木板,而是两条珠光宝气的鱼,是很美的装饰品。这是戏剧上的刑具。这样的加工会不会减少作为悲剧的感人之力呢?这种处理,首先是作为戏剧艺术的需要,因为艺术总应比实际生活更美、更理想。我看戏时丝毫也没有想到不真实,相反,倒觉得更符合于我理想中的苏三,更激发我的同情。是的,这样一位如花似玉的美人竟遭如此之冤屈,能不同情吗?况且这出悲剧之为悲剧者,主要还是通过苏三的唱词和表情来感染观众的。如果要以"真实"来挑剔,那么苏三走着台步,开口就唱就根本不真实,难道当年苏三出了洪洞县就是走的台步、唱的西皮流水吗?如果这样来要求真实,那就根本没有我们传统的歌舞剧了。因此,我觉得象《苏三起解》这样的戏,是真正进行了艺术加工的艺术品。

谈到美术，自古以来不论唐宋的人物画，还是明清的山水花鸟画，不论敦煌、永乐宫的宗教壁画，还是云冈、麦积山雕刻……都有一个不如实描写而着重从生活和自然中取其精华去其糟粕，力求传神的优良传统。我国古代的造型艺术家，善于把从生活和自然中得来的原料通过他们的头脑这个加工工厂，经过创造性的艺术劳动而制作出高于生活和自然的、富有个人独特风格的艺术品。但在近代，自从学习了西洋画以来，有的人就把如实描写当作艺术的最高目标，拼命追求照像效果，使艺术脱离了传统。及到"四人帮"统治文艺界的时期，在美术上竟提倡什么"红、光、亮"，把美术引向死胡同。

不能否认，我们的美术学校，学习西洋美术的教学方法，培养了学生的素描和速写的能力，有利于通过写生手段从生活和自然取得创作的原料，但也相对减弱了培养学生冷静观察生活、观察自然的习惯，减弱了象古人那样对事物长期观察进行默写的能力，因此培养出了一些离开模特儿不能作画的画家，以及死搬模特儿、追求照像效果、力求如实描写的画家，他们的头脑这个加工工厂失去了加工的能力。当我看了黄永玉、吴冠中、韩美林的绘画、郑于鹤的彩塑时，感到无比的高兴，因为他们终于跳出了如实描写的泥塘，经过创造性的劳动，制作出了高于生活、高于自然的作品。这是无愧于通过他们的加工工厂进行了加工的艺术成品。就拿郑于鹤来说，在他的加工工厂进行加工时，敢于对原料进行分解，取其精华，去其糟粕，通过自己的理想、感情和美学观点，根据对象的特征进行美化、夸张、变形,敢于捕捉人物的传神动势,创造性地使用色彩,使成品比原料更美。韩美林也是如此。这就是他们成功的秘密。

近年来,我参观了云冈、大足、敦煌、炳灵寺、麦积山、永乐宫、唐永泰公主墓道等处的古代艺术,从内容上说,因为大都是宣传宗教,基本上是无可取的。但从形式风格上来说,可以学习的就非常多。例如对待透视学,敦煌壁画中的《张仪朝出行图》,是装饰风的壁画,根本不讲究西法透视,近马、远马一样大,远人、近人一样高,整个画面构图充实丰满,人物、马匹生动活跃。山东武梁祠画像石上的汉马,唐代艺术中的飞马,以及宋、元人画的马,虽然各有其侧重,各有其创造性,但都不是如实描写的。只有清代郎士宁这个外国人画的马是如实描写的。我把现代瓷厂出品的如实描写的马和唐三彩马放在一起作比较,就立刻看出前者是未加工的原料,而唐三彩马就愈加显得高和美。因为从唐三彩马上能看出艺术家的理想,作者通过夸张的手法,特别强调了马的风度和神态,仅从马鬃的处理就看出艺术家的手法之不凡。

如果把中国最流行的几种动物雕刻和绘画与原物相比,就看出历代艺术家是如何加工了的。例如龙、凤、石狮子,龙是古代的爬虫类,现在灭种了,在博物馆里能看到它的骨骼化石,也能看到根据骨骼复原的标本,美术中的龙比标本更美、更威风、更有理想,难怪历代帝王愿把自己比作龙。由此可以看出古人是如何对龙进行加工的。郭沫若同志说,凤凰就是野鸡。但美术品中的凤凰比野鸡更美、更有理想、更有风姿、更有情调,所以历代皇后就把自己比作凤凰。石狮子是根据狮子创造的,是建筑物旁边的装饰品。虽然所有的石狮子都是经过改造的,但中国雕刻家在石狮上的创造真乃百花齐放。例如1973年在咸阳沈家村附近出土的那对东汉的石狮子,就最有代表性,它表现了狮子的矫健、威武、强壮、自豪等神采,从而表现了汉代的时代精神。汉朝是国势强盛、版图广大、西通罗马的一个大国,是历史较久的一个王朝,在艺术上不能不有所反映。我在西安博物馆的门口见过一对清代的石狮子,象一对叭儿狗,其庸俗轻佻、装腔作势之状,令人作呕。不论龙、凤,不论石狮子,绝大多数都是通过艺术家的理想、想象而创造出来的,绝不如实描写,这正是它们的可贵之处。

齐白石的画我们是较为熟悉的。真实的荷花除白色外绝大多数是粉红色,而他画的却是西洋红。真实的荷叶是绿色,而他画的是水墨。鱼虾在水中游,他只画鱼虾不画水。正因为他不如实描写,所以才显得有创造性。这样的处理正是艺术家充分发挥了加工工厂的作用。

西欧自十九世纪发明照像机以来,一百多年间,艺术创作的方向就是竭力避免照像式的如实描写,从写实主义到抽象派,是从基本上的客观主义到纯主观主义,也是从艺术表达思想走向否定思想内容。我们反对如实描写,强调创新,会不会创新到抽象派的邪路上去呢?我想是不会的。因为我们的艺术是无产阶级的,第一,不能取消艺术的思想性,即我们的艺术不能没有主题思想,不能忘记用共产主义思想教育人民,我们强调社会主义和革命的思想内容;第二,因为我们的艺术是为人民服务的，所以不能离开人民的欣赏要求，我们必须提倡"新鲜活泼的为中国老百姓喜闻乐见的中国作风、中国气派"。

世界上有头脑的艺术家都要考虑如何加工的问题，都要考虑艺术创作中主客观之间的关系问题。西欧文艺复兴时期的伟大画家达·芬奇说过这样的话："只是凭眼睛和技术作画而没有任何理想，就好象一面镜子，只是将放在面前的事物原封不动地照进去，实际上并没有意识到这些事物的存在。"从达·芬奇的这一段话的精神来看，他是反对象镜子似的如实描写的。十九世纪俄国的小说家契诃夫说："写作的艺术是精减的艺术。"这也说明艺术家的头脑这个加工工厂不能对原料原封不动，如实描写。

画家齐白石说："作画妙在似与不似之间，太似为媚俗，不似为欺世。"对这一段话，我们可以理解为他既反对依样画葫芦的照像主义，也反对脱离对象的形式主义。根据我自己的创作经验，要做到如实描写是比较容易的，当然其中也有技术的高低之分。但要做到不如实描写，对原料进行改造，即通过精减和恰到好处的夸张变形，达到表现事物的特征、动势、神采就很不容易。要做到这一点，就要经历一番艰苦的创造性的劳动。

最近我读了一篇关于画家吴作人的文章，吴作人说："年青人所要求的造型要象、要逼真，现在想想，当时我们所要求的逼真，逼的什么真呢？这个'真'里面就有问题了。"又说："造型要有什么特点，如何典型地表现这东西，把这个东西的神态表现出来就是真了。我们年青的时候对于造型逼真的看法,都是表面形象的真。但要求这样的真,何必画画呢?照像就是了,没有比照像更清楚了。但是照像的真,只是表面形象的真,物体本身你要提高它,更进一步地表现它,这不是一个单纯的想象的问题。"这里谈的也是对艺术的加工问题,是吴作人一生的创作经验的精华,亦即对如实描写的否定。

林风眠曾对学生说过以下的话:"真正的艺术家犹如美丽的蝴蝶,初期只是一条蠕动的小毛虫。要飞,它必须先为自己编织一只茧,把自己束缚在里面,又必须在蛹体内来一次大变革,以重新组合体内的结构,完成蜕变,最后也是最重要的,它必须有能力破壳而出,这才能成为在空中自由飞翔,多姿多彩的花蝴蝶。这只茧,便是艺术家早年艰辛学得的技法和所受的影响。"我不反对艺术家在发展过程中为自己"编织一只茧把自己束缚在里面"。这只茧就是技法的基本法则和艺术训练的基本功,其中包括如实描写。但你的加工工厂最后要在艺术上出神入化,有所创新,就必须破茧而出,由蛹变蝶。可惜到目前为止,还有许多艺术家束缚在茧内搞什么如实描写,那他是永远也不会成为在空中自由飞翔、多姿多彩的花蝴蝶的。

多年来我有这样一种看法:我们通常对人对事,反对"戴上有色眼镜看问题",但作为一个艺术家是必须戴上自己特有的有色眼镜去看世界的。这个有色眼镜当然首先是属于无产阶级之色,也就是说他的头脑这个加工工厂是以"无产阶级"为标记的,同时这副有色眼镜又必须用自己特有的感觉、喜好、趣味、气质、审美观点和爱憎的感情所制成，这样才能产生既有无产阶级观点感情又有个人独特风格的艺术品。

王朝闻在《艺术创作有特殊规律》一文中曾说："诗和其它文艺创作，作为一种区别于科学论文或干部鉴定表、行政布告之类的精神产品，由于状物是为了抒情，由于'观物'不能不受'我'的主观条件的支配，所以，出现在文艺作品里的客观事物，不可避免地而且应当容许它有'我'在。"这个"我"就是我这里所说的有色眼镜。

为什么各个名画家的作品趣味不同、风格不同、审美观不同？因为他们的加工工厂不同，他们所戴的有色眼镜不同。毕加索早年的作品曾有过青色时代和玫瑰色时代，令人感到前者有如画家戴上青色眼镜画的，后者有如画家戴上玫瑰色眼镜画的。又如我们看了日本画家东山魁夷的画，难道能不觉得东山魁夷也是戴着画家特有的有色眼镜在作画吗？一个画家如果连一点颜色的眼镜也不戴，那他就只能是照像式的如实描写，是绝不能产生个人独创风格的。

经过我多年的研究、思考，得出如下的结论：在艺术内容上，艺术家对来源于生活和自然的原料，愈熟悉、愈理解、愈爱得热烈、恨得刻骨，经过创造性的劳动进行集中概括，改造加工，其感人之力就愈大，主题思想就愈能深刻动人。在艺术形式上愈追求照像式的如实描写，就愈没有创造性，愈有碍于主题思想的突出和深化。反之，愈是敢于对艺术原料去其糟粕取其精华，敢于根据对象强调本质，强调美，突出性格特征力求传神，敢于根据感觉有所夸张变形，敢于根据想象和理想有所改造加工，加强作品的形式美，就愈有创造性，愈有利于突出主题。

我从事版画创作已四十多年了，单从技术上说，其创作经验就是和如实描写作斗争。套色木刻如此，黑白木刻更是如此，因为客观世界的丰富复杂的色彩，用黑白两色要如实描写根本做不到。

毛泽东同志说："中国的革命的文学家艺术家，有出息的文学家艺术家，必须到群众中去，必须长期地无条件地全心全意地到工农兵群众中去，到火热的斗争中去，到唯一的最广大最丰富的源泉中去，观察、体验、研究、分析一切人，一切阶级，一切群众，一切生动的生活形式和斗争形式，一切文学艺术的原始材料，然后才有可能进入创作过程。否则你的劳动就没有对象。"现在我们重温毛泽东同志这一段话，感到特别重要，特别亲切。

为了创作表现社会主义、为四个现代化服务的艺术作品，我们必须首先深入人民群众的生活。不愿下去是不对的，"不入虎穴，焉得虎子"。没有原料，任何加工工厂也开不了工。愿每一个有志于美术事业的人，都成为"有出息"的艺术家。

原载《美术研究》1979年第4期

论艺术的主题与题材

我经常作美术辅导工作,发现有不少同志搞不清主题和题材的区别与联系,把题材误当作主题;不能理解主题的来源及其在创作中的重要性,因而不知道在创作过程中追求什么东西,把精力摆在什么地方。由于创作思想上不明确,于是就导致不能感动人的、主题思想不明确的作品的产生。

古人对文章要求"文以载道",对诗歌要求"诗言志"。这"道"和"志"用现代术语来说,就是"主题"的意思。在美术上,唐代张彦远在《历代名画记》中曾说:"夫象物必在乎形似,形似须全其骨气,骨气形似皆本于立意。"这"立意"也就是主题的意思。

那么主题和题材究竟是一种什么关系呢?主题和题材的关系,正象人的灵魂和肉体的关系一样,主题寓于题材之中,灵魂寓于肉体之内。人没有了肉体,灵魂就不存在了,画没有了题材,主题也就无所依附了。没有灵魂的人叫做"行尸走肉",没有主题的画就叫图解式或说明性的绘画。其实主题也就是文学艺术的灵魂,没有灵魂的艺术是既不能感动读者也不能起宣传教育作用的。作品的主题就是作家、艺术家要宣传给读者的思想。

人是有阶级性的,文艺作品也是有阶级性的,但人的阶级性不是由肉体决定的,而是由灵魂决定的,即由人的思想感情,人的世界观决定的;文学艺术作品的阶级性也不是由题材决定的,而是由作品的主题思想决定的。同样是人,可以有不同的思想感情;同样的题材,也可以有绝然不同的主题思想。这是因为各个画家的着眼点不同,爱好不同,兴趣不同,世界观不同而使然的。

恩格斯说:"一个人物的性格,不仅表现在他做什么,而且表现在他怎样做。"这话说的非常好。如果画家仅仅停止于表现人物在做什么,不仅不能充分表现人物的性格,而且也很难表现出作品的主题思想,于是就出现所谓"说明性的"、"图解式的"作品。反过来说,如果画家表现了人物在怎样做,他就既表现了人物的性格,同时表现了作品的主题思想。所谓"怎样做"就是带着什么情绪做,以什么精神状态做,而情绪又是由思想支配的。作品中人物的情绪和动作是关系到作品的主题思想的决定性的因素。

"怎样做"的问题,是艺术构思的问题,也就是如何巧妙地、确切地、生动地表达主题思想的问题。这种巧妙、确切、生动的构思既来源于生活,又不是在生活中可以随手拈来。这是靠平时在生活中细致的观察和在创作时费尽心思的思考而偶然获得的,即所谓的"灵感"。对"灵感"这个词,曾经有过不少争论。我在多年的创作实践中体会到:所谓作家艺术家的"灵感",实际上就是生活的长期积累,生活的结晶在创作冲动的场合偶然的出现。正如周总理所说的"长期积累,偶然得之"。而绝不是唯心论者所说的,是作家艺术家头脑中固有的东西。

举例来说:有一幅木刻名为《当敌人搜山的时候》,是彦涵同志1943年在抗日战争年代创作的。描绘当年在太行山的战斗中,当敌人搜山时,群众支撑着子弟兵爬在土崖上向敌人扫射的情景。主题是歌颂军民的血肉关系,生死与共的关系。我所见过的描写军民关系的木刻真不少,如描写部队人员为群众扎伤口的,描写群众支援前线的,描写部队损坏了群众的物品向群众赔偿的……但还没有见过象《当敌人搜山的时候》这样感人、这样深刻的作品。

如果不是作者在太行山亲身经历了类似的战斗生活,如果不是作者对这种生活深有所感,那么他是不可能创作出如此动人的作品来的。作者不是一般地画子弟兵在做什么,而是刻画了怎样做。如果仅仅描写了一个战士在向敌人射击,就很平常,未必能感动人;而这里描写的却是群众和战士融为一体和敌人战斗,就特别感人。只有共产党领导下的部队才能得到群众如此的爱戴和支持,这预示着敌人的必然失败和抗日战争的必然胜利。

再以俄罗斯画家列宾的名画《哥萨克致土耳其苏丹的信》为例。它描绘的是当顿河草原的哥萨克酋长们接到土耳其苏丹迫令他们投降的来信后复信时的情景。这是画的题材。那么这幅画中的人物是怎样复信的呢？是带着什么情绪复信的呢？我们一眼就看出是带着讥笑的情绪复信的。列宾在这里歌颂了慓悍勇敢的、热爱自由的哥萨克人那种不屈服的性格。我们好象听到他们在轻蔑地说："你算老几，见上帝去吧！"哥萨克的慓悍勇敢的、热爱自由的人物形象和这种蔑视的情绪正是列宾刻意描绘的所在，而这也正是这幅画的主题。由于列宾把各种不同人物的高涨的情绪如此强烈地表现出来，因而使作品的主题能如此深刻地感染我们。

从以上的举例，使我们认识到题材在画面上是可视的、具体的，而主题思想在画面上却是看不到的、抽象的。题材是感性的，主题是理性的。然而观众通过题材可以感觉到作品的主题思想。越是优秀的作品，主题思想就越鲜明越强烈，因而也就越有感人之力，越有教育作用。主题必须通过作品形象所内涵的思想感情感染观众，才能起到宣传教育作用。因此，文艺作品必须有动人的形象和正确的主题思想，正好象人必须有高尚的品德、美好的灵魂一样。

从以上的论述，可以说明画家在创作过程中既有形象思维，也有逻辑思维，而逻辑思维所产生的主题，又是对形象思维起指导作用的。生活提供了主题，主题思想又指导画家集中和概括生活。

好的题材和主题从何而来呢？是从天上掉下来的吗？不是，是作家艺术家头脑里固有的吗？不是，好的题材和主题也象人的正确思想一样，只能从社会实践中来，从外界事物中来,因为好的主题就是一种正确的思想。毛主席说:"一切种类的文学艺术的源泉究竟从何而来的呢?作为观念形态的文艺作品,都是一定的社会生活在人类头脑中的反映的产物,革命的文艺,则是人民生活在革命作家头脑中的反映的产物。"作家艺术家要获得好的题材和主题,就必须到群众中去,到火热的斗争中去。可是,也有一些人到生活中去住了好久,却找不到作画的题材和主题。有的人到了农村也非常努力,见什么画什么,可是他回到机关却依然搞不出创作来,或者勉强画了一张,也没有鲜明的主题思想,冷冰冰的,不感动人,这又是什么原因呢?

通常一个画家到生活中去,如果他有所感动,有所激动,即有动于衷,才能有感而发,画出令人感动的作品来。这感动也罢,激动也好,总不外是对事物发生了爱和憎,而作品的主题思想恰恰就和这感动、激动密切关联,也就是说和画家对人和事产生的爱和憎相关联。既然一个画家在生活中有所感动,有所激动,他就必然有感而发,于是他所热爱的必然要热烈地加以歌颂,他所痛恨的必然要无情地加以暴露。这道理在文学艺术上都是共通的,例如人称"梅妻鹤子"的宋代诗人林逋,由于熟悉、热爱梅花,因而能写出为世人赞赏的"疏影横斜水清浅,暗香浮动月黄昏"的美丽诗句。令人感到诗人对梅花多么有感情,这既是有情的诗,也是醉人的画。高尔基说,文学艺术的任务就是对所描写的事物表示拥护和反对(大意)。这拥护和反对、歌颂和暴露,就是文学艺术的主题思想,也就是文学艺术家对生活所表示的态度,对生活所作的评价。

一个画家到了生活中,毫无感动,毫无激动,对任何事物都熟视无睹,无动于衷,那么他必然不知道该怎样下笔创作,不明白要表现什么,或者勉强画出来了,主题既不明确,也不感动人。这是毫不足怪的。因为他所画的连他自己都没有感动,又如何能感动别人呢!所以主题不明确,往往是作者对所描绘的事物没有感情的结果。而人的感情又总是受一定思想支配的,因此主题不明确也就是作者的思想不明确。只有真正熟悉、真正理解、真正感动了自己的事物,作为创作题材时才能产生明确的主题思想,才能去感动别人。这早已为很多作家、艺术家的创作实践所证明。

在"四人帮"统治文艺界的时代,美术界曾出现过"望风而发"和"奉令而发"的一些画家。"望风而发"和"奉令而发"都不是有动于衷,有感而发的。

"奉令而发"是屈从于权力、压力;"望风而发"是为了追求名利。"奉令而发"者,其实是美术界的软骨头,为了害怕,不惜搞违心之作。"望风而发"是一种投机心理,缺乏是非观念,缺乏作为一个画家对党和社会应有的责任感,甚至同一幅画,昨天的点题标语是"反击右倾翻案风",今天换成了批"四人帮"、"抓纲治国"的标语,就又拿出来发表,这是很不对的。当然也不能否认有些青年出于幼稚和无知而画了打倒所谓"走资派"的画。但不论哪一种情况,这种"望风而发"和"奉令而发"的为"四人帮"错误路线服务的作品,其创作道路是"主题先行"论,根本谈不上在生活中有所感受,至于其题材和主题却又是极端反动的。所以应成为一种严重教训。

文学上自古以来反对"无病呻吟",因为这种作品无生活感受,读起来使人体味不出真实感情,淡而无味,因而不能感动人。美术也完全如此。艺术家的充沛的感情与强烈的爱憎寓于作品的人物形象中。如没有爱憎的感情,形象塑造不好,主题也就表达不出来。所以鲁迅先生说:"能憎能爱才能文。"人物的形象也不是天上掉下来的,而是艺术家从深入生活中观察、体验、调查研究、画速写而获得的。由于艺术家和人民群众相结合,产生了强烈的爱,对他们的剥削者压迫者产生了刻骨的恨,这才有可能画出美好动人的形象。

也不能因为对人物有了爱憎,就轻视艺术技巧的重要性。不能认为让人能看出主题,就是好作品了。有些美术作品草图,初看苗头不坏,也就是说能看出它的主题,但由于技巧跟不上,再也提不高了,结果还不能成为具有艺术性的感人之作。有了生活,对人物也有了感情,要表达出深刻强烈的主题就离不开熟练的艺术技巧。

根据我自己的体会,越是先进的地区和单位,越是具有火热斗争的地方,当一个画家去体验生活时,被感动和激动的事物越多,所以可描绘的题材也就多。当然也有这样的情况,生活中有的事物激动、感动了艺术家,但这些事物却不适宜于作为造型艺术的题材来表现,而适宜于作为文学题材来表现,这就要求画家到生活中去注意选择适宜于绘画艺术表现的事物和人物形象。有时候一些所谓"情节性"的绘画使观众看了不解其意,多半是把适宜于文学表现的题材作为了绘画题材的缘故。

那么关于历史题材的作品又怎样描绘呢？美术家既无法去体验古代人民的生活，当然也无从从那种生活中有所感动和激动，所谓美好的形象和主题又怎样产生呢？描绘历史题材，主要靠间接生活的帮助，这就是阅读历史资料，收集历史文物，经过详细的调查研究，充分掌握了事件的详情，从中也一定能有所感动和激动。此外也还需要有直接生活的参照，两者相结合，经过思考和想象，也能创作出主题明确的动人的作品。例如描绘古代的农民起义，如果你对解放前的农村有所了解，对今天的农民有所熟悉，也会有所参照而得到启发。《收租院》的作者们都没有直接的生活经历，全靠深入当地贫下中农，调查研究，深有所感而后创作的。由于作者们甘当小学生，拜当地老农为师，向他们学习，对收租院的生活有了真正的熟悉，真正的理解，真正的激动，对那些残酷剥削农民的地主和狗腿子产生了无比的恨，对被剥削的劳动农民产生了无限的同情和热爱，同时他们又受了马列主义的教育，具有了这些条件，所以能够创作出如此富有阶级观点和阶级感情的动人的作品。这一创作，是对封建社会的控诉，是对农民阶级觉悟的激发，是对全国人民进行阶级教育的教材。

在美术创作上还有这样个别的情况：一个画画的人，因为没有学过文艺理论，还根本不懂得什么是主题、什么是题材，但由于他在生活中有所感动，也有一定的技巧，于是画出了他所深受感动的事物，因而无意中具有了鲜明的主题思想。但我们绝不能因此而甘心停留于盲目状态，满足于对主题的不自觉的自在阶段。毛主席在《实践论》中说："只有理解了的东西才更深刻地感觉它。"因此画家应该理解主题和题材的关系，从对主题的盲目状态中解放出来，并成为善于表达主题的能手。

还有一种情况，就是画家在处理画面时不懂得如何强调主题、突出主题，而把与主题无关的材料拼命往画面上堆，形成苗草杂处，良莠难分。其结果是不但冲淡了主题，而且也破坏了画面的形式美。这时候就必须下决心锄"草"。另有一种情况是，主次材料的位置摆得不合适，安排不得当，或者是精力用的不是地方，因而形成喧宾夺主，结果也妨害了主题的突出。

有的人好象不懂得主题思想的揭示是依靠作品的动人形象，而不管画面是否需要，拼命往里面搞标语口号。标语口号的繁多不但不能揭示主题思想，而且破坏画面的整洁与美感。标语口号用的适当，顶多不过增加点环境气氛，起到说明内容的作用。这种作品无论在政治上怎样进步，也是没有力量的。这些属于自然主义倾向的创作方法，其主要根源在于画家头脑中的主题思想不明确，因而导致作品的主题思想不明确。

有人把绘画分成主题性的和非主题性的，我认为不妥当，任何绘画都应当有主题。例如肖像画是不是也有主题呢？当然应该有。刘文西画的陕北老贫农，他想画出那种坚定、乐观、朴素、憨厚的性格，这就是他追求的主题。他画陕北女孩，想画出农村小姑娘纯朴的感情，朴素的美，这也是他追求的主题。东汉时代的两个石狮子(1973年在咸阳沈家村附近出土),通过石狮子的生动的创造性的形象,表现了一种矫健、威武、硕壮、自豪的精神,这种精神正是这一对雕刻的主题。

题材和主题有重大的和一般的之分。所谓重大的题材和主题,就是指和历史的发展、时代的面貌,革命的命脉有着较大关联的事物,否则就是一般的题材和主题。在我们社会主义时代,选取怎样的题材和主题,既和画家熟悉的生活有关,也和画家的政治水平有关。政治修养的不同,影响画家在生活中的感受,决定画家对什么事物感兴趣或者不感兴趣。即使两人都选取了同样的题材,而政治修养的差异,世界观的区别,决定着两人能否正确地深刻地揭示主题。有马列主义修养的画家,观察生活能看出事物内含的政治意义;没有马列主义水平的画家,他在生活中所感动的、所爱好的事物,就不一定和政治有关。所以毛主席说:"革命的文艺则是人民生活在革命作家头脑中的反映的产物。"

在延安时期,正当苏德战争最紧张的关头,我们举办了一个反侵略的讽刺画展,曾经有一个画家画希特勒,他不把希特勒作为一个社会的、阶级的人来看待,不把希特勒作为一个政治阴谋家来讽刺,而把他作为一个生理的人来描绘。结果出了笑话,因为他把希特勒画成一个身体强壮、肌肉很合解剖图的举重运动员了。这幅画的主题不明确正是由于作者没有政治头脑,思想不明确的结果。

有了重大题材,也不能保证一定能表现出重大主题。画开国大典,不能算小题材吧,但是能否表现出重大主题,那还要看你如何理解开国大典的重大历史意义,如何刻画毛主席和其他领袖人物的精神面貌。但是选取小题材却较难搞出大主题。例如花鸟题材,不过表现了花鸟的美丽和可爱,画的好也可以表现一定的时代精神,但毕竟是不能和开国大典题材的意义相比。当然有时候小题材也能表现大主题,不能否认这种可能性。

　　上面所论说的感动激动、爱和憎,以及拥护和反对、歌颂和暴露,都是有鲜明的阶级性的。这个画家所感动的、激动的事物,另一个画家却无动于衷;这一个人所爱的,恰恰是另一个人所憎的,这不是在生活中曾经看过的现象吗?"四人帮"所爱的"头上长角身上长刺"的人,恰恰是广大人民群众所痛恨的败类,而他们所仇视的周总理、朱委员长、邓小平同志等老一辈无产阶级革命家,又恰恰是全国人民所敬爱的党和国家的领导人,他们所提倡的文艺作品的主题思想(如敌视老干部),又恰恰是我们所反对的毒草。这种不同,正是由于人们的立场、观点、世界观的不同所决定的。因此毛主席早就明确要求我们文艺工作者到工农兵当中去,到火热的斗争中去,首先和工农兵打成一片,了解他们、熟悉他们,从而向他们学习,改造我们的世界观。文学艺术家在生活中产生的爱憎能和人民群众息息相通,能代表千千万万工农兵的爱憎,由此而产生的作品的主题思想一旦感染了群众,就会变成改造社会、改造世界的物质力量。

　　我们的文学艺术作品,只有准确地描绘了劳动人民的英雄形象和各种各样人物的形象和社会现象,代表了千千万万劳动人民的爱和憎，作品的主题思想才是有意义的。我们的作品如能真正转化成改造世界的物质力量，才可能是伟大的、不朽的。这就有力地说明了作家、艺术家深入生活的重要性和改造世界观的重要性，这也正是我把题材比作肉体，主题比做灵魂的理由所在。

让我们到广大人民群众中去，到大自然中去，选取新颖的、美好动人的题材和主题吧！为了祖国的四个现代化，为了满足人民多方面的精神生活的需要，我们应该到生活中去熟悉一切人、一切事物，去歌颂为四个现代化做出贡献的英雄事迹和英雄人物，歌颂祖国的大好河山和一切美好的事物。这是我们所有文艺工作者的光荣任务。

原载《美术》1979年第6期

要以自己的东西为主

读了周总理1961年《在文艺工作座谈会和故事片创作会议上的讲话》之后,觉得好象他在我们的身边针对当前文艺上存在的问题给我们讲话一样。他谈的如此谦虚,如此正确,如此深刻。我深为他对于文艺界情况的了解与关怀而感动。

周总理谈到的问题很多,我想单就他所谈的"遗产与创造问题"谈点感想。

周总理在这一小节中说:"在中外关系上,我们是中国人,总要以自己的东西为主。"即"以我为主"。这是一个非常重要的提法,也是一个非常正确的提法。我们的文学艺术自"五四"以来,强调学习西欧,结果很多作者照搬外国,形成非常严重的欧化之风。在文学上是如此,在美术上也是如此。用总理的话说就是学习外国时违反了"以自己的东西为主"的原则,其结果是既丧失了民族自尊心,也为广大人民群众所不喜闻乐见。"五四"以来在文学上,鲁迅是"以自己的东西为主"而学习外国的好榜样,他的小说也曾学习十九世纪俄罗斯作家果戈里、契诃夫、安德烈夫等人的作品,虽受些影响但却使你看不出外国痕迹。总理说:"吸收外国的东西要加以溶化,要使它们不知不觉地和我们民族的文化溶合在一起。这种溶合是化学的化合,不是物理的混和,不是把中国的东西和外国的东西'焊接'在一起。"而鲁迅正是这样做的。我们读鲁迅的文章,感到自司马迁到韩愈,到桐城派的姚鼐、方苞,直到鲁迅有一条线,一条民族传统的线,一条中国作风中国气派的线。这条线再延续下去就让我们想到赵树理了,赵树理在这条线上有了进一步的发展。鲁迅的作品还有从文言到白话的发展痕迹,到了赵树理就更加口语化了。这是一个很好的发展,它更加使工农兵喜闻乐见了。这条线的特色就是语言文字的简洁、明快而不繁琐,有如用筛子筛过的小麦的颗粒,既无砂石也无麦衣,一粒是一粒,令人喜爱。人们称赵树理这一派的小说为"山药蛋"派,不管它是一种褒词还是一种贬词,但我认为山药蛋派是好的。其所以好,就因为它首先是"以自己的东西为主",并且为贫下中农所喜闻乐见。这有什么不好呢!有的小说,在文学上虽不失为一朵香花,但读起来就没有那么流畅、顺口。原因之一就是缺乏我们自己的民族传统特色。

　　在这一剧种和别的剧种的关系上,也应"以自己的东西为主"。例如山西地方剧种不少,有的剧种改革得不错,有的就改得面目全非。有一个时期群众称这些乱改了的剧种为

"杂交高粱",这显然是群众对不"以自己的东西为主"而拼命吸收外来剧种的一种不满。总理说要"化合"不是"混和",更不是"焊接"。可是有的剧种,出现类似别的剧种的生硬唱腔之处实在不少,这难道不是"混和"和"焊接"的一种现象吗!因此群众讽刺为"杂交高粱"真是讽刺得确切。又如有的舞蹈,本来不是芭蕾舞,却生吞活剥地把芭蕾舞的动作"焊接"在其中,也是一种舞蹈的"杂交高粱"。

在美术和音乐学习外国的问题上,不"以自己的东西为主"的现象还要严重。在我们的美术院校,基本上是以西洋为主,现在一些中国画的人物画,不少是用中国画的工具、西洋画的画法创作的。"文化大革命"期间,有的地方的版画,是全盘接受西洋的,丢掉了原来学习祖国传统的优良作风。所有这些都是和总理提出的"以我为主"的原则相违背的,因此就不可能使我们的美术创作具有鲜明的中国作风和中国气派。

音乐在学习外国方面也有一个"以自己的东西为主"的问题。总理不是明确批评"一些器乐","总要来点西方情调,听来不和谐"吗?我作为一个外行,在乐曲上,"以自己的东西为主"的就听得入耳,例如曾被"四人帮"打为毒草的《梁祝协奏曲》我就特别爱听,以西洋的东西为主的,就不大能听进去。

那么可不可以搞一种"杂交高粱"式的艺术品种,就象骡子一样,名正言顺的非驴非马,而是骡子呢?我的答案是肯定的。但决不允许假借某某剧种的名义出现,群众不会答应。你可以另叫一个什么梆子嘛。但承认不承认这新的剧种,应由群众来批准,不由"长官意志"来决定。总理说:"艺术是要人民批准的。只要人民爱好,就有价值,不是反党、反社会主义,就许可存在,没有权力去禁演。"这话说得很好。即使如此,"我们是中国人,总要以自己的东西为主",还是一个必须遵守的原则。

目前在美术上,有些人争相学习外国现代派,以为时髦,也有人支持。至于我,是并不反对向外国的现代派艺术学习的,学的好,就有利于创新、有利于丰富和提高我们的社会主义美术的艺术性。但抛弃了总理提出的这个"以我为主"的原则,却决不是正途,这"五四"前后中国文学艺术上的经验已经足足可以告诫我们了。

黄永玉同志的彩色荷花,也象林风眠的作品一样,有人不承认是中国画。显然他们都是学习了外国艺术的,但我认为他们的创新既没有"焊接"之痕,也舍欧化之病,还是"化合"得巧妙的,而且也是基本上"以自己的东西为主"的。不应仅仅从笔墨上看,如果从精神上、魂魄上看,就令人感到还是有中国作风中国气派的,所以受到了很多人的喜爱。愿我们大家为创造为祖国社会主义四个现代化服务的,具有中国作风和中国气派的文学艺术而努力。

原载《晋中文艺》1979 年第 2 期

漫谈艺术风格

一位国际友人参观了"四人帮"时代在北京举行的全国美术展览会之后说:"就象是一个人的。"换句话说,就是每一幅作品都没有个人的风格。这的的确确是当时我们美术创作存在的一个严重问题。而这种情况正是"四人帮"摧毁毛泽东同志制定的"百花齐放,百家争鸣"文艺政策所产生的必然结果。

"百花齐放"对戏剧来说,固然要求全国各地方剧的繁荣,同时也要求各个流派的存在与发展。例如同是京剧,就有梅派与程派之分。在美术上则不但要求不同画种的繁荣,同时也要求每个画种发展不同的流派,每个作者发展个人的风格。例如年画这一画种吧,就有河北杨柳青派、山东潍坊派、四川绵竹派、江苏桃花坞派等不同流派。而同是潍坊年画,每一个作者又应有自己的个人风格。

如果全国上演的只有京剧一个剧种,整个花园里种的只有白牡丹一种花,一桌酒席摆上来只有红烧肉一种菜,请想一想,这还成什么世界!这还有什么意思!人民能同意吗?为了满足广大人民群众的不同喜爱与要求,为了使文艺园地开放各种不同的鲜花,为了文艺的自由竞争和艺术家才能的自由发挥,为了文艺作品的互相比美、共同繁荣,正确地执行"百花齐放,百家争鸣"的文艺政策是完全必要的。

个人风格的形成,既有很多因素,也有一定的过程,当然不可能今日觉悟到应创造自己的风格,明天就创造出来了,没有那么容易。虽然风格的形成有一定的过程,但风格形成的快慢,又是和作者主观努力的多少分不开的。

形成怎样的个人风格,和自己的师承、爱好,和自己的服务对象的要求都是极有关系的。例如我当年从事木刻创作时,学习的是苏联版画,对法服尔斯基派的作品非常喜爱,因而我的作品的风格就无意中有了苏联作品的风味。后来到了延安鲁艺,开始觉悟到应脱离苏联创造自己的风格,这才从《饮》走向《伐木》,又走向《延安鲁艺校景》。经过毛泽东同志《在延安文艺座谈会上的讲话》的教导,考虑到作品的服务对象是工农兵,因而我的木刻的风格又向明快方面发展,创作了《毛主席像》《丰衣足食图》《给群众修理纺车》《送马》等。赵树理小说的风格的形成难道和贫下中农的喜闻乐见没有关系吗?当然是有的。

我们的文艺作品,既应有风格上的共性,也应有风格上的个性。共性就是毛泽东同志所说的中国作风中国气派,个性就是不同的中国作风,不同的中国气派,即共性中的个性。

正好象祖国的各族人民,不论汉族、回族、蒙族……外国人一看都能看出是中国人。然而同是中国人,又有明显的张三李四之分,绝不会都象一个娘养的同胞兄弟。

为了创造具有中国作风中国气派的文学艺术风格,当然应下苦心研究中国文学艺术的优良传统。就美术而论,美术家就必须对敦煌的壁画、麦积山的雕塑、大同云冈的石刻、永乐宫的壁画以及《清明上河图》、《韩熙载夜宴图》……和古代的山水花卉作品进行广泛的学习和研究。应该指出,很多古代宗教美术其内容是毒草,但其形式却有可取之处,对我们创造中国作风中国气派的新艺术风格有借鉴价值。

那么,为了自己的作品具有中国作风和中国气派的风格,是否可以向外国作品学习呢?答案是可以学习,也应该学习的。但学习外国却有两种学习方法,一种是"五四"时代和三十年代部分文艺工作者学习外国的方法,一种是鲁迅学习外国的方法。前者的学习,是一种皮毛的学习,错误的学习,学习的结果使自己的作品形成了欧化的风格。美术上如此,文学上也如此。我读过荒煤同志在三十年代写的《长江上》,这是一篇相当好的小说,但其缺点就是风格太欧化了,象翻译过来的高尔基的小说。这种现象在当时是很普遍的。鲁迅却不然,他也曾学习果戈里、安德烈夫等人的作品,然而鲁迅小说的风格,却始终保持了中国作风和中国气派。鲁迅在《论"旧形式"的采用》一文中说:"……这些采取,并非断片的古董的杂陈,必须溶化于新作品中,那是不必赘说的事,恰如吃用牛羊,弃去蹄毛,留其精粹,以滋养及发达新的生体,决不因此就会'类乎'牛羊的。"鲁迅就是按照他自己的立论学习外国文学的,他并没有因为"吃用牛羊"而"类乎牛羊",因学习外国就形成欧化的风格。有的文学家学习了外国而形成了欧化的风格,就如吃用了牛羊真的类乎了牛羊一样。因此我们学习外国应以鲁迅为榜样。鲁迅学习外国文学的方法就是"洋为中用"的正确方法。

鲁迅也是向中国古人的文学作品很好地学习了的,但是他并没有用古文写小说,也没有采用章回形式,而是采用白话文和新形式。鲁迅学习古人的方法,也就是"古为今用"的正确方法。

形成怎样的个人风格,除了以上所谈的成因外,个人的气质、性格、秉赋也是一个重要的因素。例如华君武同志漫画中的幽默感(不是所有的漫画都有幽默感的),是其作品的特色,就不一定是向别人学习来的。果戈里和鲁迅的幽默和讽刺才华,也是如此。

齐白石曾说过这样的话:"学我者生,似我者死。"这就是说,从我这里学习了东西,融化于自己的作品中,从而创造了自己的风格者,就谓之"生"。相反,如果死学我,学得和我一模一样者,就谓之"死",因为这样不能创造自己的风格。

西欧文艺复兴时期伟大的绘画三杰之一拉斐尔,早年是死学他的先辈米开朗基罗的,他画的《柏拉图学院》就象米开朗基罗的作品一样。但他后来终于摆脱了米开朗基罗的影响,创造了拉斐尔式的圣母像,是那样的优美,那样的善良,那样的温柔。这才是拉斐尔自己的风格。

艺术风格也是有高低之分的，正象一个人的风格有高有低一样。在美术上，大凡缺乏创造性的，其风格必然不高，而石涛、齐白石等人的作品其风格就高。以音乐来说，《毛毛雨》其风格就低，而《国际歌》、《游击队之歌》其风格就高。就文学而论，鲁迅的作品其风格就高。我们应创造风格高的文学艺术作品。

我们的文学艺术，不论美术，不论文学，不论戏剧，都应该既有中国的作风气派，也应该有个人独特的风格。多年的创作经验使我们得出如下的结论：向外国学习不应失掉中国气派，向古人学习不应失掉时代精神，向姐妹艺术学习不应失掉自己的特点，向同行学习不应失掉自己的个性。我想这是我们在创作中应该遵循的道路。

原载《太原文艺》1979年第1期

从"唉哟哟"谈起

姐妹艺术之间有许多共同的东西，但经常是未被认识到，因而也没有在创作中有意识地发挥它的作用。

一次我参加音乐演唱会，听到"唉哟哟"之类的唱词时，心里想：在歌词中这种东西是常有的，但在绘画上有没有呢？我自己提出这么个问题，想了想，答案是：在木刻里也有。但从来没有意识到，考虑过。虽然偶尔也使用，然而是不自觉的。后来我向一位音乐家请教，问其名称，他告诉我"唉哟哟"一类的唱词在音乐上谓之"衬词"和"虚字"。

这种衬词和虚字在歌词中并不表示任何含义，但它有助于表达歌唱的感情，丰富音乐的内容，增加音乐的色彩，起强化音乐形象的作用，在民歌中用得较多。而民歌不少是表现男女双方在恋爱中的感情的，"唉哟哟"之类的衬词能加强民歌的爱情色彩，增强歌唱的抒情性，使人感到情意缠绵。而有的民歌中的衬词和虚字则能增加音乐的地方色彩，或为某种音乐风格之需。所以我想,衬词虚字在音乐中绝不是可有可无的东西,是形成一曲动人的音乐所不可缺少的组成部分。

在绘画上这种"衬词"式的点线,也是存在的,但还没有个名称。我就把它叫作"唉哟哟"吧。这种"唉哟哟"在画面上的作用,非常类似它在音乐上的功能,是丰富和美化画面,为某种风格的形成之所需。最先想到我的一幅套色木刻《山葡萄》,起稿时在黑底子上勾画出群青色山葡萄的茎、叶和红色的果实,在叶与叶之间的大片黑底却无法处理了,如果就照这样作为成品吧,这些大片黑底会使画面显得非常单调,有一览无余之感,就象一首民歌缺乏应有的"唉哟哟"似的。怎么办呢?后来画了几个小蜗牛,也觉得不是味。最后点了些圆口刀刻痕的点,觉得好看了。这些毫无内容的点,在当时只觉得画面需要它,还不知道它就相当于音乐上的"唉哟哟"。

后来我观察国画家的写意画,也曾发现类似的东西,如在荷的花叶下点些点,你说它是水萍吧,有些大,你说它是幼荷叶吧,又感到小,其实它什么也不是,它就是"唉哟哟",是为画面之所需而点上的。最明显的莫过于黄永玉所画的荷花。画面除了描绘出清晰的荷花和涂抹出类似荷叶的形象外,在背景和空白处,还有很多左涂右刷的大笔触,既不表现天空,又不表现湖水,但却具有丰富画面、增加画面的空间感和深厚感的作用,同时也是形成黄永玉特有的画风的重要因素。

是的,这都属于绘画上的"唉哟哟"。

毛泽东同志说:"感觉到了的东西,我们不能立刻理解它，只有理解了的东西才更深刻地感觉它。"我们对艺术上的"唉哟哟"的理解，既有利于更深刻地感觉它，也有利于灵活地运用它。

但"唉哟哟"之类在绘画上的运用，则不能违反"衬词"的客体地位。如果一幅画全都是"唉哟哟"之类，而具象的东西被挤出画面之外了，就成了抽象派的作品，这却不是我们所应提倡的。在音乐上，如果全部歌词都是"唉哟哟"之类，它也可以形成节奏和旋律，表达作者的感情和音乐的美感，但却表达不了歌词的思想内容了。

原载《文艺研究》1982 第 4 期

艺术家的有色眼镜

世界上有各种各样的眼镜：有无色的和有色的，还有无形的和有形的。

走进眼镜店，在橱窗里可以看到平光镜、近视镜……都是无色的；茶镜、墨镜……都是有色的。这些都是有形的眼镜，我们可以看得见，买得到。

但还有一种无形的有色眼镜，那是在眼镜店里看不见、买不到的。可是它在我们的生活中存在。

在生活中，人们常批评别人说"看人看事不应戴上有色眼镜"。这种有色眼镜是无形的，但它也确实存在。

是的，看人看事不应戴有色眼镜。因为戴上有色眼镜看人看事就不是用辩证法的观点，而是用形而上学的观点，其结果就不可能符合客观实际。

然而作为一个艺术家却不同，艺术需要有艺术家的主观性，因此他应该戴一副自己特有的有色眼镜，否则自己的作品就不可能有独特的个性和独特的风格。艺术家的这副特有的有色眼镜，来之不易。有些艺术家就根本没有自己特有的有色眼镜，而是戴别人的有色眼镜，或者是始终戴的无色镜，这样的艺术家的作品是很难有创造性的。

艺术家的这副特有的有色眼镜，既是无形的，又是买不到的，那么又怎样形成呢？

艺术家的这副特有的有色眼镜是由艺术家的生活、感情、秉性、气质、师承、修养、趣味、爱好……等因素形成的，并且是发展的，变化的。例如著名画家毕加索的油画，早期有过一个蓝色时期和玫瑰色时期，令人感到他在蓝色时期戴的是一副蓝色的眼镜；后来他放弃了这副眼镜，戴上了玫瑰色的眼镜。这是极为显著的例子。

我们欣赏日本画家东山魁夷的作品，也感到他多半戴的是一副青色的眼镜。

具有民间风味的丰富多彩的敦煌壁画，鲁迅赞扬的"气魄深沉雄大"的汉代石刻画像，也都使我们感到是艺术家戴着独特的有色眼镜的产物。

西欧后期印象派的高更、美国女画家卡萨特、瑞典画家安德斯·佐思、罗马尼亚著名画家科·巴巴，以及我国画家林风眠等，也都是戴着他们特有的有色眼镜来创作的。

我们的木刻家新波同志戴着一副特有的把事物看成只有黑白两色的有色眼镜，创造了他的特殊风格的版画。

我所说的艺术家的这副独特的有色眼镜，并不局限于色的方面，也包括形的方面。例如毕加索曾有过新古典主义时期,这个时期他所画的人物,是那样粗壮而稳重,具有雄伟的美。其所以如此,也是因为他戴着特有的有色眼镜。

诗人也有一副不同于他人的独特的有色眼镜,杜甫如不戴这么一副眼镜,那"感时花溅泪,恨别鸟惊心"的有名诗句就写不出来。为什么杜甫看来花会溅泪,鸟能惊心呢?这是当时动乱的社会生活和诗人内心的痛苦的感情给他配了一副有色眼镜。

一个艺术家在同一时期也可能有两副或三副独特的有色眼镜,但它们之间还是有很多共同性的。一个民族的画家应首先有一副具有其民族色彩的眼镜。例如中国的山水花鸟画家就有一副鲜明的中国作风中国气派的有色眼镜。

艺术家的有色眼镜,其色可浓可淡,但如果连最淡色彩的眼镜也不戴,他的绘画就很难有什么调子。

在自然界中,早霞和晚霞以及中秋的月色也是天然的有色眼镜,我们通过这天然的有色眼镜就看到自然界蒙上了一层美的色调,引起诗人和画家的赞叹。

现在世界上艺术家的有色眼镜是非常之多的,有忧郁色调的有色眼镜,也有明快色调的有色眼镜;有抽象派的有色眼镜,也有超现实派的有色眼镜……

我们社会主义时代的中国美术家应该具备怎样独特的有色眼镜呢?

首先是百花齐放,但也不能没有条件。

唯一的条件是:通过我们独特的有色眼镜制作出来的作品既要能使人民看得懂,又要对人民有益。眼镜的色度不能影响社会主义的内容和客观事物的本质特征、神态美感。相反的,只能是更加强调它们;也不能影响作品的思想性和艺术家的革命感情;相反的,只有更加提高它们。

世界上有各种各样的眼镜,唯独艺术家所特有的有色眼镜最为宝贵。没有这副独特的有色眼镜,就没有个性,就没有个人的独特风格。现在有很多画家已觉悟到要有自己的独特的有色眼镜,这是非常可喜的现象。

原载《文艺研究》1982年第4期

鲁迅是培养中国新兴版画艺术的母亲

今年是中国新兴版画诞生的五十周年。回顾这五十年的战斗历程,不能不首先想到作为中国新兴版画之母亲的鲁迅先生。

五十年前中国的美术界基本上是脱离政治、脱离人民的,有如一潭死水。在这种历史背景下,鲁迅先生想到要培育一种能够表现人民的苦难和战斗的、为中国革命服务的艺术,于是在中国美术界积极提倡新兴的创作木刻。他在1930年出版的《新俄画选》的小引中说:"当革命时,版画之用最广,虽极匆忙,顷刻能办。"

这就明显地说明了他之所以积极提倡版画的动机。

说实在的,"五四"以来中国文学家中象鲁迅先生那样深懂美术,关心、热爱美术事业,而且有时也亲自动手画书籍封面装饰画的,实在太少。他为自己的《呐喊》和由他编辑的《引玉集》所作的封面设计,至今都使美术家们感到是很有创造性的,艺术水平颇高的。

鲁迅先生于1929年和1930年先后以"朝花社"名义选印了《近代木刻选集》两本,《新俄画选》一本,此外还有《比亚兹莱画选》和《蕗谷虹儿画选》两种。这五本画册除介绍外国木刻外,还介绍外国画家的黑白画。鲁迅先生深知黑白画是近代创作木刻的亲兄弟和基础,所以和木刻同时作为"艺苑朝华"介绍给中国木刻青年。在《近代木刻选集》中,选了英、法、意、美、瑞典、俄、日本等国家的创作木刻共二十四幅。有的是抒情小品,有的是书籍插图,有的是绘画风的写实力作,有的是装饰风的富于形式美的版画。但不论前者或后者,都在黑白的运用上颇有匠心。从内容看这些木刻都不属于革命的战斗的作品,因为鲁迅先生在介绍外国木刻方面有他的策略。如果一开始就介绍无产阶级的木刻,在当时白色恐怖的政治空气中,必然难于开展工作,不利于当时广大知识界的接受与支持。即使次年介绍的《新俄画选》,也仅有一幅政治性较强的克拉甫兼珂的《列宁的遗骸任人瞻礼》。但这本画册的出版,多少也满足了中国进步美术青年急于想了解十月革命后苏联美术创作的愿望。鲁迅先生介绍外国创作木刻,首先是想让中国的美术青年和知识界开开眼界,知道世界上还存在这么一种富于力之美的艺术,自然也为了未来从事木刻创作的青年的参考。想到他的这种苦心孤诣,我们对他多么感激与敬佩。

1930年鲁迅先生用珂罗版影印了德国青年木刻家梅裴尔德为苏联小说《士敏土》所作的插图。梅裴尔德木刻的特色是风格豪放与有力,表现了十月革命后苏联的工业从寂寞中恢复的情景。这本画册出版后,受到了中国木刻青年的欢迎。

1931年夏鲁迅先生在上海举办了中国有史以来的第一个"木刻讲习会",请日本内山嘉吉先生作指导,他作翻译。这样就产生了中国的第一批新兴木刻家。以后在他的提倡下,上海日本内山书店开始出售木刻刀和麻胶版。这就解决了当时木刻青年最感困难的工具问题。

1933年鲁迅为上海良友图书公司出版的比利时木刻家麦绥莱勒的《一个人的受难》作序,向中国读者推荐了这位欧洲著名的版画家。从而大大丰富了中国木刻青年的眼界,看到了另一种讲究黑白而不讲究明暗、刻法简练而画面整洁的木刻,而且是连续的,不用文字说明即可看懂。麦绥莱勒的木刻在中国一问世,就受到版画界的热烈欢迎。

到1934年,鲁迅先生又自费精印了《引玉集》,大批地介绍了苏联木刻。它比起《新俄画选》来,就更加丰富了。这一回可大大满足了中国进步的木刻青年的渴望。但《引玉集》中的作品都是木口木刻,当时在中国很难买到木口木刻刀和木口木刻版,因此要在纵断的木面上用普通木刻刀刻制那么精致工细的木刻就很困难。但木刻青年还是利用黄杨木和梨木版尽力向这种新颖的苏联版画学习了的。苏联版画家的严肃的创作态度和作品中所表现的革命的内容,以及它的高度的艺术技巧,无不给我们以可贵的教益。然而鲁迅先生热心培育中国新兴木刻的工作,也还是遇到了丑角们的冷嘲的。他在《引玉集》的后记中说:

目前的中国,真是荆天棘地,所见的只是狐虎的跋扈和雉兔的偷生,在文艺上,仅存的是冷淡和破坏。而且,丑角也在荒凉中趁势登场,对于木刻的介绍,已有富家赘婿和他的帮闲们的讥笑了。但历史的巨轮,是决不因帮闲们的不满而停运的;我已经确切的相信,将来的光明,必将证明我们不但是文艺上的遗产的保存者,而且也是开拓者和建设者。

从这里可以看出,鲁迅先生为了未来所做的工作是多么自信而有远见。五十年过去了,历史证明了他的看法的正确,中国新兴木刻的巨大成就就是最有力的说明。

1936年鲁迅先生以"私人精印本"出版了《凯绥·珂勒惠支版画选集》,这本画册中的主要作品是铜版画,此外也有少量木刻。凯绥·珂勒惠支的作品是革命的,"她以深广的慈母之爱,为一切被侮辱和损害者悲哀,抗议,愤怒,斗争;所取的题材大抵是困苦,饥饿,流离,疾病,死亡,然而也有呼号,挣扎,联合和奋起。"因此她的这些带着德国人民的深重苦难的图画,一经和处于深重苦难中的中国人民见面,就立刻得到了共鸣。她的版画也最能给予在艺术道路上摸索前进的中国革命青年美术家们以启示。这是一种非常有分量的画册,因为印数极少,人们得到它如获至宝。在印刷上又是采用的珂罗版,鲁迅先生说:"供给艺术青年参考,所以印工不能不精……"先生对待艺术青年,正如做母亲的,总是要把最好的食物给孩子吃一样。

珂勒惠支的版画对中国的木刻青年的影响至为广大，例如抗日战争时期延安"鲁艺"培养出来的青年木刻家古元，他早期的作品就深受她的影响。李桦的木刻组画《怒潮》中的《起来》一幅，也在一定程度上受了珂勒惠支的影响。

1936年6月23日鲁迅先生在病中还为良友图书公司出版的《苏联版画集》写了序文。当时"苏联版画展览会"在上海隆重举办，这不仅仅是艺术界的大事，而且也是很有政治意义的。人们通过那些歌颂十月革命和社会主义建设的作品，看到了自己祖国的明天，大大地鼓舞了中国人民和中国青年版画家的斗志。

鲁迅先生对苏联版画有非常精彩的评语，他说："单就版画而论，使我们看起来，它不象法国木刻的多为纤美，也不象德国木刻的多为豪放。然而它真挚，却非固执；美丽，却非淫艳；愉快，却非狂欢；有力，却非粗暴。但又不是静止的，它令人觉得一种震动——这震动，恰如用坚实的步法，一步一步，踏着坚实的广大的黑土进向建设的路的大队友军的足音。"

1936年10月8日，鲁迅先生带病到上海八仙桥青年会参观了"第二次全国木刻联合流动展览会"，并和曹白、新波、陈烟桥等木刻青年进行了谈话。他对这次的展览是满意的，同时指出了木刻作者存在着素描基础不足等问题。鲁迅先生的突然出现，大大鼓舞了木刻青年。他是多么关心由他一手培育的这株幼苗的成长！

为了培育中国的版画青年，鲁迅不仅以精印的版本介绍世界有名的革命现实主义的版画作品，而且通过书信和文章,谆谆善诱地指导他们的创作和版画运动。这从下述几个方面可以看出。

第一,鲁迅极力反对当时木刻运动中的左的关门主义。他于1934年给陈烟桥(又名李雾城)的信中说:"木刻还未大发展,所以我的意见,现在首先是在引起一般读者界的注意,看重,于是得到赏鉴,采用,就是将那条路开拓起来,路开拓了,那活动力也就增大……"并说:"况且,单是题材好,是没有用的,还是要技术;更不好的是内容并不怎样有力,却只有一个可怕的外表,先将普通的读者吓退。例如这回无名木刻社的画集,封面上是一张马克思像,有些人就不敢买了。"

第二,主张根据生活取材,反对"以意为之"。1933年给罗清桢的信中说:"我以为少年学木刻,题材应听其十分自由选择,风景静物,虫鱼,即一花一叶均可,观察多,手法熟,然后渐作大幅。"1935年给李桦的信中说:"现在有许多人,以为应该表现国民的艰苦,国民的战斗,这自然并不错的,但如自己并不在这样的旋涡中,实在无法表现,假使以意为之,那就决不能真切,深刻,也就不成为艺术。所以我的意见,以为一个艺术家,只要表现他所经验的就好了,当然,书斋外面是应该走出去的,倘不在什么旋涡中,那么,只表现些所见的平常的社会状态也好。……如果社会状态不同了,那自然也就不固定在一点上。"

第三,鲁迅先生对于版画艺术的技巧是很重视的。他在同一封信中说:"来信说技巧修养是最大的问题,这是不错的,现在的许多青年艺术家,往往忽略了这一点。所以他的作品,表现不出所要表现的内容来。正如作文的人,因为不能修辞,于是也就不能达意。"说明了技巧与内容的有机关系。

第四,鲁迅对于新兴版画如何继承民族绘画的优良传统也是十分重视的。他在同一封信中说:"……倘参酌汉代的石刻画像,明清的书籍插图,并且留心民间所赏玩的所谓'年画',和欧洲的新法融合起来,也许能够创出一种更好的版画。"在1935年给李桦的另一信上又说:"惟汉人石刻,气魄深沉雄大,唐人线画,流动如生,倘取入木刻,或可另辟一境界也。"鲁迅先生对汉人石刻"气魄深沉雄大"的评语,令人感到他是多么的精通美术。

鲁迅先生对于发展新兴木刻艺术的见解很丰富,其中有不少观点,不仅对于当时的木刻青年来说是正确的,就是对今天我们的版画创作也是有指导意义的。

原载《文艺报》1981年第18期

鲁迅先生怎样指导木刻创作

鲁迅先生对于新兴木刻运动和青年木刻家的热情支持和教导，我们通过他有关文章和书简可以有很好的了解。可惜我们只能从书简中读到他对某人的木刻创作的称赞或批评，而不能同时看到被称赞或批评的作品。因此我想，为了纪念鲁迅先生，把他曾经对木刻运动和木刻创作发表过的意见加以介绍、研究固然十分必要，如果有人把他曾指导过的木刻作品和他对这些作品发表的意见收集在一起加以介绍、研究，也是很有意义的。这既有助于了解鲁迅的艺术思想和他在美术方面的修养，又能使我们更好地了解他怎样指导木刻创作，而且人们读起他的这些书简来也会感到更大兴趣。

要做这样的工作是十分困难的，因为当时的很多木刻作品都散失了。但这也并非完全不可能，例如鲁迅先生在书简中提到的曹白的和我的木刻就还全在。现在我把这些作品和鲁迅先生所提的意见加以发表，作为我对鲁迅先生的纪念，也作为我对这一工作的一种尝试。

我未曾和鲁迅先生直接通过信,我请他指导木刻创作是通过我的朋友曹白和他的通信。

曹白于1936年3月第一次把他刻的《鲁迅像》寄给鲁迅,不久鲁迅先生给他回信说:

顷收到你的信并木刻一幅,以技术而论,自然是还没有成熟的。

但我要保存这一幅画,一者是因为是遭过艰难的青年①的作品,二是因为留着党老爷的蹄痕,三则由此也纪念一点现在的黑暗和挣扎。

倘有机会,也想发表出来给他们看看。

1936年7月间曹白把他给鲁迅先生的《花边文学》刻的封面和我为《中国的一日》刻的《采叶》及一幅《三个受难的青年》②等寄给鲁迅先生,他的回信说:

谢谢你刻的封面,构图是好的,但有一个缺点,是短刀的柄太短了。汉字我想也可以和木刻相配,不过要大大的练习。③

郝先生的三幅木刻,我以为《采叶》最好;我也见他投给

注:① 指曹白因参加"木铃木刻社"而被捕入狱。
② 指力群为纪念"木铃木刻社"三社员的被捕入狱而作的木刻。
③ 这个封面木刻上的文字,是当时正在提倡的拉丁斯文字。
④ 《中国的一日》上的木刻很多,都是请鲁迅先生审稿的。

《中国的一日》，要印出来的。④《三个……》初看很好，但有一避重就轻之处，是三个人的脸面都不明白。

1936年7月我托曹白把我给鲁迅先生刻的像寄给他。鲁迅先生在8月7日给曹白的回信中说：

木刻开会，可惜我不能参观了。我对于现在中国木刻界的现状，颇不能乐观。李桦诸君，是能刻的，但自己们形成了一种型，陷在那里面。罗清桢细致，也颇自负，但我看他的构图有时出于拼凑，人物也很少生动的。郝君给我刻像，谢谢，他没有这些弊病，但他从展览会的作品上，我以为最好是不受影响。

以上所提到的，不过是鲁迅先生当年指导木刻创作的一斑，然而从他对这几幅作品所发表的意见中，也能看出他的意见是如何的中肯而正确，既没有不适当的赞扬，也没有不恳切的批评。使人感到他热情而负责，真诚而严肃，虽三言两语，也包含着现实主义的艺术观点和实事求是的精神。他既看重作品的内容（如曹白的《鲁迅像》）和人物形象的脸部刻画（如《三个受难的青年》），也不轻视作品的构图等技巧。因此鲁迅先生就成了木刻青年的唯一的知音和导师。

原载《美术》1956年第10期

我的创作道路

我从事木刻创作已有五十年的历史了。这五十年的道路和经历,是对艺术方向和现实主义艺术创作规律的由不明确到明确,在作品形式风格探索上的由欧化到追求民族风味,在师造化方面的由机械的如实描写到强调主观能动性和创造性。

艺术创作是一种极为复杂的精神劳动,涉及的方面非常广阔,其中包括作者的才华、生活经历、马列主义知识、技巧、艺术修养等。我作为一个革命的美术家,真正明确了艺术方向却是在延安文艺座谈会之后;作为一个现实主义的艺术家,对这一创作方法的基本规律的认识,则是在总结了较长时期的创作经验之后而愈益明确的。今天看来,毛主席当年对革命的文艺家提出的为工农兵服务(今天谓之为人民服务,为社会主义服务)的文艺方向,是完全正确的。我过去遵循这一方向,今后也决不动摇。

一

现实主义认为,作为观念形态的艺术作品,都是客观存在和一定的社会生活在人类头脑中的反映的产物。因此说人民的生活是艺术创作的唯一的源泉。是否熟悉作为描绘对象的人民生活,是否对描绘对象具有强烈的爱憎,是否对描绘的生活有最深的感受,是关系着现实主义艺术创作的成败的。因此我认为描绘熟悉的生活和事物,描绘感兴趣的生活和事物,描绘感受最深的生活和事物,描绘对人民有益的、有意义的生活和事物,是现实主义艺术创作的基本规律。我从五十年来的木刻创作经验,并观察文学艺术的各个创作领域,深感遵循这一创作规律是创作出优秀作品的基本保证,同时也是更好地为人民服务的必由之路。在熟悉生活和感受方面的程度的不同,也影响着艺术作品质量的高低。我讲这些重要因素时,决不忽视艺术家的才华、技巧和修养等在创作中所起的积极作用。近些年来,我的创作坚持不懈地遵循着这一现实主义的艺术创作规律。

鲁迅于1935年给李桦的信中说:"现在有许多人,以为应该表现国民的艰苦,国民的战斗,这自然并不错的,但如自己并不在这样的旋涡中,实在无法表现,假使以意为之,那就决不能真切,深刻,也就不成为艺术。所以我的意见,以为一个艺术家,只要表现他所经验的就好了。当然,书斋外面是应该走出去的,倘不在什么旋涡中。那么,只表现些所见的平常的社会状态也好。"

但我在三十年代出于政治热情,又由于对现实主义艺术创作规律的无知,也曾多次违反过这一创作规律,例如1935年创作的《罢工》,就是"以意为之"的。我既不熟悉工人生活,又毫无工人生活的感受,也就是说"并不在这样的旋涡中",结果竟闹出了笑话。有位同志提出:"既然工人罢工了,而且到街上举行游行示威,为什么工厂里的烟囱还冒着浓烟呢?"这种指责是非常中肯的。这样的作品对生活的描绘既不真切、深刻,当然不能感染人了。

当我初步明确了这一创作规律之后,就竭力避免描绘不熟悉的、不感兴趣的和感受肤浅的生活。延安文艺座谈会之后,进一步明确了更为重要的是把不熟悉的工农兵生活变为熟悉的生活,把不感兴趣的劳动人民的事物变为感兴趣的事物,把对工农兵感受肤浅的生活变为感受最深的生活。我想,只有这样才有可能创作出富有时代精神的感人的艺术,才有可能使自己的版画成为歌颂人民的好作品。通过五十年来的实践,我深深感到毛主席《在延安文艺座谈会上的讲话》要求我们深入工农兵生活,和劳动人民打成一片,熟悉他们的面貌和思想感情,是非常正确的,是文艺创作问题上的真理。但熟悉的生活也不一定就感兴趣,或有深刻感受的。有时竟会是熟视无睹,觉得太平淡了,不值得描绘。我想这和画家的审美趣味有关,以及对事物的思想感情有关。所谓感兴趣,就是对某种生活和事物发生了爱,所谓感受,既包含着对生活的爱,也可能包含着对生活的憎,鲁迅说:"能憎能爱才能文。"

作画也是如此。

熟悉的生活,感兴趣的生活,以及感受最深的生活,有时未必是有意义的。因此当具有这些条件选取题材时,还要考虑是否对人民有益,是否有意义。所谓有益、有意义,就是具有教育意义或对人民有娱乐的和审美的价值。

是不是未曾经历过的生活和历史题材就绝对不可以作画呢?当然不是,但必须对当时的生活进行调查研究,以达到一定程度的熟悉和发生兴趣。同时还要以类似的当代现实中的人物和生活作依据和参考,而不能全凭空想来创作。有直接的生活经历和没有这种经历创作出来的作品,在质量上总是有差别的。例如苏联十月革命后产生的小说《毁灭》和《铁流》,虽然都是轰动世界文坛的名著,但鲁迅对《铁流》就讲过这样的话:

"《铁流》之令人觉得有点空,我看是因为作者那时并未在场的缘故,虽然后来调查了一通,究竟和亲历不同……"而《毁灭》就不是这样,因为法捷耶夫曾亲身参加过远东的抗日游击队,对革命的战争生活有实感。这说明亲身经历过和没有亲身经历过产生的作品就是不同。文学如此,美术也不例外。现实主义艺术创作规律就是这样不能轻视。

在我的创作历程中,凡是受到好评的作品,无一不是符合以上所谈的艺术创作规律的。例如1962年创作的《春夜》,很受群众喜爱。它是怎样创作出来的呢?1961年,我从北京下放到宁夏吴忠市担任红旗人民公社的党委副书记。春夏秋冬经常在公社办公室开夜会,我对于这种生活是熟悉的,感兴趣的,也是感受最深的。1962年夏回到北京度假时,偶尔翻阅江丰同志编的一本外国木刻选集,其中有一幅英国套色木刻《夜店》给予我以启发。于是一时灵感来临,创作了《春夜》。我不画一个人,而使读者感到画中有很多干部热火朝天地在开会。这一富有生活意境的作品是用一年之久的深入生活的代价而换取的。由于我熟悉了这种生活,熟悉了当地的自然环境、一草一木,熟悉了生活中的内在联系,既感到生活源泉的丰盛,也感到创作的自由,因此下笔如有神。在我的创作生涯中,这样的情况是不多的,只有1948年当我参加土改工作回机关后进行创作时堪与相比。当然由于我的才华和艺术技巧所限,有时虽然创作了符合艺术规律的作品,但未能达到更高的艺术水平。

表现人民生活的艺术作品要遵循现实主义的艺术创作规律,表现风景、花卉、动物的艺术作品是不是也要遵循这一规律呢?我认为也是要遵循的。以我的近作《林间》为例,其中主要表现的是两只松鼠。对于松鼠我在儿童时代就非常喜欢,如果能捉到一只真是如获至宝。我喜欢观察它们的行动,研究它们的生活规律,觉得有趣。到老年我家里还经常养着松鼠。1978年去麦积山,看到松鼠在树间飞跃,给我印象很深。所以我对于松鼠真是够熟悉的了,够感兴趣的了,感受够深的了。我决心以它为题材,在刻法上力求向中国写意画学习,达到放刀直干,一气呵成。《林间》是近年作品中最受群众喜欢的一幅木刻。其所以能得到这种荣幸,和我熟悉松鼠的生活以及对它的热爱能分得开吗?

那么,别人出题目让自己作画是不是违反了现实主义艺术创作规律呢?这要具体问题作具体分析。如果题目出在熟悉的生活方面,就不但不违反创作规律,而且可能起促进和催生的作用。1945年我创作的《帮助群众修理纺车》就属于出题目的。那时在延安举行的"文教大会"上,有一位名陶端予的女文教英雄,大会分配我把她的故事画成连环画供展览用。这套连环画画成后,我就把其中陶端予帮助群众修理纺车的一个场面刻成木刻。其所以能进行创作,主要是因为我非常熟悉这种生活,在大生产运动中我不但学会了纺线,而且也学会了修理纺车。这就是我创作这幅木刻的重要的生活基础,没有这种基础是刻不好这幅木刻的。所以这幅出题目创作的《帮助群众修理纺车》并未违反现实主义的艺术创作规律。

经过五十年的艺术实践和总结,我对现实主义的艺术创作有以下的认识:

生活是根本,形象是生命,主题是灵魂,感情是血肉,形式是仪表。它们彼此间的关系是互相联系的,但又都是以生活为基础的。生活首先提供艺术家以题材,而形象也是画家在生活中长期观察,有所爱好,选择而得。关于主题,正如高尔基所说"是生活暗示给作家的",他很好地说明了主题和生活的关系。艺术家对生活的爱憎感情也是由生活激发的,爱憎就是艺术家对生活所表示的态度。同样的生活,艺术家阶级立场不同,就可能有不同的态度,因此要求人民的艺术家具有劳动人民的思想感情是很合理的。先有艺术家对生活产生感情，而后才有创作的激情。艺术的形式虽然有一定的相对独立性，但在一定程度上也要受生活的制约，所谓内容决定形式，也就是这个意思。

二

生物的现象有遗传与变异，艺术的现象有继承与发展，都是既互相矛盾又彼此依存的。斯大林曾规定苏联的文学艺术是社会主义的内容，民族的形式。我认为这是正确的。继承什么艺术，就必须具有那种艺术的风貌，即使有所发展也要与被继承者有一定的血缘关系。1933年我开始学习木刻时，还不懂得这个道理，当时的参考品都是欧洲的创作木刻，所以很自然地形成了欧化风。1940年到了延安，才对创造个人风格加以重视，但还没有想到创造民族形式。虽然毛主席已有"中国作风中国气派"的提法，也并未引起我应有的注意。延安文艺座谈会之后，为了为劳动群众所接受，我的木刻创作多用阳线，加强了画面的明朗感。但还没有认真去研究和继承民族绘画的传统。直到全国解放后才开始把这一工作摆在议事日程上。过去我在艺术上确有崇洋的思想，因为在这方面看得多；现在我对民族美术遗产渐渐地发生了浓厚的兴趣，因此向它学习也就抱着积极的态度。我认为我国的传统艺术，不论民间美术和文人画都极丰富，是我们取之不尽用之不竭的继承对象，也是木刻发展和创新的极好借鉴。鲁迅说："有地方色彩的，倒容易成为世界的，即为别国所注意。"

我现在还在继续研究民族美术，进一步地向它学习，以求我的木刻不断地创新，加强地方色彩。

三

我一开始学画就是学的西洋的素描、写生等，因而误认为能掌握照像似的如实描写的写实本领是绘画的最高要求。从事木刻创作时还继承了这种思想。由于后来艺术修养的不断加深，创作经验的不断丰富，以及对中国绘画的研究和对姐妹艺术——音乐和中国传统戏剧的观赏，于是觉悟到，艺术的真实决不等于生活的真实（彼此既有联系又有区别），更不是对事物的如实描写。毛主席说："文艺作品中反映出来的生活却可以而且应该比普通的实际生活更高、更强烈、更有集中性、更典型、更理想，因此就更带普遍性。"这给我以很大的启示。我想艺术与生活的不同，就在于艺术家加强主观能动性与创造性，使艺术比生活与客观事物更美，更高，更具有个人的风格。

我从事版画创作已五十年了，单从技术上说，其创作经验就是和如实描写作斗争。套色木刻如此，黑白木刻更是如此，因为客观世界的丰富复杂的色彩，用黑白两色作如实描写是万万做不到的。我的套色木刻《山葡萄》敢于把绿色的叶子改为群青色，正是思想解放、不如实描写的结果。去年刻的《林间》则进行了大胆的夸张变形，以强调松鼠的形体特征。《春到洞庭湖》中的柳树也是进行了改造，加强了夸张变形以求传神,加强了装饰趣味以求美化的。这些年来我在形式上追求的就是作品的美感和新的风格。但这和对事物的熟悉和兴趣是脉脉相关的。我感到如实描写的绘画,其作品的风格都是一样的,而不如实描写则各有各的创造性。艺术的生命是无穷的,创新也是无止境的。我现在虽已年及古稀,但还不甘心停步不前,固步自封。"老骥伏枥,志在千里,烈士暮年,壮心不已。"愿以此自勉。

原载《版画艺术》1982年第7期

谈版画家古元

谁说陕北的穷山沟里飞不出金凤凰？谁说延安荒凉的坡地上长不出好庄稼？古元就是在延安鲁艺的土窑洞里培养出来的一位杰出的版画家。

他在延安时期的那些歌颂陕甘宁边区新农村生活的作品，直到现在，我偶尔看到还觉得有一种迷人之力，感到亲切，感到美好。在这些木刻里，饱含着古元对于革命圣地的深厚的感情，对于陕北新农村的诚挚的热爱，这些木刻好象开在陕北山野里的山丹丹花，永远发着红艳艳的光泽，放出阵阵的幽香。

古元在延安鲁艺学习的时间不长，从1939年到1940年仅仅一年时间。他在这一年里，又学素描又学木刻创作。他在学生时期就在木刻上显露了才华，大画家徐悲鸿先生曾大为称赞的《运草》，就是他在1940年学生时期刻的。

鲁艺怎样培养了古元，古元在版画创作上怎样迅速成长？我想，认真地进行研究，对于艺术教育和画家将不无教益。

　　古元在鲁艺的学习，不是学习好素描后才进行创作的，而是在短短的一年里，"双管齐下"——一面学素描，一面学创作。素描是为创作服务的，而不是为素描而素描，无目的地学素描，搞什么素描万能论。在鲁艺，古元搞木刻创作，我也搞木刻创作，但他每刻出一幅，都使我惊异：为什么他就对那种题材感兴趣，而我却一点也没有感到？例如他刻的《运草》、《骡马店》、《羊群》……这些农村题材，可以说我比他熟悉得多，因为古元是广东人，我是山西人，陕北人民的衣住、劳动，陕北的一山一水、一草一木几乎和我的家乡没有两样。然而，可能是我太熟悉这些东西了，反而"熟视无睹"，感不到新鲜，感不到兴趣，无法从中发现诗意与美。这些景物一经古元刻成木刻，令我感到他真有把陕北的黄土变成金子的本领。在他的刻刀下，最平凡的事物成了诗一般美的图画。我想是不是由于一个广东青年初到北国的农村，什么也感到新鲜，什么也感到有趣，从而使他有创作的热情呢？这种估计并没有错，古元回忆他到延安川口区念庄乡深入生活的情况时曾说："我住在这村里，有许许多多令人感奋的新鲜事物呈现在眼前，我非常喜爱这些新鲜事物，如同看见许许多多非常优美的图画。处身在这许许多多优美的活的图画之中，我产生了一种强烈的创作欲望……"我又想，他来到革命圣地延安，由于一种纯朴的革命感情，使他爱好陕北的一草一木，这也是一个重要原因。这之外就是他的艺术才华使他的作品增添了光彩。就说他的《区政府办公室》吧，他居然能把这种不引人注目的平凡场面搞成木刻。这幅木刻一呈现在我们面前，令人觉得多么有生活意义，多么有趣而耐人寻味。

为什么在延安的画家有那么多，而很多人都没有象古元那样创作旺盛呢？就在于谁也没有象古元那样善于在平凡的生活中发现不平凡的诗趣。

古元在延安时期创作的这些作品，决不是从政治概念出发的，可以肯定他是从生活出发的，是从他对于生活的热爱出发的，是从内心的真挚感情出发的。生活中的美好事物感动了他，他又从这些美好的事物中发现了生活的意义，经过他的富有才华的手刻成木刻，就使这些并非从政治出发的作品，却有力地说明了在中国共产党领导之下的陕甘宁边区，经济是繁荣昌盛的，劳动人民过着安居乐业的幸福生活。而当时国民党统治区却经济凋零，劳动人民过着饥寒交迫、流离失所的不幸生活。这就是古元作品的巨大政治意义。

如果仅仅把鲁艺说成是培养古元的园地，还不够确切，应该说念庄也是培养古元成长为版画家的园地。念庄供给了他肥沃的生活土壤，鲁艺对他进行了艺术上的培育和浇灌。

党对于古元是非常关心的。古元参加了延安文艺座谈会，毛主席在会上的讲话，对他的创作生涯有着极大的影响。由于这之后古元注意到群众对于版画作品的欣赏趣味和要求，因此他的版画的风格有了显著的变化，阳线的刻法多于阴线刻法了，画面更加明快了。

古元在念庄历时十个月，了解了陕北农村，和念庄农民交上了朋友，使他获得了版画创作的丰富的生活资本。待他回到鲁艺，不仅创作了《选民登记》《哥哥的假期》《区政府办公室》《离婚诉》等直接来源于生活的作品，而且还根据想象，用他从念庄得来的生活资本创作了《减租会》和《人民的刘志丹》等木刻。《选民登记》和《哥哥的假期》是延安文艺座谈会之前的创作，在风格上还保留了这一时期他的创作的特征。从《羊群》到《选民登记》和《哥哥的假期》可以看出风格上的一致性。从《区政府办公室》、《离婚诉》到《减租会》和《人民的刘志丹》是延安文艺座谈会之后的作品，基本上用的是阳线的刻法，在风格上都很明快。但古元对这些作品中作为木刻特点的"黑白"却并没有放弃，相反地他处理得很有匠心很有艺术性。古元的《离婚诉》刻了两次，第一幅在延安文艺座谈会之前，基本上是用的阴刻法，是受了德国版画家珂勒惠支木刻的影响的，但他还是有所消化，并非"生吞活剥"。第二幅是在延安文艺座谈会之后刻的，基本上用的是阳刻法，已脱离外国影响，具有民族风味。在构图和人物上也有很大变化。他刻这第二幅"变体画"，显然是为了农民的喜爱。但说实在的，这两幅我都很喜欢。离婚在今天的农村算不了什么新鲜事，可是在四十年前的陕北农村，要不是在共产党的领导之下，妇女是永远没有离婚的权利的。因此古元所选的题材，在当时不仅是新事物，而且是很有政治意义的。妇女敢于离婚，就是敢于和封建思想进行斗争。

　　除了《离婚诉》，在他的前期的作品中，我还喜欢富于抒情意味的《羊群》。此画的内容是，日落西山时，羊群归来了，放羊娃抱着在山里新生的小羊羔走近了羊圈。那个带着愉快心情的、结实而又纯朴的农民孩子的形象，尤其是他手中抱的那只新生的小羊，使这幅作品增添了浓厚的诗意。这样的作品当然不是可以空想出来的，它说明了丰富的生活土壤是艺术作品的可贵的源泉。我最初看到这幅木刻时，就感到古元刻的那只小羊多么可爱，同时也惊异他对于事物的观察的细微。直到现在还常看到即使是名家的作品都把羊的眼睛画成了牛眼睛的怪事，而古元在第一幅描绘羊的作品中就显示了形象的准确性。事物只有表现了它的真实特征，才有感人之力。《羊群》一画在刀法上随着不同物体的变化与用刀的熟练流畅，也显示了作者的才华。

古元在延安时期作品中的人物，始终令人感到善良忠厚，诚朴可亲，勤劳勇敢，是富有陕北农民特征的真实形象。不论在早期的《选民登记》、《哥哥的假期》和《离婚诉》中，也不论在后来的《减租会》和《人民的刘志丹》中，人物个性虽然各异，但这些共同的品质都是显明的。所有这些作品都首先由于人物形象的真实和富有生命力而吸引了我们。

抗日战争结束后，古元到了东北，在那里参加土改运动，刻了一些反映土改、歌颂贫下中农翻身解放的作品。全国解放后，古元在木刻的表现方法上有了新的发展，在用刀上大刀阔斧，形成了壮丽豪放的风格。他刻的《祥林嫂》，以简练轻快的刀笔塑造了饱受封建旧礼教迫害的妇女的悲惨形象。我非常喜欢这幅木刻。在我看来它是古元木刻的精品之一。古元刻的套色风景木刻，如《绍兴风景》和《玉带桥》，是多么抒情而美丽的图画，不论在用色或刀法上都显示了艺术的老练成熟。古元在这些作品中使木刻的黑白和为数不多的色版结合得非常和谐，也是古元在题材上扩大了选题的可贵收获。这些作品说明了古元不仅是歌唱陕北革命人民的能手，也是歌颂祖国自然美的能手。一个艺术家如果不爱好风景是不可想象的。列宾那样的描绘社会生活的巨匠，不是也画过赞美自然的风景画吗？至于我国传统的绘画，赞美风景的山水画占了很大比重。我们的古代大画家如范宽、郭熙、马远、夏珪、唐寅、仇英……都是描绘风景的能手。"文化大革命"期间竟把古元刻画颐和园玉带桥的风景作为罪状而加以批判，这是多么的野蛮与无知。难道中国的无产阶级和广大人民不懂得欣赏祖国的山水和反映山水的风景画吗？恰恰相反，人民群众是非常喜爱的，因此作为人民的艺术家完全有权利画风景画。

列宁不是说我们艺术家有"个人创造性和个人爱好的广阔天地"吗？古元现在虽已白发苍苍，但他以充满激情的铁笔，不断创作反映今天时代生活的作品，在艺术上永葆青春。愿他在"广阔天地"里更好地飞翔，从陕北山沟里飞出来的金凤凰翱翔在无边的海洋上……

1980 年 2 月于太原
原载《版画艺术》1980 年第 1 期

《牛文作品选集》序

抗日战争年代，在党所领导的革命队伍中，培养了一大批文学艺术工作者。经过解放战争，以至全国革命胜利，到现在他们大都是很有成就的作家、演员、音乐家、画家了。他们有一个特点，即第一天学习文学艺术，几乎第一天就用文学艺术为革命服务，始终和人民群众有密切的联系，始终在工作中学习，在战斗中锻炼，所谓土生土长。有机会也到革命文艺学校去学习，但那些学校也不过是训练班。他们到了那里，经过一个短时期的学习之后，又回到战斗的岗位上去。

版画家牛文，正是这一类型的革命文学艺术工作者之一。

牛文出身于贫农家庭，仅上过小学，抗日战争开始即参加革命部队。这之后就演戏、画画，什么都干，从来也没有想过将来要成为一个艺术家。然而由于他在革命斗争中画漫画、年画，刻木刻，日复一日，年复一年，经过了几个革命阶段，饱尝了创作中的甘苦，终于在工作中提高了创作能力，刻出了不少优秀的木刻作品，而成为一位版画家。

我国老一代的革命版画家，在艺术的发展道路上，都经历过一个思想上的剧烈的转变过程和艺术创作上的艰苦的探索途径，包括寻求新的艺术方向，力求投身于劳动人民中以及和资产阶级美术影响作不调和的斗争。与此同时，他们也经历了一个暴露旧中国黑暗时代的创作阶段。但牛文却不同，虽然他也出身在旧中国，可是一开始学版画，就是在革命根据地，在党的领导下，在火热的斗争中。既有毛泽东同志的《在延安文艺座谈会上的讲话》指明方向，又有先辈们的创作经验作借鉴，因而可少走很多弯路，也不需要经历一个艺术上新旧社会主题的转变过程。所以他完全是一个在新时代成长的版画家。正因为如此，他在初学木刻的阶段，在晋绥人民画报社工作时期，就刻出了《丈地》那样象样的木刻。当时是1949年的春天，牛文参加了山西崞县、代县一带的土地改革工作一年之后，有了较为丰富的生活经验，于是他以饱满的热情创作了这幅作品，虽然它在风格上还不是很成熟的，却散发着浓郁的生活气息。这幅作品反映了土地改革轰轰烈烈的气势和农民对于分配土地的认真的态度，从而表现了这一惊天动地的土改运动的伟大历史意义。农民从此成为土地的主人，永远不再是束缚在土地上的奴隶了。那些出现在作品中的人物，就不象毛泽东同志所说的"衣服是劳动人民，面孔却是小资产阶级知识分子"了，而令人感到他们是真实的、淳朴的农民形象。虽然人物个性的刻画还欠丰富、深刻，构图还不够讲究,但对于刚从事木刻创作不久、在"山沟里"土生土长的牛文来说,能在当时刻出这幅木刻是难能可贵的。在这前后,他还刻了《领回土地证来》《听胜利消息》等木刻,虽未能超过《丈地》的水平,但也都是歌颂晋绥边区人民新生活的作品。

全国解放后,牛文离开了山西故土到了四川。显然,他到了新的环境,要在艺术上反映这个新地区人民的生活,要有一个熟悉的过程。这个熟悉的过程当然是愈短愈好。于是牛文选定了藏族人民为歌颂的主要对象,几次到康藏地区深入生活。不久他就刻出了表现藏族人民新生活的《北京大学的新生》《康藏道旁》《草原上的牧民》等作品。这些作品显示了牛文对于新题材掌握上的困难和对于困难的逐渐克服,以及在木刻技法表现上的日趋成熟。但不能否认,牛文这一阶段在版画艺术上的迈进毕竟是缓慢的,令人感到一个艺术家要突破现状的艰巨性。这种迈进的缓慢并不单单来自艺术家的主观方面,还有客观方面的重要原因,这就是当牛文到藏区去时,正是藏族劳动人民处于黎明前的黑暗时期。虽然解放军的到来给人民带来了希望和鼓舞,但农奴制没有触动,人民仍在水深火热之中。这样的现实,和作者怀着要歌颂他们新生活的愿望相矛盾。这种矛盾使牛文的内心很苦闷,无疑要影响他的创作进程的。然而随着祖国社会主义革命和建设的发展,随着西藏农奴制的废除和民主改革的胜利,藏族人民在政治和经济上获得大翻身,他终于在艺术创作上突破了旧的藩篱。作为老战友的我,当看到他的《吉祥如意》《东方红,太阳升》这两幅作品出现时,是多么的惊喜呀!

《吉祥如意》是牛文在拉萨年节中看到妇女在大地上洒白灰画图案,祝愿来年丰收、万事吉祥如意的古老风俗,有了形象感受之后,经过了长期的艺术构思和加工而完成的。作者在这幅图画中赋予古老的风俗以崭新的含义,表现了藏族人民在民主改革后翻身的喜悦,表现了藏族人民在党的领导下以主人翁的身份开始创造美好生活的感情。

《东方红,太阳升》是牛文在川西阿坝藏族自治州,看了托儿所的孩子们唱歌跳舞后得到启发而加工创造的。牛文想阿坝的今天就是整个藏族地区的明天,因此他能通过这一平凡的题材创造出大大超过了描绘托儿所生活内容的作品。选择"东方红,太阳升"作为画题是绝妙的,它丰富了形象所体现的主题思想。这幅木刻不仅诗意地表现了翻身农奴的孩子们的幸福生活,也有力地歌颂了我们的新时代。

这两幅画的主题思想是很接近的,但却有完全不同的画面,看到前一幅作品令人更多地想到藏族劳动人民的过去,看到后一幅却令人更多地想到他们的光辉未来。这两幅木刻的取材不一般,构图很新颖,人物形象生动优美,刻法熟练,简洁有力。《吉祥如意》的套色也套得舒服美观,大地上那一片阳光灿烂的橙红色与人物在节日中的欢乐情绪相协调。所有这些都显示了作者在版画艺术上的成熟。这里看不到画家对于少数民族服装的猎奇和对于描绘对象的冰冷的态度,令人感到的却是对于解放了的藏族人民所表示的真挚感情和对于他们新的精神面貌的衷心的歌颂。这两幅木刻是在藏族人民深厚的生活土壤中长出的两朵美丽的红花,达到了新的政治内容与比较完美的艺术形式的统一。这不仅是牛文个人创作上的新成就,而且也是我国版画艺术园地中的新收获。

虽然牛文作为一个新型的木刻家,在革命的环境中成长壮大,但他的艺术创作与其他在革命队伍中成长的木刻家比较,仍然有他自己的特点。

首先,牛文在生活感受和艺术取材上,对被压迫阶级的革命斗争,以及他们解放后过上新生活的喜悦,有特别的敏感和浓厚的感情。如《领回土地证来》、《丈地》、《吉祥如意》、《东方红,太阳升》等作品,不管它们的思想深度和艺术成就有多大差别,但都是对汉族农民和藏族农奴的解放唱出的热情的颂歌。当然这种感情的流露,反映在艺术创作上不能是刻板一律的,有的可能鲜明,有的可能隐晦。但不论如何,作者在描绘这些作品时,都不是站在生活之外,冷眼旁观,而令人感到他自己就在那些人物之中,与他们同呼吸共悲欢。一个艺术家对于描绘对象能够具有这种思想感情,是非常可贵的。尤其是当他初到藏区时,曾目睹西藏人民在黑暗农奴制下所过的无边苦海的生活景象,因此当民主改革打碎千年锁链,藏族人民过着幸福的生活时,作者对新生活的感受该是多么的强烈!牛文在生活感受和艺术取材上的这些优点,一方面来源于党的教养,一方面和他出身于贫农家庭有关。他自幼就深受地主阶级压迫之苦,因此对被压迫阶级的喜怒哀乐感受较深。

其次,是关于艺术表现方面的特点。作者经过长时期的探讨,逐渐找到了与新的思想感情相适应的表现形式,形成了目前的艺术表现方法和风格。这些年来牛文所努力的是在构图上以少胜多,使主题突出,意境宽广;在人物造型上注意抓大效果,力求生动洗炼,形神兼备;在刀法上力求粗壮豪放,简洁有力。这样在形式风格上就逐步地达到了同作者的气质、性格和表现内容的一致,使作者的感情更便于淋漓尽致地发挥。这种自然平易而不做作,奔放而有真实感情的艺术风格是可贵的。这种特色的形成是艺术提高的结果,也是画家成熟的结果。

最后一个特点,是牛文在创作上的严肃认真的态度。当他经过了苦思,明确了主题,确定了构图之后,如果自己认为是较好的构思,他就能够长年累月地进行加工,直到尽了全力,认为达到了理想的意图为止。塑造形象的过程是使主题逐步深刻的过程,也是使艺术形式逐渐完美的过程,牛文的几幅主要作品,都是经过艰苦的加工而达到现有水平的。据作者自己说,他之必须在创作上付出极大的精力,还因为自己在艺术上是土生土长,造型功力浅,为了把人物形象画准确往往要付出比别人更多的劳动,更不用说精神面貌刻画的准确鲜明,使人物活跃在纸上,产生逼人的艺术效果的困难了。我想一个艺术家如果他的创作道路是正确的,那么他在艺术加工上所花的精力的多少,总是和他的艺术成就的大小成正比例的。金色的颗粒是劳动者的汗珠的化身,美好动人的艺术是艺术家心血培植成的花朵。

这些年来就全国范围来说,重庆版画家们所取得的成就是非常显著的,而牛文的收获也和他们的整体分不开。我们每一个版画家都不应该轻视在一个小集体中的互相学习与彼此关怀,这是大家提高的重要条件之一。

经验证明,艺术的感人之力,总是来源于艺术家的政治敏感和丰富的生活源泉,而艺术的动人的技巧则产生于艺术家的长期艰苦的创作实践,除此是没有其它捷径的。牛文的作品再次地说明了这一真理。

生活在毛泽东时代的中国美术家是幸福的,在领袖的光辉的文艺思想照耀下,沿着他所指明的道路前进,经过长期实践与艰辛的劳动,每一个版画家都会得到他所应得的收获。

来日方长,前景无限美丽,而我们的版画家牛文同志也还年轻,愿他在未来的年月中,在版画艺术创作上有更大的成就。

1963 年 3 月于北京

原载《牛文作品选集》,人民美术出版社,1962 年

《晁楣作品选集》序

近年来,"北大荒"的木刻在全国享有盛名,其所以能如此,是因为"北大荒"的木刻家深入了垦区的火热的斗争生活,较好地表现了垦区的开拓者在和自然斗争中的英雄主义和集体主义精神,歌颂了新时代的新人物,从而使作品有了强烈的感染群众和鼓舞群众的力量,在人们的记忆中留下难忘的印象。"北大荒"的木刻发挥了我国社会主义革命和社会主义建设时代版画艺术的战斗性,丰富了百花齐放的版画大花园。

"北大荒"的木刻家,大都是在革命队伍中成长起来的业余美术工作者,他们所走的道路和取得的成就,显示了毛泽东文艺思想的伟大的指导力量,说明了艺术家必须和新的时代、和劳动人民相结合的无比的重要性。

"北大荒"木刻的描绘对象,不是一般的由个体经济走向集体化的农民,而是由战斗部队走向农业战线的转业军人;

不是一般的集体化的人民公社，而是在荒原中新开辟出来的全民所有制的国营农场；不是一般的改良农业工具，而是现代化的生产手段。所以这里的劳动者，与其说是农民，倒不如说是工人，与其说是在劳动，倒不如说是在战斗。这些描绘对象的特点反映在创作中，也就形成了"北大荒"木刻内容的特色。就艺术表现来说，"北大荒"作品一般能做到构图宏伟意境深远，就艺术风格来说，大都是多色的套色木刻，色彩浓重鲜明，刀法豪放粗犷。所有这些特点，形成了"北大荒"木刻的特殊风貌。

"北大荒"真是个好地方，它考验了那里的征服者，也培育了一批出色的青年木刻家，晁楣就是其中的一员。他的成绩是突出的，可是如果没有参加"北大荒"的生产斗争，没有经历征服自然的艰苦，没有目睹劳动者和困难作斗争的英雄气概，没有切身感到丰收的喜悦，肯定他的那些动人的作品，如《第一道脚印》《解冻》《黑土草原》《麦收序曲》《夏日》《歇晌》等是不可能产生的。我们说生活是文学艺术创作的源泉，不仅仅是说文学艺术的题材来源于生活，同时也是指作品的主题思想、艺术的感人之力来源于生活，而后者是艺术作品更其重要的东西。因此，艺术家如何对待生活，如何感受生活，如何把生活的本质正确而生动地反映在自己的作品中，是直接关系到艺术作品的思想性和艺术感染力的问题。

这样说，并不意味着轻视艺术家的才华和艺术技巧。艺术家的才华和艺术技巧都是需要的，也是重要的，但艺术才华也只有当艺术家在生活中有了丰富的感受，对生活有了正确的评价之后，才能在创作中发光，而艺术技巧也只有在艺术家不断地表现劳动人民生活，表现劳动人民的精神面貌中才能得到锻炼和提高。

《第一道脚印》是一幅激动人心的木刻，它描绘了转业军人进军"北大荒"初探荒原时的生动情景。有限的画面表现了生活的广阔境界，给人以丰富的联想。这幅画的主题思想是歌颂创业者不怕困难的精神和征服自然的雄心壮志。它的成功之处就在于作者构思的深刻，取材的聪明，好象在长白山上一镢头下去就挖到了人参一样，真是抓到了生活中的重要环节和本质的东西，通过创业者在深厚的雪原中踏出的脚印和他们在寒风中前进的英雄形象，显示了他们的今天与明天，令人想到即将来临的战斗。作者在前景上安排了两个人正在点火抽烟，其中的一人手里还拿着临时拣到的一根手杖，这些情节的描绘大大丰富了作品的内容，令人联想到他们长途跋涉的疲劳和吸烟后的再接再厉。画面并没有因为要表现夜而弄得漆黑，而是通过色彩的灰暗调子，和打火时照在人物面部的火光表达了夜景的效果，这种处理是好的。就构图来说，作者把画面留了较多的空间以表现荒原的辽阔，也有助于表现人和自然的矛盾并必将征服自然这一主题。对行军者来说，辽阔的荒原造成了前进的困难，而正是这样才更好刻画行军者克服困难的顽强意志。特别使我们有前进动势之感的，除了前进着的人物形象本身之外，那一道脚印、地平线与天空的行云同整个人物队形所形成的锐角形也起了作用。这幅画的套色是和谐的，用刀也很流利，云的刻法非常自然。总的说来，是一幅比较完整的木刻。然而这幅动人的作品的产生却不是偶然的，《北大荒版画选》的序言中说："作者晁楣同志就是踏出第一道脚印的人，他一进入垦区，就参加了荒原踏察组，在冰海雪原里与战友们共同熬过多少个夜晚，在千古荒原上共同踏出了多少条第一道脚印。因此，对开拓荒原的尖兵生活有了深切的体验和了解，感到作为一个历史的见证者和参加者有责任把这些丰富的同自然战斗的生活表现出来。"这就非常有力地说明了深入生活与艺术成就的密切关系。

《解冻》从另一个生活环节和生活角度，表现了大地的征服者向荒原的进军，与困难的搏斗。然而这个场面比起《第一道脚印》来已经大大不同了，在紧张中包含了轻松，在困难中孕育着更大的希望。虽然还未看到田禾的绿海，但已预示了丰收的未来。看，春天来了，大地初醒，草原解冻，拖拉机的行列在泥泞中困难地行进，人们正在把陷入泥坑中的一辆拖拉机救出来。这样一个平凡的场面，由于作者看到了生活的意义，抓住了人和自然矛盾的具体情节，并显示了人们不为困难所征服的坚强意志，因而作品就有了不平凡的内容，有了生活的诗意。它既是抒情的，又是战斗的。这里又何尝不是第一道脚印呢，不过这回不是踏荒者在雪中踩下的脚印，而是拖拉机在泥路上走下的脚印，现在和自然作战的已经不是最初的游击队，而是机械化的兵团，因此它是更加振奋人心的。

《黑土草原》所表现的已经不是人们征服自然时的艰苦，而是胜利和喜悦。请看，茫茫荒野已驯服地为人所支配，在这样优美、肥沃的黑土上和野花芬芳的自然环境中劳动,是一种战斗,也是一种享受。这种对于经过改造的大自然的赞美,也就是对于人的劳动的歌颂。在黎明前就进入劳动岗位的拖拉机和忙于加油的工人的出现,仍令人感到了劳动者的辛勤。画家在这幅作品中所表现的"北大荒"早晨的清新润泽之感,在露水中盛开的野花的生气盎然,令人神往。这是一幅具有时代精神,反映了我国朝气蓬勃的社会主义建设新气象的风景画。《麦收序曲》《夏日》《歇晌》都是从不同角度歌颂了"北大荒"的劳动业绩的,有的表现了丰收在望,有的表现了盛大的丰收。主题尽可类似,而艺术的取材和表现却迥然不同。这是由于作者有丰富的生活感受,由于画家对生活的发展有多方面的了解,他就获得了选择题材的充分自由;由于他熟悉各个生活环节的特殊性,因而他的作品就有了多样性。然而不论海浪般的麦田,不论一望无际的向日葵,或是数不尽的一袋袋的粮食,无不表现了"北大荒"大型生产的特色,无不流露出作者热烈的思想感情,无不令人感到是艰苦战斗的凯旋之歌。

晁楣的这些反映"北大荒"的木刻,分开来看,都是对开拓"北大荒"的劳动的赞美诗;连起来看,则互相补充,俨然是"北大荒"发展的小小画史。《第一道脚印》是画史的开端,《歇晌》是画史的一个小结。《第一道脚印》中踏荒者的紧张和《歇晌》中两个正在休息的男女青年的悠然自适,恰恰成了很好的对照。所有这些木刻无不表现了英雄的业绩和创造业绩的英雄。

丰富的生活感受，提供了画家以选择题材的自由，但不是所有深入了生活的画家都能从生活中找到适合造型艺术表现的新颖题材。我们从以上提到的作品中以及尚未提到的《找路》、《丰收前夜》等木刻中，却看出了晁楣在这方面的才能。善于找取题材，不仅是善于从生活中发现富于形式美感的题材，而且是善于从平凡的生活中发现富有生活诗意的题材，能够揭示丰富的生活内容和能够表现时代精神的题材。艺术的形式美感是需要的，形式美感有继承传统的因素，同时也来源于生活与自然。然而革命的艺术家的职责，首先在于从生活中选取那些鼓舞人心的、富有教育意义的题材。当然生活不可能提供给画家象一幅完整的作品所呈现的那样完整的题材，这种完整性应当是画家集中概括的结果。因此决不能轻视艺术家的主观能动性与创造性。这在如何取材上是如此，在如何表现上也是如此。善于取材，既和画家的政治思想水平有关，也和画家的创作经验有关；既和画家深切的生活感受有关，也和画家对待创作的态度有关。《找路》一画所描绘的也是人和自然的矛盾，表现放映队不怕困难和为人民服务的精神。它妙在作者找到了一个非常新颖的题材，而且在表现主题思想时没有离开"北大荒"自然环境的特殊性和具体性，因而作品就不一般，就有了较强的感人之力。作品中所描绘的荒与不荒，有路与无路，都表现了"北大荒"在开发阶段的历史独特性，表现了较为广阔的意境，令人想到未出现在画面上的"北大荒"的开发者与新生的村镇。《丰收前夜》的取材也是好的，作者选取了生产战斗前的备战，并且是在夜里,令人感到备战的紧张;那些成群结队的大型农业机械待命出动,则令人预见到"北大荒"的丰收。

晁楣选取题材和表现生活的特色,就在于他善于抓取能够接触到生活的来龙去脉的题材,通过这些题材揭示出生活的丰富内容和时代的精神面貌。因此他的作品一般都有或多或少的含蓄性,能引起人们的丰富的联想,从而达到以少见多、耐人寻味的艺术效果。他善于使作品的抒情性和战斗性相结合,加上艺术表现上的厚重色彩和豪放的刀法,就形成了晁楣木刻的特有风貌。

晁楣同志还很年轻,因此他的作品也不可能没有缺点。希望他在今后的努力中,在继续保持木刻的战斗性的同时,不断提高它的艺术性,使作品有更强的感染力,有更多的民族特色和版画特点。愿晁楣成为一个善于运用民族艺术语言和木刻艺术语言的时代歌手。

1964 年于北京

原载《晁楣作品选集》,上海人民美术出版社,1964 年

《董其中木刻选》序

我担任《版画》杂志主编的时候,收到了一幅为湖北民歌创作的插图。民歌的内容是:

层层梯田象高楼,
离天只有九尺九;
半截伸在云里头,
白米要在天上收。

插图用浪漫主义的手法和装饰风的画面表现了民歌的浪漫主义诗情。画中的人物和流云的刻法,既有民族绘画的风味,又有黑白交织的美感。我很喜欢这幅木刻,于是就作为目录题画发表在1958年第四期的《版画》杂志上。这位木刻作者就是青年版画家董其中。

董其中在成长过程中,他的作品所显露的装饰风愈益鲜明。1963年他刻出了一幅富有剪纸趣味的装饰风木刻《送春肥》,以夸张与变形的手法表现人和毛驴,既有事物的特征,又有木刻的力之美,很有创造性。我很喜欢这幅木刻画,把它发表在1963年第五期《美术》杂志的封面上。

我想,当杂志主编的固然要选载好作品,但更应善于发现艺术上的"千里马"。

董其中本是江西人,于1935年5月生于泰和县的一个偏僻的山村。1958年在北京艺术师范学院美术系毕业后,即到山西艺术学院任教,经过几次的下乡,他就爱上了山西农村,爱上了黄土高原层层梯田,爱上了一排排的窑洞,爱上了头包羊肚肚毛巾、身披光板板皮袄、脚穿牛鼻鞋的老农民,爱上了身穿绒线衣、脚穿解放鞋的小伙子,爱上了额留马鬃鬃、身穿灯芯绒的纯朴姑娘,爱上了头扎小辫辫、身穿花袄袄的小女娃,爱上了灰毛驴和羊群,爱上了山村的枣树和柿树,同时也爱上了农村妇女的剪纸,爱上了民间的木版年画。董其中说,山西农民"是那样的憨厚,健美,天真"。又说,"山西农民形象是美的,他们的心灵更美,更可爱"。

可以肯定的说,如果没有这些爱,就不会有董其中的感人的木刻画。事实上他所爱的这些人和物,都以美的形象出现在他的作品中。董其中的创作道路,说明了画家下乡绝不是象采购员似的收集画材,不是。而是首先去熟悉人民,对人民发生感情,对人民发生爱,从而发现人民的心灵的美,而后才能把这种爱和心灵的美反映在作品中,成为艺术品的精神,成为艺术品的灵魂。

由于他把对人民的爱作为创作的基础,1961年又创作了表现山西农村生活的《晒玉米》,这是董其中在木刻创作上的一大飞跃。这幅套色木刻,抒情地歌颂了劳动之美。晒玉米的姑娘们虽然都是些背影,但从她们的生动的动作中可以感到她们在丰收中的愉悦心情,与其说她们是在走,倒不如说是在飞;与其说是在劳动,倒不如说是在舞蹈。作品的构图是新颖的,套色较少而很和谐,充分发挥了不同色彩在这幅版画中的作用,并富有黑白的旋律美感。这幅作品的装饰性减少了,但生活情趣和诗意增多了,显示了董其中除了有装饰风的艺术才华外,还有描绘动势美的能力。董其中对待作品是严肃而不苟的,不论右下角的一枚图章,不论画面上所留的刀痕,都令人感到富有匠心。我很喜欢这幅木刻,所以选入1965年外文出版社请我编选的《中国现代木刻》中。

作者在《生活哺育了我的创作》一文中说:"我在北京上学那几年,由于学院条件的关系,观赏舞蹈和音乐的机会最多,使我懂得了舞蹈语言是动作,是来自生活并经过提炼美化了的动作,作为可视形象的绘画,也离不开美化了的动作。舞蹈和绘画所不同的一点是,前者是瞬间的连续动作,而后者则是静止的动作。我创作《春播》和《晒玉米》时,为了表现妇女劳动时的愉快和抒情,便强调了舞蹈语言的特点。"董其中的这一段话,透露了他从姐妹艺术中学习精华的秘密,同时也有助于我们更好地欣赏《晒玉米》中的艺术形象。

李桦同志看了《春播》和《晒玉米》后给作者写信说:"我很喜欢你的作品,它给人一个鲜明愉快的感觉,带有抒情和诗意的艺术感染,对欣赏者来说是一种艺术享受。"

董其中在继续成长,继续从山西民间艺术中吸取可贵的营养。1964年创作的《排演新节目》和《打酸枣的孩子》,从内容上表现了他对山村儿童的爱,从形式上反映出他对山西民间年画学习的成果。我认为董其中对农村生活的步步深入的发掘和对民间艺术的步步深入的探索是一条非常正确的艺术道路(当然不是唯一的道路)。沿着这一条道路深入前进,将保证董其中的作品在中国艺术界的别开生面和版画形式的不断创新。

《排演新节目》以侧面描写的手法歌颂了新农村的欢乐景象,虽然没有画出演奏的锣鼓乐器和排演新节目的演员,但反比画出来更丰富,更能引起我们的想象和联想。这样的构思决不是对农村不熟悉和对儿童缺乏兴趣的画家所能为的。

《打酸枣的孩子》所描绘的是董其中所爱的额留马鬃鬃、身穿花袄袄的纯朴的小姑娘,这样的女娃在目前偏僻的山村还能看到。而打酸枣也正是每年晚秋这些女娃们所喜欢干的事。

我始终认为中国民间艺术的宝藏也和中国民间文学的宝藏一样丰富,对文学艺术家来说都是取之不尽用之不竭的,可惜的是认真研究探索的人少。有些人为欧洲近代美术诸流派所迷惑,而瞧不起自己民族的艺术遗产,这绝不是正途。我不是抱残守缺的国粹主义者,并不反对向外国艺术借鉴。我认为借鉴是必要的,但应"以我为主"。这是周总理的名言。他说："在中外关系上,我们是中国人,总要以自己的东西为主。"鲁迅先生在1933年也说过："采用新法,加以中国旧日之所长,还有开出一条新的路径来的希望。"董其中的艺术探索,在这方面开出了一条新的、可贵的路径,是应该受到支持和鼓励的。

董其中沿着自己的道路,近几年来,以旺盛的创作热情刻制了一大批木刻画,其中水印套色木刻《春》和《春光》两幅姐妹篇是富有新意的佳作,我认为这是他学习民间艺术所获得的新成就,是在民间艺术的土壤中所培育的新的花朵。一个侧面和一个正面的姑娘,一看就是山西型的,这回却不是农村的了,是城市知识分子的风度。而所采用的在白色的脸颊上晕染以桃红色的画法,正是晋南民间年画之所长。这种画法,使少女显得白嫩,令人想到李白的"云想衣裳花想容"的诗句。董其中用以描绘姑娘眉目鼻嘴的线,绝不是旧年画的照抄,而是鲁迅所说的"新法",这新法也不是一蹴而就的,而是董其中多年从事木刻的一种创造,既有木刻的特色,又有中国作风。

以上提到的大都是董其中的套色版画,近些年来他还刻了不少优美的黑白木刻,如《山村秋景》《山村晨曲》《巧编图》《蔗乡》《鸣泉》等。《山村秋景》和《山村晨曲》有异曲同工之妙,可看作姐妹篇。前者以有如高楼的山村房舍、院落、窑洞为背景,配以忙于秋收的人物和毛驴,在每家门前出入,有如蚂蚁忙碌在洞前,组成了富有山西地方特色的装饰风木刻,富有童话风趣。它所表现的是山区农村的真实情景,然而通过艺术家的集中概括，在一定程度上夸张变形而美化了。《山村晨曲》用出圈的羊群、上学的儿童、出勤的社员、拖拉机，表现了山西农村的早晨的忙碌景象。不论前者或后者，董其中都用饱满的构图、黑白的旋律织成了欢乐生动的生活图景，展示给我们以生活的情趣和诗意以及单色木刻黑白旋律的美感。《巧编图》所表现的是农村的副业题材，右边那个戴花头巾正在编织的姑娘刻画得真美，整个作品的人和物的安排做到了乱中有序，简洁美观，充分发挥了黑白木刻的能事，但又富有民族风味。《蔗乡》是去年冬天作者从广州参加"北京、广东、山西版画联展"座谈会归来后创作的。董其中的感受非常敏锐，他把广东水乡农民的生活，通过图案化了的甘蔗和装饰化了的人物、游鸭，河水，以饱满的构图织成了一幅南国人民忙于生产的抒情木刻。《鸣泉》以最经济的用刀表现了一个弹奏琵琶的姑娘，她那全神贯注的神态是美而动人的。古人作画要求"惜墨如金"，董其中在黑白木刻中做到了"惜白如金"。这幅木刻令人想到我国古碑拓片中的人物画，但又不是拓片的翻版，而是鲁迅所说的"采用中国的遗产，融合新机"的产物。近些年来，我有一种设想：在黑白木刻中经济用刀，经济用白，使作品更明快，主题更突出，但还没有实践，董其中却如我之所愿刻出了《鸣泉》。这幅画单纯而不简单，简洁而不空虚，大大突出了姑娘的美的容貌和纤纤嫩手，令人好象听到了琵琶声和泉声。

我和董其中相处的日子里，深知他在创作上既刻苦又要求极严，有的木刻发现缺点而重刻，竟达四次之多，一般也在

二、三次。这种有如俄罗斯十九世纪巡回展览画派的画家们搞"变体画"的精神,使我极为欣赏,好的作品不下这种苦功是很难产生的。

董其中力求自己的作品象民歌那样,酣畅地表现农民淳朴真挚的感情。为此,在艺术上努力向民族民间艺术学习,从中汲取营养,使作品更具有乡土气息、抒情情调和装饰风。作者的这些愿望不论在他的套色木刻还是黑白木刻中,已很好地实现了。鲁迅说:"有地方色彩的,倒容易成为世界的,即为别国所注意。"由于董其中所走的是一条正确的艺术道路,重视了创造乡土气息和地方色彩,因而这些年来,他的作品不但在全国美术界引起重视,而且在国际上也赢得好评。

董其中认为,"作品的地方特色应包括内容和形式两个方面。在内容上,要反映出当地劳动人民的思想感情、性格、气质,乃至习俗、风貌。在形式上,要具有广大劳动人民在漫长的历史进程中形成并不断发展的审美趣味和爱好"。由于他对民间艺术的爱好与认真研究,民间木版年画和剪纸所具有的构图饱满、稳实、对称,人物造型完整、优美,色彩鲜明,对比强烈以及浓厚的装饰性等特点,便成为他在作品中创造地方特色之所本。

有的人在艺术形式上进行探索时,忽视了生活内容的感人;有的人重视了生活内容的真实,却忽略了在艺术形式上的创新。而董其中始终能做到作品内容的感人与形式的新颖,使作品既表现了来自生活的人物的心灵美,又创造了富于装饰风的艺术的形式美。他的木刻,既是抒情的,又是民族的；既有地方色彩，又善于向外国作品学习。这就是董其中的版画艺术的特色。

董其中还年轻，来日方长，我衷心祝愿他在这条自己摸索出来的正确艺术道路上取得更加辉煌的成就。

1981 年 6 月于太原

梅花香自苦寒来

——评张新予、朱琴葆的版画

一

《版画》杂志1956年创刊时,在第一期上开辟了一个《新人新作》栏,发表了在农村成长的张新予新作的油印套色木刻《溪边》。接着在第二期的这一栏里,又发表了由纺织女工走上画坛的朱琴葆的铜版画《风景》。二十六年后,两位版画家在艺术上有了可喜的成就。如果说《溪边》和《风景》还象两个幼稚的小囡囡,那么现在张新予创作的《武夷山下》,朱琴葆创作的《山涧》等作品,就已成为花枝招展的美貌少女了。作为一个人,经过二十多年,总会由婴儿成长为青年的。但在艺术上却不尽然,二十多年过去了,可以是原地不动,毫无进展,这样的例子是屡见不鲜的。所以有人说搞文学艺术有些冒险,弄得不好,就只能成为鲁迅先生所说的"空头文学家"。

也有这样的情况：一个美术家偶然画了一幅好作品之后，就逐渐默默无闻了，即使有新作也没有超过先前的作品。然而张新予和朱琴葆却不属于以上的类型，而是时有新作，努力探索，不断创新，步步登高。

艺术家要在不断的创作中有所成就，是要有许多条件的。除了作者的才华、修养、努力等因素外，选取什么画种，走什么艺术道路，是否有探索精神，也是很有关系的。张新予和朱琴葆选取了一条现实主义的创作方法，继承民族传统发展水印套色版画的路子。二十多年来，他们同江苏的版画家们一道，坚持了这一工作，并不断探索，使我国固有的水印套色版画获得生机，有了崭新的面貌。

二

中国的新兴创作版画，由鲁迅先生从西欧引进，是一种外来的艺术形式。三十年代处于摇篮时期，还顾不上考虑民族化的问题。1942年毛泽东同志《在延安文艺座谈会上的讲话》发表后，延安的木刻家们为了使新兴木刻能为工农兵喜闻乐见，达到民族化与大众化，开始用阳线的刻法，减少画面人物面部的明暗，向中国作风中国气派迈出了第一步。虽然在新年画的印刷上，解放区已采用水印的方法，但由于当时的条件所限，还无法发展水印套色木刻。

全国解放后，我国版画界掀起了向民族美术传统学习的热潮。江苏版画家们热情地攻水印套色这一难关，二十余年来，终于形成了一个版画中的"江苏学派"，其特征是用水印套色，具有清新的风格和水墨的韵味，"不艳而有淡雅之风，不洋而有民族特色，揉水墨、金石与木味为一体，熔国画写意与版画刀笔为一炉。"这是我在一篇文章中说的。这种共性自然也内含于张新予和朱琴葆的作品中。如果把"江苏学派"的版画比作一个排球队，则他们二人显然是这个队的主攻手。

目前有些作品，在西欧现代派思潮的影响下，有脱离民族特色的倾向。鲁迅先生曾说："有地方色彩的，倒容易成为世界的，即为别国所注意。"难道《武夷山下》获得国际奖，朱琴葆的《石钟山》《涛声》《秋菊》《黄果晓雾》被邀参加南斯拉夫卢布尔雅尼基国际美术展览，和这些作品所具有的鲜明的地方色彩、民族特色分得开吗？张新予和朱琴葆版画在向民族美术学习中获得了较为显著的成绩，这不能不说是一件令人高兴的事。

三

继《溪边》和《风景》之后，《版画》杂志于1957年和1958年发表了朱琴葆的黑白木刻《摇绳》《放学后》及张新予的油印套色木刻《采菱白》，1959年又发表了他们两人合作的黑白木刻《有劳有逸》。这些木刻表明这两位青年木刻家在坚持探索，但收效较微。直到1962年《美术》杂志第三期发表了张新予的水印套色木刻《栖霞山》，第六期发表了朱琴葆的《夜泊北崮》，才使我大吃一惊，正如古人所说的，士别三日当刮目相看。《栖霞山》和《夜泊北崮》的出现,是张新予和朱琴葆在版画艺术上的一个跃进。不仅如此,由于《栖霞山》和《夜泊北崮》结合了中国写意画和木刻画的优点,成为了中国版画的一个新品种,并预示了中国水印套色版画的光辉前景。这两幅木刻不仅有以少胜多的淡雅色彩和水印的韵味,而且有颇为深邃的意境。说它们画中有诗当不为过。1963年《美术》杂志第二期上发表的他们二人合作的水印套色木刻《绿遍江南》,以高度的概括,以清新、明快、淡雅之风,赞美了江南水乡的风景。那黑色的楼舍,绿色的桑林,无不抓住了对象的特征,并吸收了中国画表现水的方法,虚实相成,创造了江南水乡特有的美的意境,令人感到在春风的召唤下大自然欣欣向荣。这是真正的中国作风中国气派的艺术品,是诗一般优美的新版画。至此,张新予和朱琴葆巩固了他们在水印套色木刻中的成果。

近些年来,他们两人不论合作或单独创作,优秀的作品层出不穷,如曾参加第七届全国版画展的《晚秋》,那晚秋的桔林和湖山,以及湖畔的白壁楼舍,构成了令人陶醉的美的境界,艳而不火,雅而不陈,恰到好处。此外还有《秋染巴山》、《涛声》、《家住黄叶村》、《高原秋色》、《石钟山》等等,都是匠心之作。

如果把他们两人的成就仅仅归之于才华,那就错了。才华好比燧石中包含的火种,不出力敲打,燧石绝不会自发地飞出火星来,这敲打就是艺术家的艰苦劳动和对于造化的感情。张新予在《武夷山写生散记》一文中说:"在我们创作近百幅版画中,凡是得到好评的,无不是生活感受最深的结晶。"他们多年来为了获得创作原料,爬山涉水,也真够感人的。"在武夷山中,我们黎明即起,背上画具,买上几个馒头,在晨雾迷漫中踏上崎岖不平的山路,开始一天的工作。""由于涉水,我的关节已出了毛病,重达数十斤的画具、刻版和行装,直压得我两肩酸痛,不得不经常倚靠在路边的树干或墙上,来支撑摇晃的双腿。"当他们一旦为奇境所吸引,就"顾不得休息,顾不得吃干粮,抓着画夹的左手上叮满蚊虫,也顾不得赶了,直到夕阳落山,才恋恋不舍地收起画夹。"他们正象在花间辛劳的蜜蜂,其目的是要把最甜美的蜜献给人民。

"宝剑锋从磨砺出,梅花香自苦寒来。"这两句名言正好说明了张新予和朱琴葆的版画成就是怎样得来的。

原载《江苏画刊》1983年第3期

春风又绿江南岸

一

提到中国的现代版画艺术,就立刻想到四川、江苏、黑龙江、安徽等地富有特色的木刻作品。而这,犹如提到香花时,令人想到春兰、秋菊、牡丹、荷花一样。

花,各有迷人的颜色,各有不同的香味,从而形成了万紫千红的花的世界。

艺术也应各地有不同的特色,各人有不同的风格,从而形成百花齐放、万紫千红的艺术花园。

江苏的水印套色木刻,就好比春兰一样,不艳而有淡雅之风,不洋而有民族特色,揉水墨、金石与木味为一体,熔国画、写意与版画刀笔为一炉。江苏版画有清新的风格和韵味。

同一个地区的画家,志同道合,彼此来往,互相观摩,互相学习,就很容易形成一个画派。文艺复兴期有威尼斯画派,后来法国出现了巴比松画派,我国也曾有过扬州画派,都是由地区而形成的。

在我的心目中,江苏的水印套色木刻也形成了一个中国版画的画派。

江苏水印套色木刻所描绘的大都是江南水乡的风景。那森森郁郁的高山河流,烟雨苍茫的湖光江面,春风又绿了的桑树村舍……给我们留下难忘的印象。我爱江苏水印套色版画,就象我爱好幽香淡雅的兰花一样。

二

江苏水印套色版画是怎样成长起来的呢?当五十年代后期,中国版画界掀起了向民族美术传统学习的热潮时,中央美术学院、浙江美术学院和四川、江苏的版画家们都不约而同地动手攻水印套色这一关,企图创造版画的民族新品种、新风格。当时不少版画家到荣宝斋参观取经,李平凡同志便在这时介绍了日本的水印技法。

正象花卉的发芽成长需要适宜的气候、水分等条件一样,中国水印套色木刻就在这样的气候中开放了最初的花朵。当我们看到四川吴凡的《蒲公英》,李焕民的《藏族女孩》;当我们看到北京黄永玉的《阿诗玛》;当我们看到江苏吴俊发的《一片新绿》,张新予、朱琴葆的《绿遍江南》,黄丕谟的《黄海渔归》等水印套色木刻时,是多么的高兴!象在山野里发现了新的花朵,它们的出现,大大丰富了中国的新兴版画，也大大丰富了中国的艺术花园。

我看到这些版画之所以高兴，还因为它们不仅是崭新的，而且是民族的；不仅是优美的，而且是耐人寻味的。而江苏水印版画之淡雅、清新与韵味，尤有吸引人的艺术魅力。

我爱江苏水印版画，就象我喜爱江南水乡一样。

三

全国的水印版画在成长，江苏的水印版画也在发展壮大。中国美术家协会江苏分会为了发展水印套色版画，于1962年至1964年先后举办了三期版画进修班。在1963年7月，全国第一次出现了纯粹水印的《江苏水印木刻展览》，在北京展出时受到了艺术界的一致赞扬。

在第四届全国版画展中，江苏的水印套色版画也相当多。到这时，江苏的水印版画比起五十年代后期已有很大的发展，形成了一支可观的水印套色版画的队伍，出现了不少优秀的作品，如吴俊发的《农具厂炉间》，朱琴葆的《夜泊北崮》，张新予的《栖霞山》，朱琴葆、张新予合作的《霜叶红于二月花》等。

不幸的是在"文化大革命"的十年浩劫中，江苏的水印套色木刻这朵花枯萎了，人们不再能在中国的艺术花园中欣赏象兰花一样的江苏水印套色木刻了。

四

粉碎"四人帮",送走了严寒的冬天,迎来了艺术的春天。江苏的水印版画也在"春风又绿江南岸"的季节中出现了绿芽,显示出新的生机。

1978年举行了"江苏、上海中国画版画联展",之后又举办了"黑龙江、四川、江苏三省版画联展"。在这些展览中,江苏的水印套色木刻都是引人注意的。其中也有不少好作品,如吴俊发的《人民的好总理》,就是得到群众好评的作品之一。这幅水印套色木刻不仅描绘了周总理的英姿,而且在水印技法上也有新的创造。我在全国第六届版画展览中曾看到张新予、朱琴葆的《晚秋》,程勉的《水乡文化站》等作品,很感兴趣。《晚秋》的色调很美,意境富有诗意,用刀纯熟,整个作品很有艺术魅力,令人神往。最近来南京,又看到吴俊发的《茅山颂》,李树勤的《云烟栖霞山》,黄锦宇的《雁荡春色》,金明华的《秦淮春》,周炳辰的《漓江春雨》,李华英的《故乡》……这些作品既有江苏水印木刻的特色,又有个人的创造性。

将近二十五年来,江苏的水印套色木刻取得了可喜的成绩,应该祝贺。

艺术总是要不断前进的。画派和个人风格也不应凝固起来。随着题材的不同应有变化,随着时间的不同也应有所发展。毕加索这位大师,虽然他的艺术道路我们不应盲从,但他的多变是可取的。不过我们的变应始终考虑到人民是否欣赏,否则就会走进死胡同。因为我们是人民的艺术家,我们的艺术花朵是为人民开放的。

"山重水复疑无路,柳暗花明又一村。"江苏的水印套色木刻,今后在题材上应更加广泛,在深入人民群众的生活中,获取新的原料、新的感受。风景可刻,人物、动物、花鸟也都可刻。对我国取之不尽、用之不竭的传统艺术遗产还可进一步发掘探宝,在技法上还可多方面探索、试验,不怕失败。这是寻找"柳暗花明又一村"的途径。

愿江苏水印版画这丛兰花今后生长得更加茂盛,开放的花朵更加清香。

原载《江苏画刊》1980年第5期

木刻艺术浅谈

在祖国艺术的百花园里，开放着一株奇葩——木刻。

木刻是版画的一种。木刻分为黑白木刻，套色木刻。

木刻是力的艺术。黑白木刻很讲究画面的黑白旋律和刀法。在表现物体时，黑白木刻很注重黑白对比，相反相成，使画中的形象更醒目，更突出，形成木刻画面的黑白旋律美，就象音乐的旋律美一样。在刻制上，由于木刻刀和木板的接触，产生了有力的刀味和木味，正象篆刻所产生的金石味。在金石上刻的是篆字，篆字是很富于装饰性的，有的人刻的比较光细，金石味不强，大金石家齐白石的作品较粗放，金石味就很强。金石有阴刻和阳刻两种，但不论阴刻阳刻，都应使人感到刀笔的力量，线条的苍劲拙朴，令人感到金石味的美。木刻也是这样，有阴线刻法和阳线刻法两种，不论哪一种，都要刻出刀味和木味来。但这是因人而异的，从而形成了木刻家的不同风格。石头图章上的金石味的美和木刻上的这种刀味木味的美,欣赏需要一个过程,看得多了,慢慢就会深入进去,感到它的美。能够欣赏篆刻中的金石味之美的人,也能够欣赏木刻上的刀味和木味之美。黑白旋律的美,和油画中色彩的浓淡冷热所形成的旋律美感,也有共同性。至于木刻构图中的虚实,在金石中、国画中也都是很讲究的。

套色木刻基本上是以黑白木刻为基础的,能够欣赏黑白木刻,也就容易欣赏套色木刻。套色木刻因有色彩,更容易为群众所欣赏。

中国的版画只有五十年的历史,但这五十年中发展的非常之快。当鲁迅提倡木刻时,最初产生的只是黑白木刻,而且模仿性很大。目前中国的版画不仅有了很好的油印木刻,还有了丰富多彩的水印木刻。在全世界来说,水印木刻只有日本和中国有,而日本最初也是从中国学去的。虽然都是水印,中国的水印木刻也有自己的特点,和日本的不同。例如南京的水印木刻就大有中国水墨画的韵味,而又不同于水墨画,独树一帜。除此之外,中国木刻的最大特色是它内容上的革命性和群众性,它一生下来就以表现中国人民的苦难和反抗斗争作为自己的历史使命。毛主席《在延安文艺座谈会上的讲话》发表后,木刻家们以《讲话》为武器,注意刻画工农兵的真实形象,从而有力地歌颂了他们。与此同时还注意到木刻如何为工农兵喜闻乐见,注意作品的中国作风和民族特色。这是别国的木刻很少能与之相比的。

我们的木刻是为人民服务和为社会主义服务的,具有最鲜明的时代性和最广泛的群众性,反映了我国的社会主义革命和建设,受到世界进步人士的称赞。去年和今年中国的版画在法国巴黎展出,轰动了巴黎的艺术界。1980年成立了"中国版画家协会",目前有会员一千来人,其中包括老中青的版画家。三十年代的已经很少了,他们多半是鲁迅先生培养起来的,如李桦、赖少其等;四十年代的大多是在抗日战争和解放战争中成长起来的。延安鲁迅艺术学院的建立,大大推动了中国新兴木刻的发展,产生了一些很有成就的木刻家,目前他们已是全国木刻工作的领导力量了。

原载《夜读》1982年第3期

木刻技法经验谈

我从事木刻这门艺术已有三十年的历史了。从三十年来的创作生活,深深感到作为一个版画家,最根本的问题是如何深入生活和如何表现作品主题思想的问题。版画的技法问题,是提高版画艺术性中的一个问题,这个问题解决得不好,会影响主题思想的表现和艺术形式的完整。因此,对版画的技法问题有必要进行研究和探讨。三十年来,我在木刻技法上的探索,可分为三个历史阶段,即左翼时期,延安时期,全国解放后的时期。今分述于下,仅供初学木刻的青年参考。

一

左翼时期,也就是我初学木刻的时期。那时候,我们在美术学校里自学木刻,既无老师传授,又无先辈指导,也没有木刻技法一类的书籍以资参考。"一八艺社"从事木刻的同志,也不过比我们早学两年，在技法上没有成套的经验。那么怎样得到木刻技法上的一些起码知识呢？主要从鲁迅先生介绍的一些外国木刻画册中求得。例如我们"木铃木刻社"于1933年成立后，大家开始搞木刻，主要的参考书是德国梅菲尔德的《士敏士》插图。梅菲尔德的木刻大半是用圆口刀刻制的，多用阴刻法，黑白对比强烈，很有创作木刻的特点。我们都喜欢他的作品，把《士敏士》插图当成范本，象初学写字的人把颜、柳、欧、赵的字帖作为范本一样。由于这种原因，所以我们当时也多用圆口刀，并很注意画面的黑白对比。我当时创作的《病》就是根据这种技法刻制的。梅菲尔德的木刻技法类似中国画中的写意法，不讲求工整，利于表现热情奔放的内容，初学木刻的青年较易学习。

然而我并不以一种技法为满足，随着鲁迅先生对于外国木刻的陆续介绍，以及中国新兴木刻的成长，我的木刻技法也跟着改变。如1935年刻的《三个受难的青年》《斗争》，向麦绥莱勒的木刻技法学习，同时也向当时发表在书刊上的中国同道者们的作品学习。1936年，苏联版画在中国举行展览，对我的木刻创作影响很大。在技法上，有一个较长时期是向是苏联版画学习的。苏联版画的特色是工细、认真，在黑白处理和表现人物等方面都发挥了木刻艺术的特殊功能，有版画特点，有强烈的装饰性。这时我刻的《鲁迅像》《武装走私》《收获》等作品，就是在这种影响之下刻制的。苏联版画的技法和梅菲尔德、麦绥莱勒的木刻技法有很大的区别，采用梅菲尔德和麦绥莱勒的木刻技法，在起稿时最好用毛笔，而采用苏联版画的技法起稿时却最好用钢笔。当时的苏联版画大都是木口木刻，我们虽然刻的是木面木刻，但因使用的材料是梨木，所以较细的刻法也可采用。苏联木刻多半是阳线和阴线并用的，力求工整，表现事物力求准确，多用三角刀，所以较难产生粗壮豪放的风格。此外，有的苏联木刻家还喜欢用排刀，我也试用过，觉得很难用，弄得不好就很匠气，所以我后来一直不用排刀。

总的说来，在左翼时期，我的木刻是童年时代，是向各种名家学习的时期，学习过梅菲尔德、麦绥莱勒、珂勒惠支、法服尔斯基等名家的各种技法。象一个初学迈步的人需要有人扶持一样，这些学习使我在木刻技法上打下了一定的基础，初步理解了创作木刻的特点，掌握了木刻上的黑白的运用和它特有的表现方法。木刻的技法是与作品风格的形成有着密切的关系的，由于我当时还没有独创的和比较固定的技法，因而也就无法形成自己的独创的和比较固定的风格。如果说这一阶段我在木刻技法上的经验有值得初学木刻的人参考的地方，那就是初学木刻要首先学习黑白木刻，并多学习黑白木刻的各种技法。例如学习写字有两种方法，一种是把颜、柳、欧、赵四家都学过，而后自成一家；一种是只学一家，永远成为某家的学派。我是主张前一种方法的，因此主张各种木刻技法都应尝试，这有利于将来创造自己的风格，自成一家。木刻的技法也和木刻的整个艺术创作一样，必须推陈出新，我们不应满足于某家某派的成规，而应把他们之所长融化在自己的创作中，从而创造富于民族特色的版画。

二

延安时期,是我搞木刻的第二阶段。当时我国的木刻有了不小成绩,在木刻的技法上有了发展,有了一些创造。我自己也积累了七、八年的创作经验。因此,同道者们的作品也就更值得彼此借鉴。这对于我在技法上的研究也很有启发。

我于1940年初到延安后,有了比较安定的生活、比较安定的学习和创作的环境,有了较高的革命热情和创作热情,因此在"鲁艺"期间,在党的直接培养下,我的木刻在数量和质量上都有所提高。

在延安文艺座谈会之前,我已有了创造自己的独特风格的要求,因此就努力研究新的刻法,力求从苏联木刻技法的影响下解放出来。因为当时苏联木刻家们的技法,有它的优点,也有它的局限,刻装饰风的小品较得心应手,刻大幅的群众场面就感到受拘束。因此,我想创造新的刻法。我于1941年刻的《延安鲁迅文艺学院校景》这幅木刻,不论在天空的表现技法上或远山及教堂的表现技法上,都与已往的木刻技法有所不同,这种技法是一种新的探索。虽然是使用三角刀刻制的,却不是一般的用法,而是使手左右颤抖刻出的。我还尝试了其它刻法,如《女像》用阴点来表现面部明暗关系。但这些技法都没有坚持,因为不很成熟,只能偶然采用,而最根本的原因是没有完全脱出外国的影响,因此就不能使我满意。

在对各种刀法的尝试中,也有过这样的情况:在一幅版面上采用了大小圆口刀、三角刀，搞得一幅画乱七八糟，多样而不统一。因此最后得出结论：刀法的运用，不能违反艺术的多样统一规律。在统一中求变化，在变化中求统一；过分统一失于单调，过分变化流于杂乱。要求刀法的多样变化，并不是说要在一幅木刻上同时使用各种刻刀，刻出各种刀法。一幅木刻通常用一、两种刻刀，即能发挥刀法多样的效果。要使刀法多样，必须根据不同物体研究不同刻法，既要照顾整个画面的黑白关系，又要注意整个画面刀法的彼此区别与照应。在这期间的创作中，由于我下决心要提高作品的质量，采取了重刻的办法，就是一次刻的不满意，就来第二次。具体办法是把已经刻成的木刻印在纸上，趁油墨还未干时，翻印在一块未刻的木板上，把第一次刻得满意的地方保留下来，把不满意的地方加以修改。《延安鲁迅文艺学院校景》就曾刻过第二次。一方面因为教堂的方向弄错了需要重刻，另一方面也因为很多地方刻的不满意必须重刻。经过重刻后质量有了显著的提高。这种方法在左翼时代是没有采用过的。当时只刻一次，好也如此，坏也如此，没有耐心重刻。今天看来，有些作品，构思不算好，题材也一般，一次没有刻好，也就算了。但如果构思好，题材也不一般，第一次刻的不满意，就一定要刻第二次，以至第三次。前几年我给郭沫若和周扬合编的《红旗歌谣》刻插图，其中的《新媳妇走娘家》一画就重刻过四次。这种一口咬住不放的顽强态度，对于天才的版画家可能毫无用处，可是，对于我这样的笨人却是完全需要的，也是大有好处的。

这一时期,我在起稿上也试过各种办法,有时先把底稿画在纸上,然后再复写在木板上;有时就直接用铅笔画在木板上;有时先用铅笔在木板上起稿,再用钢笔描一次;有时用铅笔在木板上起稿后,再用毛笔描一次。经过各种试验,觉得比较有把握的办法是先在纸上起稿,然后复写在木板上,用毛笔详细地描出,然后用铅笔全面涂擦一次,或用有色的淡墨水全面涂一次,再下刀刻较好。因为这样一来,每刻一刀都容易分辨出来。

延安文艺座谈会之后,随着"鲁艺"整个艺术空气的改变,我的木刻技法也有了新的变化。因为我们学习了毛主席的讲话之后,明确了艺术为工农兵服务和如何为法的问题,为了使工农兵易于接受,除了要深入工农兵,熟悉他们的思想感情,正确塑造他们的形象外,还必须在表现技法上有所改变。我们注意到应多向民间艺术学习,多向民族美术传统学习。在木刻上多采取阳线的表现技法,在黑白处理上则力求不使画面有阴暗之感,在表现人物的面部时也不再采用明暗法,而采用了中国民间年画的表现方法。在和农民群众接近中,感到有色彩的图画比起单色木刻来,更易为他们所接受,因而开始尝试刻套色木刻。这期间,我刻了《丰衣足食图》年画式的套色木刻。不论构图也好,表现技法也好,尽管还有缺点,但已脱出了欧洲木刻的影响,有了鲜明的中国气派。这说明版画家采取什么样的技法,绝不是偶然的,而总是和他的艺术思想、艺术爱好、艺术趣味分不开的。

总的说来,延安时期我的木刻技法,是力求摆脱欧化的影响，积极探索新的民族形式和个人的独特风格。如果说对初学者有值得借鉴的地方，就是：我们在采用什么样的表现技法时，总应想到人民群众的欣赏习惯以及他们的趣味和爱好，使自己的作品具有中国作风和中国气派。

三

全国解放以来，我多刻套色木刻，在套色问题上进行了长期的研究，经过了多次的尝试。我认为套色木刻要经济用色版，力求少套色彩，以少胜多，达到色彩的高度概括。我很欣赏民间木版年画的多色套法，它的特点是单线平涂，具有特殊的版画风味。不要以为表现了明暗的就是先进的技法，不表现明暗的就是落后的技法。今后我想用水印的办法发展年画风的套色木刻。这种木刻的印制，要尽量用中国画的颜料，如石青、石绿、朱砂之类，不火气、不变色，容易取得色彩鲜艳而不庸俗的效果。

全国解放以来，由于和国画接触的机会较多，我力求从国画中学习一些东西。例如国画的用线讲究屋漏痕，讲究古拙，讲究苍劲，这对于我的木刻的刀法很有启发。尤其是齐白石的篆刻，给我的影响更大。我想：我们刻木刻，也应该象齐白石的篆刻一样，一刀一刀刻出来。我的这种努力在《春夜》中表现得最为明显。这些年来，我很少用三角刀刻木刻，而经常使用圆口刀。为什么喜欢用圆口刀呢？其一是因为近来刻的木刻版面大，三角刀有点施展不开。其二是我喜欢圆口刀刻出的刀味,适合于表现拙壮的风味。

在色彩的套印上,我过去总是先印淡色,后印重色,从《春夜》开始,我采取了先印重色,后印淡色的技法。例如其中雪的颜色,就是在茶褐色的上面压了一层淡绿色。这只是一种尝试,但这尝试是成功的,在画面上出现了一个使我意想不到的满意的色彩。

我的木刻一向是重视黑白对比的。经过多年的创作实践和反复的思考,最后得出这样的看法:木刻上的黑白不能完全根据客观情况"如实描写",不论单色木刻,不论套色木刻,都必须根据感觉,根据画面的需要独创处理。例如《春夜》,自然的真实情况是,月夜的天空虽暗,但是透明的,使用色彩以深青为好,然而我却用了黑色,主要是为了衬托月亮,只有用黑才能把月亮衬托得更明。其次,要是用深青就得增加色版,这和我经济用色版的主张相违背。其三是用黑就加强了版画特点,而且根据感觉和印象,夜里的天空也是黑的。再说那两株梨树,按实际情况,月夜下看起来应比天空黑,只有电灯照着时,它才可能比天空亮。但我不管这些,根据画面需要,把伸出屋顶外的梨树枝刻成白的了。在我看来,套色木刻的创作,一面是通过来源于生活与自然的有坚实根据的形象,努力揭示主题思想的过程,一面是和"如实描写"作斗争的过程,也就是用版上的以少胜多。

在运用黑的问题上,过去一个时期,我总认为画面用黑太多了,会产生阴暗之感,表现人民处于黑暗的时代适宜,表现人民处于光明的时代就不适宜。现在看来,这种看法也不一定对，主要要看如何表现和如何运用黑。如果采用明暗表现法，用黑过多画面可能产生阴暗的效果，但如果采用漆刻画的表现方法，就不一定。即使不是漆刻的表现方法，而是中国碑刻的表现方法，如赵宗藻的《四季春》，杨讷维的《剪就熏风千片》，也不见得就有阴暗之感。过去总认为用黑过多，不容易有民族特色，现在看来，也不完全对，用的方法适当反而会有民族特色。《四季春》和《剪就熏风千片》两幅画也可以说明这一点。弄清了这些问题，我在黑的运用上就觉得自由了，天地更广阔了。

木刻技法的创新，除了多从民族美术遗产中求得启发，是很难出新的。我们的祖先给我们遗留下的美术遗产非常丰富，从民族遗产中得到启发创作出来的作品，总会有民族特色，贵在推陈出新，但不要生硬的照搬。外国的版画技法我也还在学习，但总是力求把它融化在自己的创作中，使它不致影响我的作品具有中国气派。

愿我们的版画在向外国版画学习时，不失掉中国气派；在向古代版画学习时，不失掉今天的时代气息；在向姐妹艺术学习时，不失掉本身的特点；在向同行学习时，不失掉个人风格。这就是我从事版画艺术三十年，在创作实践中得出的结论。

1963年10月

原载《版画技法经验》，上海人民美术出版社，1980年8月

论刀法

木刻之讲究刀法和黑白,犹如中国画之讲究用笔和用墨,这都是画家描绘形象和表达思想感情的艺术语言。如何运用刀法,正好象如何用笔一样,每一个艺术家都有他自己的习惯和爱好。刀法是一种艺术形式,不能不受内容的制约,但也有相对的独立性,并对内容起反作用。

怎样使用刀法,怎样运用黑白,如何塑造艺术形象,这都是形成木刻艺术风格的重要因素。而刀法对于一个木刻家的风格之形成,尤关重要。

小时候学写汉字,老师要求"点点如桃,撇撇如刀",为了如桃如刀,于是就硬描成"桃"和"刀"的样子。老师一看,批评道:"这'桃'和'刀',绝不能描出来,而应一笔一划地写出来。"这个道理在我国书法上从来就是非常明确的。后来学习木刻了,对这个问题又不明确了。开始时就拿刀"描"形象,后来和同行们交谈,于是又明确了木刻中的形象也必须一刀一刀地刻出来,而不能"描"出来,修出来。这样才能具有刀味。

鲁迅所说的"放刀直干"、"以刀代笔",也就是指的这种意思。

正如"金石"学一样,木刻也是一种"金木学",不过直到如今还没有人这样说过罢了。其实木刻的刀法,或者说木刻的刀味,也正如金石篆刻中的金味一样;木刻的木味,也与金石篆刻中的石味相同。所以鲁迅对创作木刻曾说:"惟以铁笔刻石章者,仿佛近之。"这"刀味"万万不可小视,鲁迅所说的"力之美"就和这刀味有关。他说:"有精力弥满的作家和观者,才会生出'力'的艺术来,'放笔直干'的图画,恐怕难以生存于颓唐、小巧的社会里的。"

木刻和金石篆刻之不同,除了木石之别,在"金"上也有其异,刻图章的刀子只有大小之分,而木刻刀则有三角刀、圆口刀、平刀、斜刀、排刀之别。用刀之不同,就产生不同的刀法和刀味,从而也影响作品风格之变异。

四十余年来我从事木刻创作,曾经历了对各种刀法之尝试,最后感到,一幅木刻作品用刀的种类不宜过多,过多有刀法杂乱而不统一的危险。顶多用三角刀和圆口刀两种就行了。小圆口刀和三角刀较易配合,但也必须有主次之分,不能一半对一半。有主次就有基调,而这基调是非常重要的,正如油画和套色木刻在色彩上要有基调一样。我目前刻木刻,几乎只用一种刻刀,如《林间》用的就全是圆口刀。用一种刀会不会单调呢?不会的,因为随着画中物体之不同,用刀也有变化,不会产生单调感。圆口刀的用法有两种,一种是以刀代笔,刻形象的,通常是用较小的圆口刀;另一种是用作铲除空白的,通常是用较大些的圆口刀。铲除空白也大有学问,一块面积较大之空白,铲除时不应过于彻底,打扫到百分之百的干净,而应在适当地方留点刀痕,一来有助于形成刀法之流利和自然感,二来有助于画面之充实、丰富,否则画面有空荡、拘谨之感。这只是我个人的一种看法和刻法,不宜于人人照搬,并且也要看是什么内容的作品。苏联法服尔斯基派的木刻,是非常严谨的装饰风很强的木口木刻,他们的作品就未曾有故意留下的刀痕。德国木刻家珂勒惠支的木刻则很讲究留刀痕,例如她的《战后的寡妇》《饥饿》等作品就是如此。古元的《祥林嫂》的刀痕也留得很好。鲁迅当年在《近代木刻选集》之一里,选了一幅瑞典女木刻家麦格努斯·拉该兰支的《耧斗菜》,其中的刀痕留得非常必要,设想把这些刀痕彻底铲除,岂不大煞风景。这些刀痕既使刀法有自然流畅之感,又有助于画面之充实生动。

木刻刀中的排刀,一般人很少用,用得最好的是苏联木刻家克拉甫钦珂,他为肖洛霍夫的《静静的顿河》作的插图,有一幅描写跳舞的用得非常生动流畅(见鲁迅序《苏联版画集》)。排刀只适宜于小幅的木口木刻,木面木刻不能用,因为顺木纹刻则可,逆(或横)木纹刻则不行,而且用得不好就很匠气,所以我从来不用。

我最初刻木刻,受苏联木刻的影响,基本上用的是三角刀。在木版上用铅笔打好草稿,再用钢笔描一次,然后用三角刀参照钢笔画的线刻。后来感到,这种专用三角刀的刀法对付小块木版还行,木版一大就很不自由,有如带上脚镣跳舞,所以我到延安之后就逐渐放弃了这种刀法。

每一个木刻家都有他用以表现事物的刀法,有的喜欢用刀求烦,有的喜欢用刀求简。大概初学木刻的人,为了力求刀法在一定程度上表现素描效果,用刀就烦;为了强调木刻特点,强调黑白效果,就会逐渐求简。我的路子就是这样走过来的。我是很欣赏新波的《年青人》,他在这幅作品中的用刀非常经济。当然也不能说简的就好,烦的就坏,这是完全允许各有所爱的。不过我目前是比较喜欢简练的罢了。

为了创造木刻的新风格,就必须创造木刻的新刀法。例如彦涵新近的木刻,基本上是用平刀和三角刀刻制的,他创造了一种大小三角形的刀法,形成了新近彦涵木刻的特殊风格。

画家作画,书法家写字,都讲究"一气呵成",好的木刻作品也应有"一气呵成"之感。因此运用刀法,也有一个感情支配的问题。艺术家用饱满的感情统帅着流畅的刀法而"一气呵成"的作品,令人感到刀法所具有的强烈的生命力,因而作品也就感人。罗马尼亚木刻家萨波的《自画像》,刀法虽细,却非常生动,使人感到是"一气呵成"的好作品。

古人看画,要求"远看势,近看质",木刻的刀法对作品的势和质是密切相关的。应当通过黑白和刀法形成作品的气势,也就是大效果。这是很重要的。如果只是埋头在木版上精雕细刻,只是注意局部,而忘记了整体,就很容易搞得有质无势。近看颇好,远看就感到画面很花,刀法无节奏感。所以在运用刀法时,要经常考虑到作品的大效果,如黑白的旋律感,刀法的流畅有力,紧密疏松。宁可少刻几刀,将来印出初幅后补刻，而不要刻得过火，以免再填版。

初学木刻的青年，对前人用过的刀法都可以试试，尔后他才有自由运用刀法之能力，自成一家。刀法艺术性的提高，还要靠多看名家的作品，从中研究琢磨。

木刻是凭三角刀、平刀、圆口刀、斜刀来创造不同刀法的，而且刀法也总离不开阳线、阴线，阳刻法和阴刻法。然而就这几种工具，有本领的艺术家却可以创造出不同的艺术效果，形成版画作品的高度的艺术性。单就阴线来说，也有漂浮油滑与切实沉着、古拙苍劲之分。象麦绥莱勒的阴线，总是令人感到是非常挺拔有力的。而有的人为了追求阴线的古拙，弄得有做作之感。刀法务求自然。

我在阳刻和阴刻方面曾向齐白石的篆刻学习过，也汲取过湖南印花布图案的表现法，研究过吴昌硕所说的国画中的"屋漏痕"。我国的民间艺术，如汉代的画像石、民间剪纸，也都有供我们创造新刀法借鉴之价值。由于木刻家的爱好不同，刀法有细致的，也有粗壮的。过去我喜欢采用细致的刀法，近些年来我多半追求粗壮有力的刀法，觉得这样才痛快过瘾。这里我绝不带宣传之意，只是说明我个人在刀法上的喜爱的变迁罢了，对任何人都是不能强求的。在刀法上也必须是"百花齐放"，但彼此交流看法和经验，也还是有助于我们的版画作品的创新和提高的吧。

原载《版画艺术》1980 年第 2 期

别开生面不同凡响

——看了《石鲁书画展览》给作者的一封信

石鲁同志：

我从太原到上海参加《中国新兴版画五十年选集》编委会，往还都路经北京，所以有幸能在美术馆参观你的书画展览。我细看了两次，总的印象是"钦佩"二字。在我们这一代的画家中，你的成就是够大的，不论在国画和书法方面都是如此。可惜没有展出你的木刻，你在延安时期和五十年代刻的木刻，虽然数量不多，但质量是颇高的，那些关于土改的（《打倒封建》《说理》等），关于兰新铁路建设的（《工地之夜》），都给我留下深刻印象。

看了你的书画展览，深深感到你从六十年代初期开始变法，所达到的成果，真是别开生面，不同凡响啊！从那时起就逐渐减少了外国影响，创造了独特风格的石鲁书画。如果说我们这个时代中国画的名家们有的新意颇浓而传统不足，有的传统很多却新意较少,那么你是新意盎然而传统丰富的一个。我们的艺术传统不论绘画,不论雕塑,不论金石,可继承的东西真是取之不尽用之不竭,就看我们是怎样的继承怎样的推陈出新了。而你是能够把金石味也运用到书画中的,真不简单,可谓难能可贵矣!我国的国画家有的是讲究用线之流畅的,如任伯年和林风眠;有的是讲究用线之古拙的,如吴昌硕、李可染。我觉得你是属于苍劲古拙这一派的,因为你在书画中揉进了金石味,造诣就更高。

近三十年来,对新派山水画有"野怪乱黑"之称,多半是含贬意的。其实这正是创新的一个过程,过早加贬是一种短见。山水画之所谓"黑"者,"透白"(或曰留虚)极为重要,既要自然,又要适当,无白则太闷,有白则有如一个房子开了窗孔。留的巧妙,则有如锦衣上之明珠,闪闪发光,其贵可知。你在山水画中的"透白"是很出色的,例如你的名作《南泥湾途中》除笔墨精彩、意境深邃外,在透白方面极妙,有如"美目盼兮"之工。

我是游过华山的,也看过张大千画的华山,看了你的《华岳松风》真有所感。我想,让游华山的画家们考虑一下,石鲁是戴了一副什么有色眼镜画出与众不同的华山风景的。你的取景与张大千基本上相同,而笔味大异,你是用了特有的石鲁语言歌颂华山之雄伟的。

我看了你的画展,感到你的山水花卉有以下几个特点,不知是否说得对。

第一,你的画意不是拾取别人牙慧,或单从"流"中照搬,而是从社会、自然中来,有所感受而作,因此就有生活基础。你是真正做到了"外师造化,中得心源"的画家。而我在有些人画的山水花卉中却时常有缺乏生活感受闭户造车之感。例如有人画葫芦画的无重量感,象纸做的一样,随风飘荡,他哪里知道长在架上的葫芦,如果不刮大风是轻易不会动的。而你画的金瓜,《何须衬绿叶,且看舞龙蛇》也好,那幅象金锤的也好,都是下垂而很有重量的,这就令人感到真实,感到生命的力量。又如你画的《幽涧蔽荫》,虽然是水墨的,但令人感到那些杂乱的灌木丛,似乎是由已经落叶而红果尚存的酸枣林组成,因此我这个生长在北国山中的人就感到特别亲切。这样的富有乡土气息的山水风光,不论在石涛和黄宾虹画中,或当今的山水画家的作品中都很少看到。单有笔墨虽然也可成为所谓"神品",但总不及兼有生活实感的作品耐人寻味。艺术虽贵在创新,但绝不是信笔乱涂,而必须是以造化之精英为其魂魄的。再如把黄土高原的土山画入山水画中,恐怕是自石鲁始,是你最先发现了陕北土山之美的。我想这也是来源于革命感情吧。

你的那幅描绘初晴的《山居小景》是很有诗意的,画中一小姑娘从半掩的门中向外观望,大概她在家里听不到雨声了,所以出来看天是否晴了。这也是从生活中来的。这个小情节在画中的位置虽小,却有画龙点睛之妙。

第二,你的画和字大都是很有气势的,就是早年的那幅《变工队》,令人既感到劳动之紧张,又感到是一气呵成的。你有很多山水画令人感到有如高屋之建瓴,江河之奔流。古人看画要求"远看势,近看质",有些人的画却有质而无势,或有势而无质。画无势如人之仪表不美,画无质如人之眉目不秀。你的画是两者兼而有之的。如那幅赶羊群下山、表现陕北风光的《高原放牧》以及那幅曾经遭到灾难的《转战陕北》,都是远观有势近读有质之作。

第三,你晚期的不少作品真是精简到了恰到好处,宋玉谓东家女"增之一分则太长,减之一分则太短,著粉则太白,施朱则太赤",看了你晚期的花卉我真有如是感。如《梅花》一画,题词为"乱枝红粉别有天,华萼楼头一少年,借问诗家何所意,隔墙犹听读书怀"。此作不论构图及梅花之造型都不落俗,很有新意,可谓画中有诗。而只画窗不画壁,令人意味有墙,这种处理就精简到家了。另二幅是"四人帮"作为"黑画"批的作品,其中一幅题词是"寒江秋月了然身",边有一枝小梅,只开了一朵花;还有一幅题词是"荷雨不似一田春"。这两幅都是小品,但却都是精品,字极苍劲而挺拔耐看,画很简洁而意味无穷。有一幅《石榴》,干与叶皆用焦墨,花用朱红,多大胆;旁有用淡墨画的石头,这块石头在此画中作用很大,有了它就顿感画面丰富而多彩。还有一幅《月下苏州》,也是"增之一分则太长,减之一分则太短"而恰到好处的佳作。我认为艺术总应"以一当十",能用一句话道明他人十句话的内容才算高超,绝不应象饶舌的老太婆那样啰嗦不休。

最后我要对你的图章发表点意见。你的图章变化无穷,布局不凡,虽未制成金石而大有金石味,使某些金石家有愧。

老实说,我要向你学习,这不是故作谦虚。愿你早日恢复健康,在我们百花齐放的艺术园地大显身手。

在"四人帮"还猖狂时,你曾给我写了一副对联:"平生惯惹千夫气,两手勤浇万木春。"其实也是写你自己的,愿看到你的更灿烂的"万木春"。

元月 14 日于太原
原载《陕西日报》1980 年 2 月 1 日

瑰丽的生活图景,大胆的艺术创造
——赞金山农民画

走进上海美术馆"金山农民画展览会",看到那种大胆的艺术创造,看到那些色彩鲜明而又美丽的崭新画面,真把我惊倒了。当一位与画展有关的同志请我签名时,我顺便写了以下几个字,表达我赞赏的心情:

"高度的创造性,高度的艺术性,向金山农民画学习。"

为什么惊倒了呢?近一年来,我在版画创作中力求思想解放,总想打破更多的条条框框,以求创新,但当我看了金山农民的作品时,深深感到象他们那样的思想解放,我连想都不敢想,可谓"望尘莫及"了。

是不是我对金山农民画有所偏爱,因而过誉呢?我觉得并不过誉。

所谓"高度的创造性",就是金山农民画决不如实描写,而善于通过变形、夸张来表现事物的特征。不论在构图上、透视上、塑造形象上、使用色彩上，都不为任何专家头脑中的清规戒律所拘束，而用农民特有的浪漫主义精神自由创造，真正做到了来源于生活而高于生活。

所谓"高度的艺术性"，就是金山农民画善于用儿童似的绘画语言，塑造农民形象、动物形象、花草形象……歌颂农民的新生活；善于把物体加以分解而又重新组合，把明快、和谐、色彩巧妙地统一在装饰风中。你说它是纯粹的图案不行，因为它具有丰富的绘画内容；你说它是纯粹的绘画也不行，因为许多物象都平面化了，装饰化了，并且处理得那么的大胆，那么的舒服，那么的出奇。

金山农民画不管怎样创造，始终令人感到既是民族的，又是民间的；不管怎样创新，令人感到既是真实的生活，又是生命的传神。

我们专家的作品的创新，有多少比金山农民画更新的吗？歪曲了事物特征和神态的所谓新，远离民族特色的所谓新，抽象画派的所谓新，都不值得我们称赞。金山农民画在事物的真实形象的基础上提炼、加工、改造、创造，用他们熟悉的农事，熟悉的植物、动物和人物，通过他们特有的审美观点、艺术趣味、思想感情和绘画才能组织他们的图景，他们的创作是真正的创造性的艺术劳动。看起来这些画面似乎有些幼稚，但这幼稚中却内含着稚气和童心，反倒令人感到可爱。

这样思想解放的艺术创作，真值得想要思想解放的艺术家们学习。

中国的农民好象有一种先天的把事物图案化的才能，请看看陕北窗花,就愈益觉得此论之不违。它们不论怎样变形,总能表达事物的特征和神态;不论怎样夸张,总能使人感到描绘对象的可爱。金山农民不是根据写生和直觉作画,而是通过对事物的认识和熟悉,凭理性和感觉,凭感情和印象作画。

陕北农民之所以能通过变形和夸张突出公鸡、野鸡、山羊等动物的特征和神态,就靠对描绘对象的熟悉和热爱,再加上他们的艺术才华,从而产生了那些动人的窗花。金山农民在他们的作品中表现芝麻、棉花、竹林、亚麻、河菱、山羊、鸡鸭等,能通过变形、夸张突出对象的特征和神态,也是靠他们对于描绘对象的熟悉和热爱,再加上他们的艺术才华。

我们艺术专家在艺术修养、技术磨练方面当然比农民有优越性,但在对生活的熟悉、感受、感情方面,就远远比不上农民了。可见,生活的熟悉对于艺术创造是多么重要!

为什么金山农民的作品都是装饰风呢?难道他们没有师承和受到影响吗?当然,他们不可能从伦勃朗、列宾、毕加索、吴昌硕、齐白石等大师的作品中受到影响,他们在生活中接触最多并且喜爱的美术品,不过是儿童和妇女的花衣服、印花布、花被面、儿童玩具、皮影,以及一些日用工艺品……这些就是他们的美术老师和教材,无怪乎他们一下手就倾向于工艺美术的装饰画。花布图案、民间美术和金山农民的生活相结合,通过农民艺术家的巧妙"化合",这就是金山农民画产生的秘密。最初向我们泄露了这个秘密的是曹金英的《公社鱼塘》,猛然一看,简直是湖南印花布(江苏民间也出产这种印花布)。由于这种印花布流行在江苏农村,农民一天到晚接触,时间长了,耳濡目染,就培养了他们对印花布图案的审美意识。由于他们没有受过专门的美术基本功的训练,因而仅仅根据对事物的认识和印象,用夸张和变形来突出事物的特征。这就是金山农民画形成的特殊条件。

青年农民阮章云是很有才华的画家,他画的《放鹿》、《收蚕茧》、《金鱼戏水莲》都非常好。看了《放鹿》,令人想到敦煌壁画中的鹿和山,然而它绝不是对古人作品的抄袭和模仿,而是民间美术的一脉相承,是农民绘画的创新。那鹿的形象夸张生动,用色协调深厚,层次的变化,竹林和群山的安排,都是很有匠心的。《收蚕茧》把极平凡的农事组织成装饰风的画,整个画面具有一种清新的格调,画中心两个收蚕茧的妇女的造型多么美,多么有新颖感。在《金鱼戏水莲》中,金鱼画的非常生动,水莲画的非常美。

我也非常喜欢沈小妹的《啄虫》,那是一幅非常朴实的装饰画。鸡在茄苗上啄虫,茄苗画的非常粗壮,鸡是儿童玩具式的花鸡,但啄虫的样子却很传神。

此外,李川英的《放羊山上笛声扬》,姜国红的《繁忙的渔港》,姚珍珠的《打芝麻》……也都是难得的佳作。

看了金山农民画,对我有很多启发。有时我们到农村住了好久,总感到好象没东西可画,很多平凡的生活以为不值得画。看了金山农民画,觉得可画的很多,只是我们过去被"左"的思想和条条框框搞得死死的,不善于在平凡的生活中发现美,不善于把平凡的生活组织成不平凡的画面。

过去我们向外国学习的多，向民族美术优良传统学习的少，即使学习也多半是学习宫廷美术和文人画，对于民间美术学习的不够。现在看了金山农民画，感到民间美术也是一个取之不尽、用之不竭的源泉，而我们过去重视不够，发掘不够，汲取不够，不善于学习。金山农民画促进了我们解放思想。

金山农民画是社会主义美术园地中一枝出色的花朵。愿这枝花朵在社会主义祖国的艺术大花园中开得更加美丽。

1982 年于北京

门外舞谈

我爱舞蹈,因为它能使我得到愉悦,得到美的享受,能使我陶醉在艺术的美梦中,忘掉一天的疲劳和烦恼,在潜移默化中提高精神境界。

有的舞蹈使我看了精神振奋,在美的享受中同时给予我以力量,给予我以鼓舞,显示给我的是生命的欢畅和奔放,是一曲曲生命的活力的赞歌。我之所以喜爱粗犷而豪迈的西班牙舞,就因为它有一种动人之美和动人之力。这美和力的结合给人的感染力是其它艺术所达不到的。

我作为一个美术家,舞蹈已成为我生活中不可缺少的享受,象生活中不可没有花草,不可没有欢笑一样。

舞蹈是综合艺术,其中有音乐,有戏剧,也有美术。舞蹈语言所追求的美,也是造型艺术所追求的美,不过舞蹈语言——动作的美是在多变的节奏和连续的活动中体现出来,而美术所表现的只是一个静止的画面。而只这画面,使姐妹艺术间就有了共同的语言和彼此接近。

我最初观赏舞蹈,不过是看热闹而已。早在1928年前后,我还是一个中学生的时候,在太原偶尔看了一次白俄女舞蹈家的演出,她表演的俄罗斯舞使我深感兴趣,在我的心地里播下了爱好舞蹈的种子,但未曾越出看热闹的范围。解放后看了不少汉族舞蹈,又看了不少维吾尔族的舞,国外的印度舞、西班牙舞、锡兰舞、芭蕾舞等,眼界渐广,阅历渐多,从而也就由看热闹逐渐进入看"门道"了。

我经常研究舞蹈和生活的关系。看它来源于生活,而又怎样地不同于生活;看它以生活为基础,而又比生活有了多么大的提高;看它以生活为素材,经过艺术加工,而又如何比生活更美更富有舞蹈感情。

我作为一个美术家,感到在姐妹艺术中,对于艺术与生活的问题,再没有象舞蹈、音乐和传统歌舞剧能给予我以启示和教益了。

舞蹈当然也有高低之分、精美之作和拙劣作品之别。象那些照搬生活的、哑剧式的、不在舞蹈语言如何表现内心世界上下功夫,而专在生活情节的真实上做文章的所谓舞蹈,是不能发挥舞蹈特有的作用的。象"四人帮"时期流行的那些空洞无物、张牙舞爪、装腔作势,以"打倒走资派"为内容的所谓舞蹈,是决不可能给予我以美感和愉悦、启示和教益的,只能使我感到难过和恶心。

舞蹈基本上起源于劳动,民间舞蹈是人民的创造,是沿袭着原始舞蹈的基调,经过历史的变迁发展起来的。随着精神文化的分工，正象音乐有民歌与宫廷歌曲之分一样，舞蹈的一条支流发展成为宫廷舞蹈，但民间舞蹈始终是一切舞蹈的母亲。

我热爱民间舞蹈也正如热爱民歌。它朴素然而有真挚的感情，它单纯然而生动，决不装腔作势，更不张牙舞爪。

比较起来，民间舞蹈与生活更为接近，但它也是通过舞蹈语言美化了生活的，决不是对生活的如实照搬。它对生活既有所集中概括，又有所提炼加工。不论维吾尔族的民间舞蹈《刀朗舞》，或福建的民间舞蹈《采茶扑蝶》都是如此。生活气氛很浓的民间舞蹈，表达了人民和艺术家的内心世界和思想感情，因此能够打动人心，得到共鸣。

舞蹈的发展早已产生了不直接表现生活情节，而是通过多姿多态的舞蹈语言——有节奏和韵律的动作，专门表现人的内心世界和人的感情的跌宕变化，这和极端抽象的器乐类似。

最近在电视上欣赏了四川凉山彝族自治州文工团的民族歌舞，其中《抢新娘》是一个非常美的民间舞蹈。它很富于生活情趣，但是舞蹈化了的生活，具有浓厚的感情色彩，令人感到一种美的享受。但又不是一般的舞蹈艺术的美，而是富于民族特色和民间色彩的美。它比生活本身更高更集中概括，正象香油来源于芝麻而不同于芝麻，绸缎来源于蚕茧而有别于蚕茧一样。

在文化上落后的民族，往往在舞蹈方面并不落后；在文化上比较先进的民族，反而在舞蹈方面显得拘谨、落后。我觉得我们汉族就有这种味道，尽管这是一定历史因素造成的。在维吾尔族和哈萨克族等兄弟民族中，舞蹈是人民日常生活的一个重要的组成部分，而我们汉族人民的日常生活是早已和舞蹈绝缘了，我感到这种落后现象，使人民感情的寄托和抒发，少了一条正常疏导的渠道。

目前舞蹈存在的严重问题是对芭蕾舞的生吞活剥的抄袭，搞得一个舞蹈有如"杂交高粱"。缺乏向民间舞蹈学习，难于形成富有民族新风格的舞蹈。现在，中国舞蹈家协会山西分会想大大提倡一下民间歌舞，我作为一个舞蹈爱好者，是举双手欢迎衷心拥护的。愿在这种努力中，一方面把山西的民间舞蹈加以汇集、整理、提高，同时也在向民间舞蹈研究学习的过程中创造出具有山西风味的新作品，正象《白毛女》之来源于河北民间传说，《丝路花雨》之来源于敦煌壁画的启示一样。达到这种成就，虽然未必能解决我们日常生活中缺乏舞蹈的问题，但正如"过屠门而大嚼"，能看看好的舞蹈演出也就心满意足了。

一个人民的舞蹈艺术家要象杰出的音乐家冼星海重视民歌一样，重视民间舞蹈。正值建设社会主义精神文明之际，要想舞蹈艺术在广大人民群众中生根、发芽、开花，离开对民间舞蹈的提倡研究、推陈出新，恐怕是难于找出其它更好的捷径的吧。

原载山西《舞蹈通讯》1982年第3期

谈文学著作的装帧和插图

一

装帧和插图除了美化文学书籍外,还能提高读者阅读的兴趣,对读者进行教育和鼓舞,并对文学作品起补充的作用,使读者更好地理解作品的内容。同时它也代表一个国家一个时代的文化艺术水平。好的装帧和插图艺术同样能提高广大人民群众的艺术欣赏水平。

对文学著作的装帧和插图,在文学家之中很少有象鲁迅先生那样重视的了。翻阅他和陶元庆的通信即知。看来陶元庆成为"五四"时代杰出的文学著作的装帧家,鲁迅是有功劳的,在这个问题上,如果说陶元庆是千里马,鲁迅真是伯乐。

鲁迅对于艺术家陶元庆的尊重和陶元庆给鲁迅的小说《彷徨》等书所作封面之精彩,至今都使艺术家们为之赞叹。为了向中国美术青年和读者介绍外国插图,鲁迅翻译了某些外国小说。阿庚的《死魂灵》百图发现后,他那么高兴地翻印给中国美术家。由他经手而出版的苏联版画集,绝大多数是文学书籍的插图。他在这方面所花的心血,有利于我们在文学书籍的装帧和插图方面的学习和提高。

目前各个文学刊物对于小说和诗歌的插图、题花之类是相当重视的,这是个好现象。但对这些工作的评论文章却很少见,不象对于小说作品的评论来得迅速及时,这就不利于这一工作的发展和提高。首先应该肯定装帧和插图都是创作,和小说诗歌应处于平等的地位,因为都是艺术家和文学家花了心血创造出来的。但装帧和插图同时又是为文学作品服务的,属于从属关系。所以蔡元培先生在《苏联版画集》的序言中说:"木刻画在雕刻与图画之间,托始于书籍之插图与封面,中外所同,惟欧洲木刻于附丽书籍外,渐成独立艺术……"这"附丽"二字就指出了装帧和插图艺术的一个重要作用。但不论怎样,文学作品和装帧、插图又都是为广大人民群众服务的,所以决不能轻视。

二

要想把插图画好,不仅首先要有一个严肃认真的态度,而且必须熟悉为之插图的小说内容。虽然小说已经通过文学语言给画家描绘了人物形象,但这仅仅是用文字塑造的形象,看不见,不具体,仅能感觉到。画家要根据小说的描写通过造型语言塑造成可视的、具体的形象,还必须进行再创造。如果不熟悉这方面的生活是万万画不好的。因为画家不仅要用可视的艺术形象表现小说所刻画的人物,而且还要画出小说没有明确描绘的细节。小说中的人物形象是通过读者的联想和想象来补充、再创造来完成的,而画家则要根据小说把自己所联想和想象的人物画出来。插图要符合于大多数读者所联想和想象的人物形象,形成可视的典型,需要画家既熟悉这方面的生活和人物,又要对小说作深入的理解。这样才能达到既忠实于原作,又有创造性。

小说家对他所描写的人物要有感情,画家对他所塑造的小说中的人物也要有感情,或爱或憎都必须明确、热烈,持冷冰冰的无所谓的态度是画不好的,是不能感动读者的。因此画插图不能用自然主义的照像式的手法,而应有所强调,有所夸张,有所精减,敢于发挥想象,力求传神。各个民族的文学艺术都应有其民族的独特风格,在插图艺术上也不例外。因此我们的插图在风格上也应力求有中国作风中国气派,为广大群众所喜闻乐见。

在小说中选取怎样的场面作为插图题材,对表现小说的主题思想至关重要。既要选取画家所感兴趣的,也不能忽视有代表性的,对这个问题,全靠画家对小说有深入的理解和认真的研究。

文学作品的插图可分为两种。一种是用插页的形式附在小说中,较有独立性,可以画得完整,象中国古版小说中的图画就属于这一种。另一种是插在文字中的,这是近代的产物。这种形式的插图不宜完整,否则就会使版面显得死板闷气,透不过气来,甚至影响版面的美观。因此这一种插图以简洁的线条描绘人物,不画框框,可取得较好的效果。应力求人物的生动传神,而不宜过分渲染复杂的环境背景,更不宜强调明暗,搞得画面漆黑一片。画这种插图要考虑与文字结合的版面效果,考虑主从关系,而不要闹"独立性"。

三

在为现代中国小说作插图而产生的优秀作品中,叶浅予给茅盾的《子夜》画的插图给我留下特别难忘的印象,这些作品都是属于插页式的。看了这些生动的图画,使我感到作者其所以能取得成功,首先在于他对《子夜》所描写的人物和生活的熟悉,因此他能根据小说进行再创造,真实生动而传神。再者是作者采用了简练的线条,而不强调明暗,具有显明的中国作风中国气派和个人风格。

华君武为张天翼的小说《大林和小林》作的插图,是插在文字中的。这一作品的成功,在于画家根据小说大胆地发挥了自己的想象,用非常简练、夸张的手法再现了小说的人物形象,生动而且充满了幽默感。

不论《子夜》或《大林和小林》的插图,都令人感到对小说不仅起了附丽的作用,而且有所补充与增益。绝不是对小说的图解与简单的说明,而是具有高度艺术性的耐人寻味的创作。

愿我们的插图画家们能从这些优秀的插图中得到教益而创造出具有个人风格的好作品。

从云冈石佛想到的

这次山西省美术工作会议在大同召开,使我能再次参观世界闻名的云冈石佛,感到高兴。在归途中,我想,古代艺术家为了为佛教服务,而创造出那样惊人的作品,真使我们后辈人为之惊叹!在那么高的悬崖上凿出洞来,然后在石洞里雕刻出那么雄伟的佛像来,而且是如此之多,在技术条件非常落后的古代,要完成这一宏伟的任务,艺术家们的艰辛是可以令人想象到的。这些雕刻显然不是出自一些初学的生手,而是出自在雕刻上颇有素养的大师,然而他们都是些无名英雄。历史上未曾记载这些大师们的名字,令人遗憾。他们的惊世之作,能为一千多年之后的祖国社会主义时代的艺术家和广大人民赞赏,我想,他们在九泉之下也应感到慰藉吧!

《圣经》上说,上帝按照自己的形象塑造了亚当、夏娃——人类的祖先。其实是人类按照自己的模样塑造了一切的神像,不论是希腊的神像,还是中国的佛像都是如此。《圣经》上把事情完全给说颠倒了,这是主观唯心论,即意识决定存在。因此我们参观云冈石佛，就不应把它完全当神看，而应当人看，这才妥当。正因为如此，我们可以从这些古代佛像故事里研究当年的社会生活、风俗习惯、服装用具，研究中外文化的交流、艺术家的审美观点……

作为一个艺术家来欣赏这些古代的优秀作品，不能仅仅满足于以上的研究，而应着重研究古代艺术家如何依据人们的面貌创造性地塑造了这些佛像。它来源于人体而又不同于人体，你看那佛像面部，艺术家根据人的面部结构使其多么富有概括性，多么丰满而又单纯，多么富有雕塑感，同时又准确地表现了佛的内心世界（其实也就是人的内心世界）。这种既来源于人的面貌又富于理想的创造，既传神又富有形式美的造型，正是值得艺术家很好地加以研究的地方。

由于"四人帮"的践踏，艺术一度走进了照像主义的泥坑。以为艺术愈"逼真"愈好，这就抹杀了艺术的创造性。更谈不上毛主席所说的"更高、更强烈、更有集中性，更典型，更理想，因此就更带普遍性"这六个"更"了。那些向照像看齐而毫无创造性的艺术家，在云冈石佛面前应该感到惭愧，从而有所觉悟。这也算是古为今用吧。

大同的专业和业余美术工作者有责任把大同煤矿工人的英雄形象和他们对祖国的巨大贡献很好地表现出来。我希望你们也能从云冈石佛得到启示，克服照像主义，创造性地完成这一光荣任务。

原载山西《大同报》1978年7月29日

鲁迅像　　　力　群

梅花香自苦寒来

鲁迅像　曹白

《彷徨》封面　陶元庆

羊群　古元

当敌人搜山的时候　彦涵

梅花香自苦寒来

晒玉米　　董其中

春夜　　力群

《大林和小林》插图　华君武

《子夜》插图　叶浅予

梅花香自苦寒来

祥林嫂　古　元

戴着藏族皮帽的自画像 〔罗〕萨波

辟邪(东汉)

梅花香自苦寒来

野姑娘的故事

野姑娘的故事

一

贵莲是一个没有妈妈的毛丫头。

爸爸是一个贫穷的庄稼汉,从他的祖先起就住在离城很远很远的闭塞的山村里,从来也没有个好脾气,从来也不笑,一辈子过着愚妄而又糊涂的生活。对于处理亡妻丢下的这个毛丫头,真还不如处理他田里的庄稼来的好。地租,高利、苛捐、杂税折磨得他喘不过气来。一有什么不高兴,他总是在贵莲身上出气,有时候就象打畜牲似的恶狠狠地打,有时候就冷冷地骂一句:

"她妈的,没有造化的东西!"

在我们山西,有这样一种迷信,说属羊的女人没造化,是克婆家的;生在初一十五的命硬,是克父母的。可是贵莲这毛丫头也就真够不争气了,她就不属牛不属马,偏偏的要属羊,而且迟不生早不生,她就偏偏的要生在五月初一。因此贵莲一落地就中了她爸爸的气。

她爸爸一听得婴孩的呱呱啼哭声,就站在门外问:"男孩?女孩?"等到里面说是女孩时,他就双眉一皱,摇摇头,接着就骂了一句:

"妈的,偏偏的是一个女的,真是没造化的东西!"

从那时起,就一直的骂着,好象看着贵莲总是不顺眼。

然而做妈妈的到底特别心疼儿女,为了这,妈妈活着的时候曾屡次地向爸爸抗议过:"你老是说没造化,没造化,那么你就把她摔死吧,谁教你这个贱婆娘给你生下这个烂B女儿呢!"

贵莲刚刚四岁的时候,她的妈妈从暑热的田里割麦回来,害着急性霍乱病死了。不巧的是这就更证实了贵莲这毛丫头的命硬。不是吗,她把她的妈妈都给克死了。因此,她的爸爸就更加厌恶她。

而贵莲呢,不知道是想妈妈呢,还是有什么不痛快,总是好哭。因此爸爸一看见就恶毒地骂着:

"妈的,简直是一只不吉利的老鸦,你还是死了吧!"

然而贵莲没有死,她是异常结实地活在这冰冷的无爱的生活中,象一个多余的东西似的。冬天她在破窑壁下晒太阳,夏天她在门前的大槐树下乘阴凉,很少和别的孩子们玩,只是一个人在那里,很知趣。

而且贵莲的爸爸也没有把贵莲送了人,为的是将来还可以卖一注钱。因此就象养活一头猪似的养活着贵莲了。

贵莲现在是失去了唯一爱护她的人了呵！这真是倒霉的事。妈妈在世的时候，她虽然算是带着一个不祥的灵魂的吧，但是头发总是梳得光光的，花布衫虽打补丁，可也是洗得干干净净的，加以有一对大大的亮亮的眼睛，看去虽然说不上可爱吧，总不使人讨厌。可是自从妈妈死后呀，一来因为没有人看管，二来又因为爸爸的光景不好，贵莲就变得不象样子了，头发永远是乱蓬蓬的，里面还夹杂着飞土与毛草，辫子是翘着的，象一条猪尾巴；面孔呢，是鼻涕涎水的；衣服是又脏又破。如果你走近些，就会看到大个的黑虱子在破绽中爬……这，爸爸是从来不睬的。

这样的一个不出色的毛丫头，谁见了能觉得顺眼，谁见了会不恶心呢？

生活在这样的日子里，贵莲真是不幸透了，身上时常有伤痕，她怕人家看见，总是拼命地拿褴褛遮盖着，可是伤痕呢，偏要从衣服的破败处露出来，好象和她故意捣乱似的。人们一看见就说：

"贵莲这毛丫头，总是不好，又教他爸爸给打了。"

"说吧，你又做了什么错事了？"有的问。可是贵莲低下头不开口。

第三个说："听说是正月十五的早晨她打碎了个碗，他爸爸说：'你早不打碎，晚不打碎，急过节，你急打碎……'大概是又给打了一顿。"

第四个说："唉唉，贵莲也真是不争气，不吉利的，你为什么在这天打碗呢！"

第五个说:"唉唉,贵莲真是个该死的丫头,初一生的,八字硬,把娘给活活地克死了,你看她还不规矩点,又教爸爸给打了。"

第六个说:"贵莲硬得很呢,你看她爹那样地打她,她都从来不告饶,真是个好汉!"

人们一面鉴赏着她的伤痕,一面议论着,好似同情,又好似说她就应该挨打,有的不能确实称赞了一番。而贵莲呢,也不知道是想起她妈妈了呢,还是想到她的伤痛了,终于从她的大大的亮眼睛里落下眼泪,拖着鼻涕涎水哭起来了。于是一场议论这才闭幕,而我们的女主角也就带着哭声,拖着褴褛在西风里飞动着乱蓬蓬的头发走开了。

二

贵莲这毛丫头是长大起来了,现在人家叫她"野姑娘"。

这样的尊号是怎样得来的呢?打听了好久,有的说因为她时常和男孩子们在一起玩,而且玩的百花百样,所以人家叫她"野姑娘";有的却说贵莲倒是很规矩,只是因为时常帮助爸爸做饭种田,在山里打柴,很能干,所以人家叫她"野姑娘";可是有的又说完全是因为贵莲罾着两只大脚,穿着不男不女的一双大红鞋,东奔西跑的,全不象一个闺女,所以才被人家叫做"野姑娘"的。

这样多的说法,固然各有不同,但现在贵莲的被叫做"野姑娘"却是确实的,而且渐渐地传开去,左近邻村就全都知道了。

贵莲的爸爸一听到这个消息就很生气,板起他那冷冰冰的脸孔,就又骂起来:

"妈的,这没造化的东西,真是个祸害!"

近年来,贵莲的爸爸的脾气,委实说更坏了。脸上不但没有一丝的笑容,而且两只眼也凹陷了,很阴沉。他近来已不大打贵莲了,可是却产生了一个奇怪的想头,他以为近年来光景的不好,债务的繁多,讨不起老婆……不是由于地主老爷们对他的残酷剥削,而都是这个没造化的毛丫头的缘故。因此他就很想把贵莲早日卖一注钱打发掉。是的,说起来贵莲也不小了,现在是十六岁,别的人家的姑娘是十四、十五岁就要卖钱的。

"如果这没造化的东西离开我的家,也许我的光景会好起来的。"他想,"况且卖掉贵莲的钱,除还债外,也许还可以弄来个老婆的呢。"

然而事情并不是这么容易的。首先左近邻村就全都知道"野姑娘"这个大号,而且也知道她是属羊的,这对于贵莲的婚姻真是一个极大的损害,而且也许就不能多卖钱。加以贵莲这毛丫头,自妈妈死后,就谁也没有想到给她整理一下脚。

"要是稍微缠一下也就好了!"

她爸爸想着想着就懊恼起来,深恨自己没有早见。可是这也真是活该贵莲倒霉的事。结果她爸爸托了许多人给她寻婆家,总是一提到贵莲人家就都说:

"噢噢,你说的是'野姑娘'吗?就是了,好是好的,只是人家都说她是个属羊的……"

"你先不要说这个吧,可是贵莲这姑娘真能干呢,里里外外都行,咱们庄稼人家用得着。"媒人给辩护着。

"唉唉!好是好的,就是太野,咱这人家驾驭不住。你看她爹就没有想到给整理一下脚,况且财礼也太大,一百二十元,谁能出起呢?……"

就这样的,说来说去,贵莲的婆家就是寻不到,不是嫌她是属羊的,就是嫌她脚太大,好像把贵莲当成一匹野马似的,缠了脚就大有办法了。

贵莲没有缠脚,这真是幸呢不幸呢?

现在,爸爸的计划好象是完全失败了,起先是冷冰冰的,很难堪,后来就更加愤恨贵莲,他恶狠狠地骂着:

"没有造化的东西,妈的,我要养活到你什么时候为尽呢,真是个祸害!"

起先贵莲低着头不响,可是后来也就难免抢白几句:

"你老是骂,谁教我妈把我生得属羊呢?谁……"不用说贵莲是一肚子的冤屈,一肚子的气了。但是,难道贵莲是多么难看的姑娘吗?不,你如果要以前几年的毛丫头来看她,那你算是错了,她现在出变得很不差,拖着的一条大辫子虽然有些黄,而且乱,那是因为她家寒买不起生发油,忙得顾不上梳理的缘故。可是你要是看她的脸蛋儿呀,首先一对又大又亮的眼睛就够动人呢,眸子黑得像宝石一样,绯红的两颊,虽然不能和桃花的颜色相比,可是很够人耐看的呢!

如果要看她的身干,那是太结实了。这全不提,要紧的是贵莲这野姑娘真能干,会磨面,会缝衣,做了饭还得到地里去做活。村里头哪一个小伙子敢撩拨她一下呢,她可以和他撕打到底,骂到死。有一次邻村一个放羊的小伙子在山坡上瞧见她背柴回来,就撩拨她说:

"野姑娘,要是没人要你了,我就把你收拾下吧!""要死,你不想活了吗?他妈的,你这鬼东西……"野姑娘放下柴,把嚼着的野枣从口里吐出,一面骂着一面就抓起土块打起来,她跑得飞快,一直把敌手打退为止。

野姑娘是这样能干,这样活泼,然而就是寻不到婆家。加以她爸爸讨的财礼又大,这就更加难办起来了。

可是爸爸仍旧是一不顺气就骂着:"养活到你多少时候呢?你这没造化的祸害,大概是一辈子也没有人要了。"

野姑娘有一肚子的冤屈,一肚子的气,但是说不出来。她忍着,忍着,用了历史赋予她的伟大的忍从,她忍受着这因袭的重压与残害。

三

给野姑娘找个婆家,真是一件困难的事。为了这,她爸爸又愁又急,况且近来村里面又有一些流言,说是野姑娘在什么地方和什么人怎么了,这可怎么办呢?女儿是一天天的大起来了,如果要叫野姑娘自己去找吧,也许马上就找到她心爱的人了。可是这是她的爸爸绝对不答应的,因为自古以来,就没有这规矩,所以就不能,况且还得卖一注大钱呢。

野姑娘始终是卖不掉,因此她的爸爸就始终是骂着,总归还是那一套,"养活到你多少时候呢?你这没造化的祸害。"

每天这样的噜苏着,贵莲也觉得真够烦透了。这样的从来就冷冰冰的家庭,生活得还有什么意味呢?因此贵莲也就不自觉地叹气起来:"他妈的,真是还不如死掉的好,活得太不象人样了!……"

其实是自妈妈死后,贵莲就没有一天活得象人样的,晚上睡在又脏又烂的败絮中,白天熬到死,一年到头穿着打补丁的衣服,吃着粗茶淡饭,不是谷面窝窝头,就是荞麦黑面条,这全不提,谁叫爸爸是个穷庄稼汉呢。可是每天的受气,这就真够再也忍受不住,她想来想去也真快要寻死了。

然而我们的野姑娘没有寻死,她只是近来很闷气,她时常到门外去呆站许多时候,默默无声地俯视着旷野,好象有无限的话要向深秋的树林和金色的野草诉说似的。有时候也就暗暗地哭泣,她的大大的亮眼睛也差不多哭得快要失掉光彩了。

说也奇怪,就在这时候,不知道从什么地方打起仗来了,打呀打的,今天说是东洋鬼子打到太原了,明天又说是打到汾阳了,到底是怎么一回事呢,野姑娘和她的爸爸全一样,就是阎村的人也是糊里糊涂的,象装在鼓里头似的,一点也弄不清。真是,住在这样的闭塞的山村里,人们能够知道些什么呢?

只是雪亮的飞机时常从天空过,一听到呜呜的声音,野姑娘手里拿着饭勺也要跑出去看,一直仰着头,细起她的大眼睛看着,飞机在太阳光里闪着银光,发着呜呜的声音从云丛中穿过去了,她才回去,"真是太奇怪了,人能够在天上飞。"她想。这时她还不知道是敌人的飞机,而且会丢炸弹呢。

就在这个时候,村里头也就开始有军队经过了,有旧军,也有新军①,带着洋炮,还有一群一群的骡马,这是从来没有见过的,人们都带着惊奇的眼光看着,姑娘和媳妇们都躲起来了。

可是这些军队来了就要吃要喝的,有的时候也给老百姓们讲演,飞着拳头溅着唾沫地说:

"……这是强盗来了,来了就强奸大姑娘,杀人放火,抢掠你们的银钱,抢掠你们的牛马。大家听着,只有男男女女老老少少一起起来才有办法,你们要起来帮助军队呀!帮助军队才能打走日本强盗呀!……"

在这样的听讲的人堆里,起先只有男人听,但后来也就出现了野姑娘的影子了,她张着口,瞪着又大又亮的眼睛在那里出神。

有时候野姑娘也给路过的大兵们做饭,这真是没有办法的事,就是她的爸爸也要在冰天雪地里给"老总"们支差呢。人家都说日本鬼子来了谁也不得活,所以就得"有钱的出钱,有力的出力"。

就这样的野姑娘时常给"老总"们烧饭、烧水,因此也就有时候闲谈几句。在这个当儿,贵莲忽然发现了一个奇迹,"怎么还有女兵呢?真是奇怪。"而且女兵们是那样地愿意和她接近,不但教给她唱歌,而且还拉着她的手给她讲一些关于打日本鬼子的道理呢。

因之,渐渐地野姑娘的胆子也就练大了,不但不怕兵,她已经由"老总"改称为"同志"了。因为她已感觉到说是叫"决死队"的这些兵和别的兵不一样,对老百姓的态度非常地好,而他们互相是称"同志"的。她一见这样的兵到她家里来,就说:"同志们累了吧?……"而且渐渐地居然敢向村里别的姑娘宣言,说她要打日本鬼子去。"一个女同志说的,妈的,咱们女人也有用。"她说。可是村里人都笑她,有的就逗她说:"哼!你和兵们来往吧,总要来往得肚子大起来的。"

可是野姑娘的肚子并没有大起来,只是在十月十八号的那天远远地听得炮火连天地响,村里兵马挤满了,都是急急忙忙的,有少数的兵竟动手向老百姓实行"检查"了——其实就是抢劫。野姑娘她们还不知道这就是阎锡山的败兵。可是也有叫"决死队"的称同志的女兵,乱哄哄地搅成一团。这真是野姑娘的村里从来没有过的事,人们有的说要逃到山里去,有的说日本鬼子不一定就会来。结果闹了一天,等到兵马散尽时,忽然野姑娘不见了。真的野姑娘不见了,她爸爸问东问西都说不知道。只是有一个小孩子说,他曾看到野姑娘和一个女兵说话的。

野姑娘的爸爸想:"也许这祸害会自己跑回来的吧?"

但是等了五天也没有音信,只听说日本鬼子跑过附近的村庄南去了。

当春天的和暖的太阳抚摸着这闭塞的山村时,山野里的青草又长起来了,可是田里的活也渐渐地忙起来了。野姑娘的爸爸这才顿时觉得他是又失去了一个有力的助手,其实简直就是失去了一注钱。于是他大大地痛惜起来,觉得女儿可爱了。自从失去了贵莲,他每每回到这破烂的土窑里,就感到倍加凄凉而寂寞。象老婆死了的时候一样,他的冷冰冰的死板的铁的面孔更加无光而阴沉了起来。

四

野姑娘是不见了,到底是死了呢,还是活在世上的呢?谁也说不清。

可是在"决死队"的随营学校里,却有着一批从乡下来的男女学生,都是些不识字的土包子。有的是"决死队"里送来的,有的是自己投来的,那些女生们来的时候大都拖着一条长辫子,但是一进学校就都剪成短发了。

其中有一个女生,有着又大又亮的一对眼睛,黑得象宝石一般,并且还有一副结实的身体。问到她的姓名时,她想了一下说:"叫张秀英。"

对了,就是这个张秀英,在学校里真是用功透了,每天识十几个字,拼命地用树枝在地下练习着生字,到了上课的时候,她就不管听懂听不懂的拼命地听。说也奇怪,初听时一点也不入耳,什么"国民党"呀,"共产党"呀,什么"日本法西斯强盗"呀,"统一战线"呀……但是到了后来也就渐渐地懂起来了。她尤其懂得了共产党是坚决抗日的,国民党是被迫抗日的,共产党是为人民谋幸福的,国民党是剥削老百姓的……

在女生队里谁都知道张秀英很用功,而且更能吃苦耐劳。然而张秀英到底是哪里人,到底来的时候穿的什么衣服呢?谁也说不清。总之她现在和其她女生一样,穿的是灰色的军衣,黑色的军鞋,而且还打着绑腿,扎着皮带,挺神气。一对大大的眼睛使人很注目,她在女生队里委实是很漂亮的一个姑娘,举止大方而又勤快,同志们都很喜欢她。

至于张秀英的家庭状况,就更少有人知道了,只是当吃窝窝头的时候,同志们问她吃得惯吧,她总是说:"我们家里从来就是吃这个的,我还会做呢。"

当练习爬山时,女生队里总是张秀英爬得顶快,她一面拭着头上的热汗,一面向同志们说:"我们从来就在山上拾柴的,她妈的,这有什么难爬呢……"

有一次学校里练习打靶了,规定了每人打三粒子弹,张秀英拿过枪来,伏在地上,闭了左眼,细起她的右眼睛来,瞄准了目标,不慌不忙地一口气就打了二十七环,同志们全都吃惊了,说这大眼睛的张秀英简直是"神枪手"。

然而张秀英并没有因了这就骄傲起来,她是永远对什么都那样的谦虚和蔼,总是笑着,从来不发一点脾气,好象她没有一点火劲似的。她生活在部队的这种新的空气里,感到快乐,感到活得怪有意思,象从污池中来到清水大河中的一条小鱼,象从黑暗的深谷中飞向广阔的天空里的一只小鸟。

一次,一个女同志接到一封挂号的家信,信上说她的妈妈被日本飞机炸死了,她就大声地哭起来,于是张秀英善意地安慰着说:"……在抗战日本当中②,有多少人的爸爸妈妈要无缘无故的死掉呢,哪一天哪一个人的亲人要死在敌人的枪弹下也是说不来的……你还是不要伤心吧,这真是没有法子的事呀!只有我们好好地学习,死劲地干,才能给我们的爸爸妈妈报仇。但是哭是没有用的,人家说我们女人家好哭,你不要哭了吧,走,我们出去走一走……"她真是会说,她真是会安慰别人,所以许多女同志都觉得象大姐姐一样。

只是张秀英近来被女同志们发现了一个小毛病,就是,她时常要在睡梦中哭,哭呀哭的就把许多女同志都哭醒了,当七手八脚的把她从哭中推醒了时,大家都急急地问:"张大姐,你怎么了?"

"没有什么,"张大姐拭着眼泪说:"我又梦到我爸爸了,我梦到他打得我要死……"就仅仅说到这里张大姐就不再说下去了,到底她在家里时过着怎样的生活,谁知道呢?

此外,张秀英还被人家发现了一个特点,大概是不很习惯于洗澡洗衣服吧,象一般北方乡下姑娘似的,所以身上的虱子生的特别多,而且她有时很自然地从项颈里摸到一个,送到嘴里,霹地一声,然后吐一口混着虱子的尸体与血丝的唾沫在地上。一直到一位女同志给以劝告,说这不但不卫生,而且很不雅观,她才改掉。

然而张秀英在一切的事务工作上却真是一把能手,简直是太熟练了,不论什么事务工作,只说不是和文字有关的,经她一做,谁也得说:"唉!真内行!"

不过学校里的同学,正是所谓来自五湖四海的,象张秀英这种女同志，不但文化程度太差，而且也实在是"土气十足"的了，因此也就难免被一些来自太原和各大城市的文明学生所轻视，认为张秀英这种土头土脑的女生是可笑的。比方吧，有问题发生，大家争执的时候，一经张秀英开口，那些可敬的认为自己是了不起的同志们就会表示："哼，你懂什么？"因此也就使张秀英内心里非常气愤，她一声不响地在她的功课上努力，把人家的藐视化为力量，不论在吃饭和睡觉的时候，不论在大家休息的时候，她都多方地提问题，向一切同情她的同志们求教。当她每次听懂了人家的解答时，她就兴奋而又愉快地说："噢，妈的，原来是这样的。"她就这样地象一只倔强的小牛似的克服着种种学习上的困难，一直到毕业。

真的，张秀英确实是太有进步了，自进随营学校一直到来决死队工作，仅仅一年多的工夫，由一个文盲变成了识字的人，现在她不但可以看《解放》杂志和粗浅的理论书籍，而且还可以写一点半通不通的文章呢。至于她的做事能力和责任心，那是任何女同志都比不上的。更值得称赞的是她能够克服她的自私自利心，而且她也大大的讲求卫生了，例如习惯了用三星牌牙膏刷牙，经常的用肥皂洗澡洗衣服……

这自然了，有些男同志自然要向张秀英追求的，有的给她写情书，有的竟每天要到她这里来，来了就请她的客。接着就说东道西，无话找话，或大谈其工作与学习，或大谈其革命的大道理，但结局总是说到我们女主角身上来。一说到"张同志"她身上，于是就象论到正题似的，说我们的女主角这样能干,那样可敬,到头来总是说她前途光明,大有希望……如此等等。

然而张秀英说:"同志,我是顶顶老实,顶顶没有学问的,你这样每天来,我知道,你是想要……想要恋爱我的,可是,这不大好,是要妨害你的工作与学习的……而且我现在也不愿谈这个……"

就这样的,许多求爱的人就被她教训回去了。

五

一九三九年三月初头,张秀英跟着决死队向K城出发,她是被派到前线工作去了。她此刻已是一名光荣的女共产党员,民运队的队长。

行军中每天在爬着土山,真是无穷无尽的山路啊!每遇一个村庄,张秀英就拿出粉笔来,在墙壁上写着各色各样的标语,例如"拥护蒋委员长抗战到底"呀,"巩固统一战线"呀,"打倒托派汉奸"呀,"巩固吕梁山脉抗日游击根据地"呀,"拥护国共长期合作"呀……有时候也给妇女们讲讲话。总之,张秀英真是够忙透了。

一天部队驻扎在一个很偏僻的村落里时,张秀英向指导员说:

"三里路远的一个村里,是我的老家,我要请假看看我的爸爸去。"

"这里离敌人的防线只有二十里,限你四个钟头能够回来。"最后指导员加上一句,"你应该特别小心!"

"是!指导员。"张秀英就笑着走出去了。身上的饭囊之类都没有带,她只带着大队里发给她的一支"盒子枪",垂甸甸地挂在腰里——这是一件胜利品,是决死队在一次伏击战中得来的。她走着,感到一草一木都很熟悉,不觉已来到自己久违的村边上。

在村边的槐树下站着一个拿红缨枪的小伙子,这小伙子看到一个士兵向他走来,很奇怪,"哪里来的这么一个同志呢,有什么要紧事呢,走得这样急?"可是一走到跟前,就什么都弄明白了。

"呀!你就是贵莲吗?真是不认识了,真是不认识了,你回来的很好,人们还都吵的说你……唉唉,可是你爸爸……"

"我爸爸?"

"唉,唉,你爸爸他已经死啦,你走了以后,他就疯疯癫癫的,总是每天的在乱骂着,说是军队把你拐走了。可是鬼子兵到村里来的那一次,他也不逃,还是骂,就教一个鬼子兵给刺死了,整整的刺了七刀呢!"

然而贵莲没有哭,只是感到突然,就象谁给了她当头一棒。她觉得心酸,于是,把牙关紧紧地咬了一下,就向家里奔去了。

可是还有什么家呢?满院落里到处都是长着曾经茂盛过的枯死了的蒿草,只是门前的老槐树还是那个旧样子。看看她曾住过的土窑吧,门也没有了,窗也没有了,空洞洞地象骷髅一样,张着两只大黑眼,凝视着这土窑的年轻的主人。贵莲看着不知是什么滋味,而且就立刻觉得骇怕起来。

是的,这全然不是她的家了。

当她走进窑里时,猛地听得忒儿的一声,吓得她立刻就退了一步,待她看时,原来是几只麻雀从里面飞出来了。

"他妈的,吓死我了!"

贵莲骂着,而麻雀却已飞到槐树枝上休息去了。

贵莲看着她的窑里,呀,从前的水缸,破烂的木橱,她离家时还在墙上挂的玉蜀黍棒子,门后放的锄头,壁上插的镰刀……一切都没有了,这也不知道是鬼子兵来当柴烧了呢,还是村里人"发洋财"去了?真是天晓得。只是墙上多了一排排的木头钉子,还有小孩子的创作似的漫画,此外还有"打倒东洋鬼子"之类的标语,都是歪歪扭扭的画,歪歪扭扭的字,把一面本来就有蝇屎和臭虫血迹的乌黑的墙壁更加弄成一塌湖涂了。此外,地下散着马粪,在蛛网纵横的窑角上有一匹小鼠急速地钻进了小洞。

贵莲是怎样酸心呢,她看着这种光景,想起她的爸爸,她终于再也忍不住而黯然泪下了……

说也奇怪,就象在平静的湖面投入一块石头似的,野姑娘回来的消息立刻就传遍全村了,她旧日的伙伴们,小脚的,大脚的,梳圆头的,剪了发的,拖辫子的……立刻都跑了来,乱纷纷的站下一大堆,寂静的破院落里霎时就充满了女人的笑声和话声,都在好奇地看着我们的女主角。有的来研究一下贵莲胸前的耀目的绿色自来水笔,有的来摸摸她的"盒子枪"。能说的在诉说着贵莲走后的情形,好问的在问贵莲有没有出嫁,她的新郎可是一个当军官的,有的又在急急忙忙告诉着鬼子兵怎样闯进村里来,怎样的刺死了她的爸爸……说的有声有色,当中还夹杂着贵莲的简洁的话声,好象讲演似的,说的全是大道理。

她们包围了我们的女主角诉说了又诉说,简直就没有个完,好象十年没有见过面的一样。

没有料到的是,有的竟赞美起贵莲的大脚来了。

"我们看到现在的女兵们,实在眼红煞了,人家又会唱歌,又会跑路,实在和男子汉一样。我们这小脚的,活在这样的时候,实在苦死了,鬼子兵来了跑死也跑不动……"她"实在"了半天之后最后说:"大脚的实在好!"

有的还不识死活的,要贵莲给她们唱歌呢,而且说话之间"妇救会"的会长也来了,都围在贵莲的周围。

至于旁边站的男人们虽然有胡子的老家伙难免要摇摇头,心里在说:"这样一个女孩子,成什么样子呢,简直是个妖怪!"可是其他的男人也确实地在称赞着贵莲:

"你看,她爹活的时候,总是说贵莲没造化,是个祸害,每天的骂着,小的时候还恶打呢。你看,现在人家娃多么能干,真是一个有出息的姑娘呢,说不定现在一个月赚三四十块的。唉唉,人总要……"

有的还指着他的老婆女儿说:"你看人家贵莲还背洋枪上前线打仗呢,就是你们吗,真是些没用的家伙,叫在村口放一个哨还要圪扭几下呢。"

议论真是永远不会完的,但是张秀英请的四个钟头的假,就要到了。她本想到爸爸墓上去看看,也办不到了。邻居拖她去吃饭,她也只好谢绝,因为她的纪律观念是很强的,不能迟归!

　　临走的时候,野姑娘从衣袋里摸出一支白色的粉笔来,用了她的一向劳动的粗糙的手,在村里的一面砖墙上写了歪歪扭扭的十三个大字,在场的男女老幼都看到了,她一边写,识得几个字的人就一边读,那十三个白色的大字是——"不愿做奴隶的妇女们快起来吧!"

　　　　　　　　1939年春写于延安宝塔山下
　　　　　　　　发表于1939年《文艺战线》第五期

注:

　　①新军即"决死队",为共产党秘密领导的部队。当时表面上属于阎锡山的军队。

　　②当时贵莲初学文化,还不能正确表达思想,所以常说些不合文法的话。

他们全开到前线去了

　　每次王教官带我们全队出城，在北门外的广阔的沙河上，演习了散兵线、攻击、冲锋……以后，大家摸出手帕，擦着冷汗，轻松地稍息下来的时候，我凝视着横亘在我们眼前的高峻而重褶的山峦，以及那站立在山丘上了望着各方的灰白色的"碉堡"，一幅内战时代的动人魂魄的图画，就立刻浮现在我的眼前了。在那绿色的山松的身旁，褐色的巨石的背后，似乎出现了英勇的在钻动着的神出鬼没的人影，也似乎在那张着方形毒眼的"碉堡"周围出现了鲜红的血迹……一直到王教官的"立正"的巨声雷袭了我的耳际，这才使我从历史的罪恶的旧时代，跳回到这全国统一下的卷烧起伟大的民族革命战争的烽火的现实里来。

　　是的，现在站在我们面前的，佩着闪光的领章和闪光的小宝剑的，就正是从前钻在碉堡里执行过自相残杀的战争的人。

但王教官实在是一位令人喜于接谈的军人。虽然他时常骂着队员们"妈的,大萝卜!"①但他却委实粗直得可爱,几乎是心里有什么就说什么的,不象我数月来所接触着的那些什么"长"什么"员"似的,使你觉得他们虚伪得讨厌。比方王教官觉得这太湖的绅士太可恶了,他就会向我们说:"太湖人都是大萝卜!妈的,绅士们更可杀!"接着说:"我有一次去见张绅士,有十一点钟了吧,你猜,妈的,他还和太太抱着睡的不起床,我拿着公事在门外等……这样紧张的时候这些大萝卜不该杀头吗!"

但王教官对于自己的恶行也毫不掩饰,不象绅士们似的。

"我什么毛病都没有,就是喜欢赌博,两个月来,输他妈的三百多元!"

他是这样一个赤裸裸的家伙,因此,我和同伴们都喜欢时常和他攀谈。本来大家也明白,和他谈是谈不出什么高深的理论来的,所以往往总是全当着消遣。

王教官最喜欢挂在嘴上的,是关于"赤匪"了。据他自己说,在江西曾经剿过好几回。他每次的结尾总是说:"妈的,他们真厉害,他们真厉害!"

"王教官,我们不是到处都有'碉堡'吗?"我问。

"哪里有那么多的碉堡和兵力呢,妈的,他们象鬼一样,来去都使你不知道。"

"他们是这样的能干吗?"

"妈的,他们真厉害!"他依然是那句老话。

是一个极冷的寒夜,太湖的山头在前两日就镶上了银色的白雪,冷风从门窗缝里袭来,象搜索似的,使你在房里停不住。

"王教官房里有火,我们去谈天吧!"老刘向大家提议了。

"好,走!"

"走!"

于是,我们围着王教官的火盆坐下。红炭的碧蓝色的火苗颤动着,不时爆烈着流萤似的火星。在石油灯的照射下,墙上有一把小宝剑闪着明光,据说这是蒋委员长赠的,此外还挂着武装带等,房间是很简洁的,使你一进来就会感觉到这是一个军官的寝室。

"王教官,我们来讨论游击战术吧?"老刘第一个说。

"什么'讨论',我们就请王教官给讲就是了。"

"对了,请王教官给我们讲吧。"小陈说。

"哈哈!"是一种军人的高朗的笑,"讲什么,你们都比我学问大,我们还是随便谈谈吧。王教官叉开两手向着蓝色的火苗,一面对我们说了:"说起游击战,这是赤匪们的战术,我们军队是不大用的,不过,现在我们和日本人打仗,人家妈的枪械凶,我们就只好也用赤匪们的游击战了,因为我们一用游击战,敌人的飞机大炮就全失去目标了。"

"王教官,游击战很容易吗?"老刘问罢,即向我打了个眼线。我立刻明白,这是在探试王教官了,看他说什么。

王教官把腰一伸,颈项上的领章就明晃晃地向我们一闪,说:"这可不是一件容易的事,第一,你得和老百姓联络好,第二,还得每个弟兄有很好的政治训练,能吃苦耐劳,而且要聪明、灵活,就象太湖的常备队,那些大萝卜怎么能够打游击战呢?笨得要死! 人家赤匪多么厉害,从前在江西围剿时,我们好几十万大军和人家在大山里作战,山里森林多,到处都是大树,妈的,一上去就给敌人包围啦,前面拍拍拍,后面拍拍拍,结果哪里都是枪声了,还没有好好的打,就败下来。死的真够多嗅,到处都是。六月天,大家用草纸、树叶塞住鼻孔大退却,死人臭得连水都喝不下去,人一倒下去,苍蝇和蚂蚁就爬上了,真苦,真惨,妈的,他们也真厉害!你们知道赤匪和老百姓怎样联络的,妈的,到处都是他们的人,你看见一个买菜的老太婆,以为她是个好好的老百姓吧?不,她就是赤匪的侦探。弄得后来,我们没有办法了……。我们现在要和日本打游击战,就得同他们赤匪似的,和老百姓联络好。"王教官说到这里,略略一停,两手互相摩擦着。大家的视线象数只长手似的,一齐向他伸来,逼迫他继续讲下去。墙上的小宝剑发着明光,显着一副静静的听讲的姿态,一切都归于平静。

但在我却兴起了一种无名的悲愤——我们民族的不幸的创伤的再现,使我的心的深处感到了痛楚。

"这太湖山的碉堡,"王教官用头向西北方一摆,"你们是看到的,你要知道,这太湖城就失守过三次。在这天柱山一带盘据的,是匪首高敬亭的部队,他们把西北乡割为赤区,把东南乡划成白区,闹了个一塌糊涂。我们派十二个师包围,碉堡和碉堡间都通电话,围了几个月,结果怎么样?妈的,他们在一天黑夜里跑掉了。跑掉了,于是派大兵追,追来追去不见啦，倒弄得几个师长受了处分。妈的，原来他们就根本没有走，只是走出了几个匪。你看这家伙们鬼不鬼！后来他们就抄了国军的后路，妈的，真厉害。所以要干游击队，也非要象他们这样聪明灵活不成。"火盆的红火已经灰暗下去，石油灯发着寒光，孤零地被遗忘在桌上。王教官看着大家，继续说：

"有一次我们捉住他们一个政治员的头目，穿的破烂的衣服，瘦得只有骨头了，那家伙真厉害，要他招口供，他就供出两个保甲长来，都是大富，说一个给他们买过子弹，一个给他们报过信，要把这两个保甲长枪毙了，他就可以供出更重要的军事秘密来。于是军部也就真的照办，马上把两个家伙抓来，经过许多绅士来保，也没保出，拍拍的两枪给结果啦。你们猜后来那个赤匪的政治员的头目供出些什么来？"

"一定供出很重要的军事秘密了吧！"

"嘿，那家伙真厉害，妈的，他说，我没有什么话说了，你们枪毙我吧！结果倒中了他的计。后来给上了许多刑具，他连一个字都没有说出来，骨头真硬啊！你们要打日本人，也得要有赤匪的骨头才行啊！不然，就要让人家全部消灭了你们的。"

"王教官，高敬亭现在还在山里吗？"小陈问。

"不，已经开到前线去了。后来高敬亭到岳西②来投降的时候，我看到的，是一个高大的个子，他说：'现在中国快要亡国啦，我们还能再自己打自己吗？'怪使人感动的。不过，要是他们不自己来投降呀，你就是再剿二十年，也没有办法的。其实高敬亭的部队全也不过二千人，枪械还不多，但我们要用十二个师去剿。"

"王教官,我听说在别的地方的红军也开到前线去了?"小陈问。

"是的,他们全开到前线去了。"

王教官的有劲的话声刚一驻足,在石油灯的照耀下,在每个人的朦胧的脸上,就浮起一种悲喜和挚情的交流。一闪间,那镶着银色白雪的太湖的寂寞的山峦,以及那寂寞地了望着各方的灰白色的'碉堡',就又闪现在我的眼前了。但接着,在我的眼前也展开了晋北的平型关、雁门关一带的北国的山景,以及在这雪盖的山景上展开的更英勇更壮烈的战斗的图画。

是的,他们全开到前线去了!

1938年1月16日写于安徽太湖县

同年发表于《七月》杂志

注:

①"大萝卜"在太湖是一种骂人的话,为"傻瓜","愚蠢"之意,也作"废料"解。

②岳西原属太湖县管。

我和表兄

"文化大革命"后期,当我结束了紧张而又受辱的"牛棚"生活,茫茫然回到久别的家里之后,军宣队便动员我去农村插队落户。我明白,不下乡插队,说不定就得住劳动集中营似的"五七干校",与其再受造反派的管教凌辱,还不如下乡落户的好。让我到多见石头少见人的偏僻山村结束我的残烛晚年吧——这就是我当时的心情。

那么,我到哪里去插队落户呢?想来想去,决定还是回我的老家,因为那里既是远离大城市的小山庄,又是我所熟悉的地方。虽然家乡已死得没有什么亲人了,但还总算有一个表兄,在生活上他可以对我有所帮助,而且我想他大概总不会把我当作无家可归的"走资派"来相待的。我和老伴商量,她也同意了我的想法。

于是,我就和老伴回到了我那处在绵山之下的久别的山村。

我的老家在东原村,表兄家在王家庄,相去五六里。我回到东原村后,队长给我找下住处,我就首先去看我的表兄,现在他的面貌留在我记忆中的还是被迫入社时的印象,现在又过了十余年,他成了个什么样子,实在无从想象。见面之后,首先感到的是,他老得多了,满脸皱纹不说,花白胡须就象炸窝鸡,精神状态真象鲁迅《故乡》中的闰土。他一认出是我,就苦笑着说:"这几年受罪受够了吧,唉!回来也好,人常说'落叶归根'嘛,还能长年在外头!"接着他就吩咐儿媳给我做饭,而且还给我搞到一壶酒。于是表兄弟俩就一面谈这个可怕的世道,一面畅饮着久别的故乡的烧酒。一个刚从充满冷眼和训斥的"牛棚"中出来的老人,一颗已冰冷了五年之久的寒心,遇到这番接待,虽然不过是家常便饭吧,已使我深感人与人之间的温暖与表兄对我的真挚的同情。

饭后,表兄把狗娃和儿媳叫来说:"认识一下,这是你表叔,他在外头干革命多年,现在回来了……"孩子们问候我好。我心想,表兄总算有个依靠了。问起表嫂才知已去世五年了,不禁使我很难过。之后我在土院里看了看,见墙角里堆着很多荆条,便问表兄说:"你还编筐筐笼笼吗?""自由市场也割掉了,编那干什么!这世道!"表兄不满意地回答。

我知道表兄是编筐筐、笼笼的能手,过去曾在自由市场上卖到不少钱,所以手头很富裕。加之表嫂在养鸡喂兔方面也积极,能在合作社用鸡蛋和兔换些布,置办些家庭用品。看着这种光景,我高兴地对表兄说:"我们应感谢毛主席、共产党。总算翻身了,要好好干啊!"表兄笑嘻嘻地说:"那还用说,等狗娃大些了,我就有了帮手,还要好好闹腾几年哩。"那还是互助组时代,表兄买了一头毛驴,和几户贫农自愿变工,干得很起劲。表兄对他那头叫驴可真够喜爱了,喂养得全身皮毛油光发亮,简直能当镜子照人!

有人告诉我,表兄在土改时很积极,土改工作团进村后,给他做思想工作,启发他的阶级觉悟。经过诉苦,组织起农会,大家选他为农会主席。可是到合作化的时候,就听说表兄迟迟不肯入社,坚持单干,干部怎样做工作他也不听,人家骂他"忘本了",他也不理。他说:"既然入社是自愿,你们就不能强迫我。"因为他小名叫"有福",村里人就给他起了个外号,叫他"单干有福"。

后来实践证明,合作化还是不错,他入社后的生活提高了,思想也就通了。但一到人民公社化,日子就一年不如一年了。到了文化大革命,青年人参加了武斗,大讲"农业学大寨",又取消了自留地、自由市场,发展了吃大锅饭搞平均主义的"大寨工分",到这时他们生产队的一个劳动日就只有两毛钱了。生产下降,社员闹饥荒,人们干得还有什么心劲呢。这时,他便又怀念起单干时候的好景来了。

等我这次回到村里后,和表兄有较多的接触,就深感他对农村的现状意见很多,尤其对青年人的劳动态度,对公家没收自留地,对吃大锅饭的大寨工分,对不让搞副业,不让开放自由市场……等等,真是恼火透了,屡次在我面前表示不满。他说:"老弟呀,别的不说,你到地里看看,哪里是在正儿八经地锄庄稼,小小的一块地,一群人在锄草,就象放羊一样。其实都在鬼混哩,自己骗自己,打不下粮食喝西北风吧!人家工人不上班还有工资发,我们不好好干,等死吗!"

表兄说的是王家庄的情况，而我在东原村所看到的状况，也大致相同。那时还是"四人帮"横行的时候，"四人帮"说"宁肯要社会主义的草，也不要资本主义的苗"。我还能对表兄说些什么呢？

听着他的话，我联想起平时人们对他的议论。人们说表兄在集体地里干活，就象在他的自留地干活一样，看到年轻人毛毛草草就看不惯，就要批评，因此惹得年轻人就很不高兴。有人当场顶他说："谁能象你，在地里绣花花，你再绣得好吧，还能比我多拿一分半分？"其实，青年人说的也对，他锄草留苗，确实象绣花，从来不计较工分多少。

我在东原村真正安家落户后，一天我正在院里种南瓜，见表兄突然高高兴兴地从门外进来了，便问："表兄来了，你高兴什么？"他说，"社员闹得不行，今天队里又发了自留地了，怎能不高兴！"他是个两手闲不住的人，跟我聊了几句后，就给我又担水又扫院。听老伴说炉子不好使，他就给我们泥炉子。老伴夸奖说："表兄算是个火神仙，他泥了的炉子就是好用。"

这次表兄来，我们无边地畅谈。我们怀念起童年时代捉鸟捕毛圪狸的乐园生活。表兄说，有一次他掏麻雀窝竟把一条蛇当作小麻雀装在口袋里，说得我和老伴都为之大笑起来。之后，他又谈起文化大革命期间当地武斗的故事……这一夜过得很愉快。

我回故乡插队，不能老闲着，总得干点我所喜爱而又对群众有益的事，因此选中了植树造林。我一和生产大队长提出，他就满支持，说："咱们村里年年植树，年年无林，你愿意干这工作,那可太好了。"从此就把我任命为大队的林业队长,在两位老农的协助下,插了一块不大的苗圃。不久,插枝就出了芽。表兄听说我当了林业队长进行植树造林,真有些不相信,他认为我拿画笔是在行的,现在日弄起树树来,生怕搞不成,于是就提出要和我到沟里亲眼看看我们林业队所插的苗圃。他看了从沙土中刚刚露头的绿芽,放心地说,"行,行。"但他又说:"干了一辈子革命了,这次回来还不享点清福,干这么劳累的事做什么?让别人干就是了。"我说:"我也和你一样,闲不住,闲下就怪闷的,看到苗苗出芽了,就怪喜欢。"他不说了。

说实在的,干这植树造林的工作,我就算享清福了!当我在夏天听着山林中鸟的歌声,在苗圃里剪除斜枝的时候,当我在秋天的傍晚听着蟋蟀的鸣叫,月下归家的时候,心里是多么的舒畅!我的天哪,我总算不在造反派的面前低头弯腰而挨批斗了,总算远离了嘈杂的大城市,总算不再看到军宣队和造反派的冰冷的脸相,总算不再听到可厌的震耳的高音喇叭,也不再看到一文不值的大字报了。让我就在这清静的山村里和表兄一样当个老百姓吧!

又一年的初夏,表兄又来了。他真关心我,怕我没菜吃,给我用竹篮篮提来了西葫芦、黄瓜、豆角、香菜……我说:"拿这些干吗,我不缺菜吃,过几天我院里种的西葫芦就能吃了……"他心情愉快地说:"怕你买不到,这是咱自留地里种下的,给你们拿些来。"从他的话中,我深感自留地对农民的重要性。平时象表兄这样的农民哪来钱去街上买菜?队上又不关心他们,因而不能及时吃到蔬菜,这样,就愈加显得自留地之可贵了。我吃着表兄送来的蔬菜,心里感到高兴,但同时也感到忧虑:如果一旦又没收了自留地,表兄可怎么办?据说有的社员在自留地里可亩产小麦五百斤,而队里的小麦亩产三百斤就算拔尖了。

我递给表兄一支香烟,他一边抽一边思谋,终于开口说:"表弟,你给咱狗娃找个工作吧,当工人也好,给人家当勤务员也好,他总算中学毕业了,有文化,比我强。你在大地方做官多年,总有些门路……"我说:"表兄呀,表弟如今是'凤凰落架不如鸡,虎落平原被狗欺',人家不批斗我就算谢天谢地了,哪里还有什么面子给狗娃找工作,他在农村不就很好吗?"我这是推辞,但也是真心话,毛主席说:人贵有自知之明,我现在有几斤几两,是自己明白的。例如前几天一位县委组织部的造反派,因为我受命进城为文化馆画画,欠了食堂一斤粮票,就不问青红皂白当众训斥了我一顿。现在表兄提出这个大问题,真是太不了解我的处境了。但表兄却深不以为然,他又说:"你不要开玩笑吧,表弟呀,说正经的,你总比我强,在农村干不成,迟早会饿死的,政策又时常变,人们干得都心瘫了。"但我能对表兄说些什么呢,显然他在农村不安心了,但又飞不走,而他说的话,虽然有时有些过激,或者说有些片面性,甚至有些话说的不很对,但又不能说全然不是事实。前些时村里还来过一个临县的讨吃的,说是家里没吃的了,只好逃出来,好在表兄还没有走到那种地步。但现在提出这个问题,我作为一个批斗之后的小小的共产党员,有什么力量改变农村这种局面呢？最后我只能有点滑头地说："等机会吧，一有机会我总帮忙就是了。"其实这不过是一种下台阶的话罢了。但我用这种类似骗人的话来回答表兄，心上也并不是好受的。

我对自留地的顾虑，曾为之自责，但不幸的是现实竟然按照我的顾虑而进行。第二年春天，在大割资本主义尾巴的号召中，终于又把自留地没收了，这恐怕是第六次没收了吧，谁也记不清。一个公社书记在大会上说："党号召我们农业学大寨，大寨就不发自留地，所以去年我们在社员的要求下发放了自留地是错误的，说明我们农业学大寨没有学好。自留地是资本主义尾巴，非割不行……"就这样，自留地又一次被割掉了。在我们中国连堂堂的国家大法——宪法在文化大革命中都可成为一张废纸，更何况自留地的命运呢！

当年麦收之后，表兄又来看我。一见面，他就给我诉起苦来，这是完全可以料到的。他的脸色很不好，也显得更老了。他告诉我没收了自留地，社员都怕粮食不够吃，挨不到秋收。所以小麦一黄，大家就在地里偷，在场里偷；社员偷，队长也偷……。我想：偷就偷吧，总归是社员种下的，难道粮食不够吃，能叫他们真的饿死，或象临县的社员一样跑到全省去讨吃。这种破坏社会主义秩序的想法，作为一个共产党员自然是犯罪的，但有什么办法呢，这也正象梁山上的弟兄们一样，是逼上去的，我想不想都一样。文革的领导人江青不是说："愈乱愈好，乱了敌人了。"好吧，继续乱吧，总归这个社会主义没人心疼了，妈妈的，由它去吧！但这种牢骚我只能在心里发,对着表兄我只能以沉默作为我的表态。

表兄吃饭后在院里闲步,观赏我栽下的桃树已结了红艳艳的大桃,地里的南瓜也结了比碗口都大的果实,他看着这些成果,脸上泛起了笑容,多半是感到作为知识分子的表弟居然在农业方面有此一手,深感钦佩;少半是对这些好处有所羡慕,因为他们没有自留地了。

表兄临走时说:"今年我没南瓜吃,把你地里的摘几个给我吧。"我恍然自疚,深感不应让表兄开口,就应主动摘给他,而今他竟开口了,我就觉得很被动。好在兄弟们太熟了,我想他也不会怪意我的。于是立刻跳进篱笆内给他摘了三个大南瓜,又给他在桃树上摘了些大红桃,我说:"让全家尝尝我的大桃,有的是'美蜜',有的是'深州蜜',口味都很好的。"装了满满一大篮,还给了他二十元人民币,他满意地拿走了。他走后,我独自想,往年是他给我送蔬菜,今年是他向我要南瓜……心里很不是滋味。"四人帮"被粉碎后,我终于又被调回太原工作了。在农村七年,林业队植的钻天杨已成林,果木树都已结实,和村里群众也建立了感情,临走时有些恋恋不舍,尤其是向表兄告别,特别难舍难分。七年来,他对我在各方面的照顾使我难忘,他的言行,不仅帮助我了解了农民的心思,也使我了解了党的农业政策在实践中的效果。我作为一个共产党员,何尝不想在一个早上就实现了共产主义,但古人所说的"欲速则不达"就真够使我嚼味的。

党中央的三中全会后,颁发了关于农村的两个文件,看来对中国农业真有起死回生的作用。听说自从批判了"农业学大寨"的极左思潮后,重新开放了自由市场,重新发还了自留地,废除了大寨工分,而且提倡责任制,山区可以包产到户,或大包干……所有这些变动,我在报上看到自然是非常高兴的,但还始终没有听到我下放七载的故乡情况,心里总是怪想念的。

　　一个秋天,我的表兄终于带着他的狗娃到太原来看我,给我带来了南瓜、江豆、小米……嘟嘟囊囊的一大堆。我看到这些自然很高兴,但尤其高兴的是他所讲述的关于故乡的新的变化。我如饥似渴地听完了他向我的介绍,并观察了他的神情,确信表兄对现行的农业政策是很满意了,故乡也起死回生了,农民感到大有希望,大有奔头。表兄说他做了多少年的梦总算实现了。表兄这次来,再不说让我给狗娃找工作的事了。只是在晚上闲谈时问我:"现在的政策就是好,可是会不会再变呢?"很明显,表兄的日子又过好了,可是根据多年的经验还在提心吊胆,生怕政策变,他已是惊弓之鸟,所以对党的政策总是有不敢全然信任之感。我说:"表兄,这回你就放心吧,'四人帮'垮台了,中央的新政策不会再变的,安心干吧。"这是我作为一个共产党员的应有的回答,其实这个回答既包含着我对党中央的信任,更包含着我对党中央的希望。

　　表兄临走时我给了他五十元人民币,让他买毛驴,让他好好搞生产,过上更美的生活。我和老伴把他们送出门外,望着他和狗娃的背影,不禁联想到全中国的八亿农民……

原载《晋中文艺》1982年10月号

桃树庄的春天

窗花多么美丽,我曾经热爱过,象热爱民歌似的。

然而,现在却最怕看到窗花,因为看到它们,就在我面前浮现出一双迷人的酒窝,使我怀念,使我伤情,使我悲痛……算来已是四十年前的事了,回想起来,犹如一场桃色的梦,烟雾纷纷……

1946年的一个腊月天,我来到山西新解放区S县下乡,上级要我作为一个记者报道新区人民的生活情况。

当时S县城尚未解放,我和县委宣传部的同志们都住在桃树庄老乡的院里,中窑住着院主人老两口和他们的小儿子,我和老金、小柳住在东窑里,时常能听到从中窑里传来的呜呜的纺花声。

一天我走进中窑去看望老人,突然看到新糊的窗纸上贴着很多红色的窗花,把整个窑都映红了,预示着严冬的将逝,新春的来临。这些窗花剪得优美精致,有《老鼠闹葡萄》,也有

《喜鹊登梅花》……都是些农民喜爱的题材。

"这窗花是谁剪的?"我问老太太。

"是我家三姑娘剪的。"她停下正在纺花的手和我说。

"你闺女真巧,剪得好,能给我剪一些吧,我是顶喜欢窗花的。"我说。

老太太听到我赞美她的姑娘,笑着对我说:

"人们都说俺三姑娘剪的花花好。过了年她会来,来了你问她要。"接着她就仔细地端详我,又说:

"你是新来的吧,前些时没有见过你。八路军都是好人,要不是你们来,大家都要饿死了……"老太太向我诉说着阎锡山统治时的苦情和对共产党八路军的感激,而我的心却在那红艳艳的窗花上,不知道她的三姑娘可是一位才貌双全的人才?

桃树庄是一个住着四五十户人家的山村,村边上是麦田,有不少核桃树点缀其间,时有喜鹊飞来在树上喳喳地鸣叫。站在村后的高坡上,能看到为冰覆盖的小河,象条银蛇似的蜿蜒于山下。越过重重的满布梯田的土山,远在天边的是绵山山脉蔚蓝色的山影。我喜欢这个幽静而富于画意的山村。

在这新解放的山村,我度过了一九四六年的春节。

春节之后,桃树庄有了些新春的气象,家家大门上都贴了红色的春联和彩色的门神,人们也大都穿上了新衣裳。

这一天,我又走进中窑和老头闲聊,他和老太太不同,不爱说话,几乎是问一句才答一句。

我对他说:

"我会画像,给你画一张吧?"

"你想画了就画。"他说。

也许是为了解闷,也许是有了画兴,这样我就回到东窑把画板、铅笔之类带来,让老头坐定画起像来。

老头有五十多岁,戴着一顶旧的毡帽,留着黑胡须,很瘦,但目光炯炯有神。

将要画完时,老太太从外面进来了,她走到我身后看了看说:

"呀!你们八路军真能,还会给人画像哩,画得一模一样,比照像还清楚哩!"

我画完后,把像贴在墙上,老汉细细地端详后说:"咋学下这本事的?"

老太太端来一碗浓茶放在我身边,就上炕呜呜地纺起花来。我说:"老太太,新年正月里,你还不歇歇?""歇什么?咱闲不住。编村①在时你不纺也不行,今日开会,明日开会,逼得你活不出来。现在八路军来了,由我哩,想纺了就纺,不想纺了也没有人逼啦!"

我说:"老太太,让我给你纺两下。"

"胡说吧,你怎能会纺哩,这可不是写字画画,男人家做不了……"

我脱鞋上炕,说:"不信你看看。"

老太太睁大眼睛瞧着。我坐定之后就在红色的窗花前纺起来。

我把车轮熟练地摇得呜呜价响,徐徐地抽着棉卷,象蚕吐丝似的。把一个棉卷纺完后,问老太太:"咋说?"

老太太和老头都惊呆了。

"你可咋会来,你们八路军真能,除了养孩,恐怕什么都会。"老太太笑着说。

"我在延安学会的,一天能纺二两头等线。"

"你姓甚呀?来了这么久了,还不知道你贵姓,真是……"

"我姓张,你们就叫我老张吧。"

"老张呀,你们八路军真好。"

从此我就赢得了两位老人对我更多的尊敬。

过了正月初五,我在武强家里给县政府画毛主席像,休息下来,到门外场里散步,忽然看到两个女人同一个男孩从圆门洞里进来向转弯处走去。小孩戴火车头皮帽帽,手里拿着一个蓝花布包包,走在前头,后面一个女人穿的深绿色袄袄,红花花裤,挺着胸,自然大方,富有青春的魅力。另一个穿一身深紫色的衣服,身材矮小,梳着日本人占领时代流行的"碉堡"式发型,看起来年龄要大一些。我心想:是正月里闺女们回娘家来探亲的吧。

我回到武强家,继续用木炭条在白布上画毛主席像,出于好奇,便向来看我画画的女孩们打听:

"才来这村里的两个婆姨是谁家的客人?"

一个穿红袄袄的女孩告诉我说:"那是书灵家姐姐。"

我又问:"书灵家住在哪里?"

又一个梳辫辫的说:"就在你们住的院里,你不是给他爹爹画过一张像吗。"

我恍然大悟：昨天老金曾和我说，中窑邻家要在今天请女婿们吃饭。现在大概是女儿们也同来参加这个宴会了。然而我为什么不认识书灵，给他父亲画像时并没有看到过这个孩子，平时也不见他出入。

接着我就想到了老太太窗上的红色窗花，是不是这两个"姐姐"中就有剪窗花的能手呢……

午饭后回到住处，感到无聊，好象有事，其实也并没有事，然而总觉得在家里坐不住，我邀老金到中窑邻家去坐。说实在的，我总想细看看那个穿深绿色袄袄的女客，但愿她就是窗花的作者，但愿她和窗花一样美丽……

我们进门时，女婿们正要告辞，老太太和老汉忙让我们在椅子上就坐，绿袄袄给我们端来两杯浓茶。我们问老太太："这来的是些什么客人？"老太太一一向我们介绍，介绍了男的，又介绍女的，指着穿深蓝衣服的说是她的大姑娘，指着穿深紫衣服的说是她的二姑娘，指着穿深绿袄袄的说是她的三姑娘，并说窗花花就是她剪的。我暗自高兴，这正合我意。三姑娘看看我，微微一笑，又继续和二姐说话。然而又好象我们的到来使她姊妹间的畅谈受到了拘束。可她那微微一笑，两个美丽的酒窝却真够动人。

女婿们终于告辞而去，二姑娘和三姑娘没有走。于是我大胆提议要给三姑娘画像。冒失的要求立刻得到老汉和老太太的支持，他们连忙向三姑娘介绍，说墙上贴的像就是我画的。

三姑娘向父亲的画像细细端详，又向我看看，含情的眼睛表示着惊奇，说："画得真像。"然后便问：

"怎么样画哩？"

我对她说："你坐下，我照着你就可以画。"

她爸爸接着说：

"画吧，人家一阵就画好啦，画的象真人一样，实在是一把好手艺。"

她妈妈说："人家老张真是个能人，除了画像还会纺线线哩！"

三姑娘对着镜子照了一阵，然后就坐在炕上。二姐说画完了也给她画上一张。

我打开画包，找了一张洁白的纸正要画时，三姑娘回身向她二姐谦让地说：

"二姐，先给你画吧。"

我连忙说：

"你坐下了，就先给你画吧。"

夕阳照得窗纸满亮，把窗花照得血红，三姑娘依照我的安排坐在窗前，她脸绯红，带着羞意，一双大眼睛脉脉含情，两个酒窝对着我笑。

近几个月来，我给各色各样的女人画过像了，却还没有遇到过象三姑娘这样引起我画兴的对象。她象一具美丽的塑像静坐在我面前，我一边画一边欣赏，精读着面部的每一个细节，她那满含深意的大眼睛平视着玻璃窗外，红润的双颊装饰着两个动人的笑窝。画笔紧张地在纸上流走，我的精神陶醉在工作的愉悦中。

一个年轻女人的声音在我身后响起：

"快啦，眉眉眼眼都画好了，现在正画你的马鬃鬃哩。"三姑娘用微笑来回答对方的好意。

像终于画完了，我对三姑娘说：

"很累了吧？"

"不累。"她笑着说。

我把像摆在炕桌上，松了一口气。回头才发现不知什么时候竟在我身后围拢了这样多的看客，一个年轻姑娘把像举得高高的让大家观赏。

一个中年妇女羡慕地说：

"呀！人生得模样好了，画下来的也是个好看的，你看笑窝也给画上了。"

另一个老婆婆接着说：

"是的，画像就要画标致一些的人哩，画下丑眉八怪的了多难看，你看人家三姑娘的像，亮瓦似的，画一回也值得。"

一个青年有意开老婆婆的玩笑：

"你老婆子也画上一张吧？"

"唉，咱老啦，这副眉眼，画下还怕把你们吓死哩！"说的大家都哈哈大笑了，三姑娘也在笑，然而她总似乎有些不好意思。我趁便对她说：

"给你画了半天像了，还不知道你叫什么名字。"

她含羞地说："我叫兰芝。"

我在像下写了"兰芝像，1946年2月12日张鸿画于桃树庄。"然后把像插在她们家后面桌上的立镜中。

兰芝问我:"写的是什么字?"

我告她说:"写的是你和我两人的名字。你认得不认得?"兰芝摇摇头。我为她是文盲而难过,就指着画像一字一字读给她听。

兰芝的二姐在炕上不住催我给她画像,刚才举像的那个年轻女看客也要求我给她画。

我向她们说明:"今天天色已晚,明天再给你们画吧。"

兰芝的二姐说她明天一早要走,我说:"我一定在你走之前给你画好。"

而那位女看客却毫不客气,她拉我的衣袖要我马上给她画,好象她和我已是多年的老朋友似的。老婆婆说:"她是王富才家媳妇,叫春梅。一定想画给画上一个吧,会者不难……"

兰芝这时正在窑后欣赏她的画像,她瞅瞅镜子里自己的芳容,然后看看我为她画的肖像,表示着满足。她听到春梅向我要求,也跑过来央求道:

"你就给她画上一张吧,也不费事。"她哪里知道我为她画像由于全神贯注,而今已精疲力竭了。

我一再地说:"天太晚了,看不见了。"

然而春梅和兰芝的央求,真使我难于推辞。兰芝比先前显得活泼多了,她替春梅出主意说:

"这里看不见,我们到西窑里去画,那里亮。"

我变成了她们的俘虏,被挟持到西窑里去,兰芝和春梅在我身后发出胜利的笑声,天真得象两个孩子。

乍看起来,春梅并不算难看,然而画过了兰芝再画春梅,就象看过了牡丹再看蔷薇,总是要差一等了。

我一边给春梅画像,一边对兰芝说:

"你剪的窗花真好,一定要给我剪几张。"

"你喜欢,我就给你剪……"

作为一种义务——其实也是为了讨兰芝的欢心,谢天谢地,终算把春梅的像画完了。我告诉她说:

"天太暗了,画的不好,以后有时间重给你画吧。"

我也着实有些歉意。

我们要离开桃树庄,转移到王村去。

近几天来,我总想找个工余时间和书灵到杏花湾去看看兰芝。

这里离王村只有五六里路,我准备到杏花湾之后再到王村。我对老金说,请他们先走,我随后就来。

书灵还戴着他那火车头皮帽,象一个小猎人。

我曾问过他,为什么老是看不到,他说年前一直住在二姐家,过了年才回来。

书灵问我:"走大路还是走小路,走小路只有三四里,走大路了远一点。"我说:"当然走小路了。"

然而下了不平的山坡,经过了粗壮的果树林,又跳过了一条小小的银色的冰河,还看不见杏花湾。

我对书灵说:"我们走了已经有七八里了吧,怎么你说只有三四里?"他笑笑。这孩子正在东张西望寻觅灌木丛中一个吱吱啾叫的小鸟,没有回答我的问题。他大概以为我是和他开玩笑哩。

又走了一段山路,爬上了个小坡,透过了胡桃树网一般的繁枝,才出现了一个小庙的屋脊。书灵指指说:"这就是杏花湾!"我的心立刻跳了起来,就象在我面前已经出现了兰芝的身影。

进了村子,看到众多院落,茫茫然不知兰芝的住处,书灵走在前面,我紧张地跟着,想着将要发生的事,准备看到兰芝说些什么。

当书灵把我引进一个小小的独窑院时,我的心愈加跳得厉害,好象已经看到了兰芝,看到了那双酒窝,而她是那样地吃惊……

书灵告我,说他三姐住在姑姑家,这就是姑姑家的院子。

然而上帝完全不按照我所想象的安排,当我们进了窑里时,有一个四五十岁的老婆婆在炕上纺线,有几个老汉在炕下闲谈,全窑也没有兰芝的影子。老婆婆给我倒来一杯浓茶,我想这大概就是兰芝的姑姑了。书灵问她:"三姐到哪里去了?"老婆婆说在上面翠英家里。于是书灵就跑出去找。我一面不安地等待着兰芝的到来,一面应付着老婆婆的问话。我说我要到王村去,因事路经杏花湾……

我在窑里四壁寻兰芝的画像,然而兰芝并没有把她的画像贴在墙上。

门外有脚步声,我听出是书灵回来了,我想兰芝大概在他的后面呢。但书灵进来对我说："咱们走吧,到上面去。"

我想兰芝竟这么大的架子？大约是不欢迎我。于是深悔自己的冒昧,然而又没有决心在此中途引退。我准备迎受兰芝的冷淡。

跟着书灵爬了一段小坡,跨入一农家的院子,走进窑内,我首先看到兰芝,看到了那两个动人的酒窝,她站在地下等着,问我："从哪里来？"仍穿着那件深绿色的袄袄,只是换了一条比较旧的深紫色裤子。

炕上还有两个年轻女人,其中一个穿一身红花袄袄,正在捻麻绳,见我进来,连忙下炕烧水,另一个穿一身蓝衣服,坐在炕上从一大堆杏壳里拣杏仁。我不等兰芝问,就忙说："我们今天要离开桃树庄,转移到王村去住,我不久就要离开S县,顺便到这里来,想请你给我剪一些窗花,你不是已经答应了。你可知道我很喜欢你的花花……"我从容地把我准备好的台词搬出。兰芝问我："什么时候走？"我说："大概很快就要走了。"

"你不嫌我剪的不好？等剪下了我给你送到王村去。"

我们谈着,竟忘了书灵还站在门旁,我说："书灵,你早些回去吧,麻烦你了。"

书灵笑着告辞而去,兰芝把他送出门外。

我和穿红花袄袄的女人搜寻话题闲聊,等着兰芝回来,然而兰芝出去大半天也不回来,我想她不会就此一去,不再回来,给我一个下不去吧……

象等了一年之久终于回来了。她一面笑着告我："书灵走了。"一面就揭开主人的柜子拿一个很大的杯子给我倒茶。然后就坐在炕上拿起一件衣服缝起来,我享受着兰芝给我的香茶,感到无限的温暖与满足。

兰芝问我:"你要花花有什么用?"

我说:"搜集这些东西,是我这次来S县的工作之一,一来为了拿给我们画画的人看,向你们学习;二来也可以开展览会,给大家看看,让人们知道S县的妇女心灵手巧;第三,将来还要拿到外国去,让外国人看看中国妇女的手艺,为中国争光。你说不好吗?"兰芝笑笑。

后来又谈到妇女的纺花,又谈到阎军在时S县妇女的痛苦……

兰芝和我谈着,她的手弄弄针也不是,弄弄线也不是,弄了半天,说是把针给掉了,她在身上乱寻,又在炕上乱找,她的伙伴们在笑她,兰芝愈加显得慌乱,后来还是在布上寻到了。

看看天色已晚,我向兰芝告辞,主人和兰芝都挽留我,说:"还早哩,坐的吧。"

我说:"太晚了路上怕狼。"

她们笑着说:"晚了就住下吧,明天再走。"我想,这哪里办得到呢……

没想到兰芝会送我出来,走到门外,我再三嘱咐要她给我剪窗花,她满口答应着。当我走下坡时,回头望去,见兰芝还站在那里。

一路上,在夕阳的照耀下,总看到两个酒窝在我眼前浮动……

这一天向我们住的窑主温忠良家收集了些材料。这个贫血浮肿的女人曾被阎匪编村逼的上过吊,上吊的绳子现在还在窑顶上悬着。她有三十来岁,不好说话,问了半天只是笑笑,好象不愿再叙说那些伤心的往事,最后还是别的婆姨告诉我说她当时有病,可是编村的干部非向她要布不可,交不出来,就把她关起来,最后她没办法就上了吊……

谈完之后,问了她们一些王村的一般情况,最后我说:

"你们认识兰芝不认识?"

"你说的是不是吴贵家女人?"

"就是。"

"一个村里还能不认识。"

"吴贵是个做啥的?"

"冬天拉炭,夏天种地,后来就让编村抓走当了兵……"

我又问:"编村的人们有没有欺侮过兰芝?兰芝和他们接近不接近?"

温忠良家和别的婆姨同声告我说兰芝顶规矩,见了编村的人躲得远远的。并说兰芝时常不在王村,常住杏花湾姑姑家。

她们问我:"打听的做甚?"

我说:"我认识这个女人……"

归来准备写篇文章,叫《浅谈造谣欺骗》,是揭露阎匪编村的,他们在群众中给共产党八路军造了许多谣……

今天王村的秧歌队到杏花湾演出,我想去看,当然不是要看秧歌,是希望看到那双酒窝。可天气实在太冷,文章还得赶出来。

我独坐家里,在如豆的麻油灯下,想到S县人民多年来在水深火热之中的不幸生活,现在他们总算得到了解放,然而什么时候能缓过气来过上好日子呢?我愿这种年月能很快到来。

我找到温常寿老汉的家里,他昨天热心地领我去找赵文华女人讨窗花。为了表示感谢,今天我去给他画头像。

他儿子在家,此外还有常寿家的和一个小媳妇。常寿家的告我说:"老汉出去支差送信,不远,一二里路,马上就回来。"

我问了常寿家儿子一些情况,他说他是我们西原行政村的文书。谈起王村情形,说全村一百多户,受过老阎好处的只有一家……

后来告我:"今天王村有两三家的秧歌队集合,还有大戏,很热闹。看看吧……"

闲聊中温常寿老汉回来了,一看到他那慈祥的黑胡须,就使我喜欢。他见我在,连忙给倒茶。

我给老汉画完像时,饭已摆在桌上。我拿起画板准备告辞,老汉恳切地留我吃饭。盛意难却,我只好吃了。

饭颇别致,有酒,有一小碟鸡肉,一小碟炒豆腐,一小碟杏仁。主食是白面枣花、油糕、豆面饼。还有胡萝卜、山药蛋和豆腐合烧的烩菜,味道很好。贫困的S县能吃到这样的美餐,真是太难得了。

回到住处,老金已从外边回来,他笑着告我:

"兰芝来了!"

"你骗我。"

"决不骗你,刚才在县政府门口看到她的,深绿色上衣,红花花裤。"

老金是个热心人,自从我给兰芝画像后,他看出我对兰芝有情,所以我们之间的事,他很关心。

我站在土丘上,居高临下。只见在来来往往的女人堆里有的穿绿上衣,却不是红花裤;有的穿红花裤,却又不是绿袄袄。终于瞧见一个穿绿上衣红花裤的,然而细看,却又不是兰芝,我说老金:"肯定是把杏花看成桃花了。"

我们俩正在争论着,兰芝却突然出现在我的眼前。是的,她从县政府的门里走出来,象从天而降,使我眼前一亮。

我撇下老金飞跑过去,兰芝笑着和我答话。那动人的酒窝和合体的衣服仍同我们第一次相见时那样美,只是在隆起的胸前挂了件小小的银币,是这次新加的装饰品。春风轻吹,似乎送来她身上的香味。

看到兰芝,我的心就找到了归宿,像绕树三匝的小鸟终于落到了树枝上。但我却不敢和兰芝同行,我们谈了几句,她就夹在女伴当中走了。

很多人都从圆门里向西头走,我想兰芝一定是跟上这些人们看什么去了,因此我们也就跟去,走出村边一看,是王村的秧歌队迎接武家庄的秧歌队。锣鼓打得很热闹,表现了他们在解放后第一个春节中尽情欢乐的心情。但我在女人丛里却看不到兰芝。

一个老汉对老金说：

"今年的秧歌真热闹，你看这人山人海的，八路军来了什么都好啦……"

武家庄的秧歌很活泼，有踩高跷的，打腰鼓的。腰鼓虽然没有延安老乡的花样多，但还熟练，人在转动，红绸在飞舞，轻快潇洒，象我们跳华尔兹舞。

我和老金跟着秧歌队和人群拥在一个场里，终于在赵文华家门口的女人堆里发现了兰芝，我立刻看出她也发现了我，她不看场里的秧歌，却不时向我这边瞟。

锣鼓响着，我没听到秧歌队唱了些什么，秧歌队就向县政府去了。兰芝跟着，我也跟着，但却走失了老金。然而在人们的拥挤中眨眼间却又不见了兰芝。

终于在县政府门口我又看到了她，我向她走去，问她："今天回不回去？""不回去了。"兰芝站在我的对面，象有意在让我尽情地观赏。

我和小柳站在一起，没有想到黑胡须温常寿老汉也站在旁边，我和他相视而笑，小柳问老汉说：

"去年有没有这样热闹的秧歌？"

"没有。"

"为什么没有？"

"没有那心境，谁家饿着肚子还闹秧歌哪！"

另一位老乡在旁边说：

"嘿！你看那些媳妇子，搽的粉，抹的油，穿的新袄袄，抖的那一股劲。往年时,鬼才敢把那新袄袄披在身上……"

经老乡这么一说,才提醒了我,在兰芝旁边站的女人有很多都搽着粉。紧靠近她的一个,穿着一身水红色的衣服,显得那么轻佻妖艳。然而兰芝不搽粉,象一支出水的芙蓉,朴素、端庄,既不矜持,也不卖弄,她站在哪里,就有无数只眼睛望着哪里……

早上起来,初春的阳光照得很红,使人感到愉悦,然而我却觉得站坐不安。草草吃了饭就背了画包到赵文华家里去。因为有人告我,如果兰芝昨晚看了秧歌没有回杏花湾去就可能住在这里。

走出门外,就听到天空有大雁的鸣叫声,抬头一看,是一个"人"字,这是北归的雁。

文华家院里,小孩们在玩,一看到我,其中一个就喊:

"妈妈,人家来啦,那个画像的。"

她妈一听到,就从隔壁人家走出来,把我迎到家里。几句话后我把话头转到兰芝身上,说:

"兰芝来看秧歌,你没有看到吗?"

她笑着说:"没有看见。"

"那么她会住在谁家呢?……"

不等我说完,她就告我说:

"兰芝要来,一定会住到上头院里,那里是她大伯家。"

旁边的小姑娘即刻说道:

"是的,来啦,人家夜后上还来咱家的,你不在。我看到还在上面院里呢,没有走。"

我一听说没有走,就想去看兰芝,但不等我开口,文华家已提议要同我一道去。

文华家穿着湖南蓝印花布袄袄,窈窕身材,很大方,她整理着衣襟和我很自然地一同走。谈到秧歌,她笑着对我说:"往年家也闹哩,是人家强逼的,看的人很少,女人们也不敢搽粉、搽油、穿新衣衫。与今年不大相同……"

心微微跳着。我和文华家走上石砖砌的门阶,刚进门一个妇女就向文华家打招呼。文华家问:"兰芝在哪里?"没想到兰芝倒从背后走出来了,穿着深绿色的上衣,裤子换成紫色的了。她没有看我,一面向文华家问候,称她为婶婶;一面向里面走。我跟上去,问她:"昨夜就住在这里?"她笑着回答,又现出那双动人的酒窝。

我对她说:

"你不给我剪窗花,你婶婶却给我剪了。"于是文华家就告诉她我如何喜欢窗花。

走到西窑门口,兰芝向前急走几步,把布门帘撩起,让我们进。

满窑是人,眼睛都注意在我身上,文华家连忙替我介绍,说我是和她一道来串门的,会画像,画的顶好。兰芝跟着也向众人说:"人家画的实在象。"并称赞我在桃树庄给她爹画的如何好……

主妇即刻给我用淡绿色的细瓷小碗装来一碗果子片,放在我右边的案板上,并倒了一杯茶请我喝。

兰芝要我给炕边坐的一老太太画像,说这是她的婆婆,也是她的养母,因为自小就童养在老太太家里,而后来老太太又后嫁到武家庄了。

为了兰芝,我自然乐于接受这个任务。

我一面上炕给兰芝的养母画像,一面就向兰芝提议,让她现在就给我剪窗花。她客气地说:"剪不好。"但却已经在动身找工具了。我问她:"要不要纸?要不要剪刀?"她却说:"不用你管,我自有办法。"

兰芝不知在哪里找来一块红纸,拿着剪刀坐在我的面前剪窗花。这是我自最初给她画像后,提出请求,中经专程去杏花湾催讨,而今才算实现了我的愿望和她的诺言。

我看看老太太,看看兰芝,发现她在纸上打着黑色的稿线,便要求看看,她却立刻躲开我,说:"不给你看,怕你笑哩。"

文华家看我画,看了一阵就向大家告辞,并特意向我说:"以后到我家来。"兰芝跟着送出去。

兰芝好久不回来,我面前就显得非常空虚,我画着像不安起来,疑心她是不是在躲我,讨厌我。

兰芝终于回来了,仍坐在我的面前,我发现她手里拿的是我放在画包里的小剪刀。但她骗我,说不是我的。然而隔了半天,她却问我:"你拿的小剪刀有什么用?"我告诉她:"这是我剪胡子用的。"接着我就问她:昨晚有没有看秧歌?知不知道桃树庄春梅跑掉了?她问我是听谁说的,我说是听老金说的。

我和兰芝谈着,好象全家就只有我们两个人似的。而她是那样的大方,自然,持重……

我为了能多和兰芝坐在一起,画像的工作进行得很慢,而这可苦了老太太,我看到她的眼皮不时地启合,显出极度忍耐的样子,然而当我问她累不累时,却硬说:"不累。"

我不愿在兰芝面前示弱,辜负了她对我的夸奖,所以极力想把老太太的像画好。

但当我画完时,兰芝又出去了,人们都在赞赏我的画,却独没有兰芝的声音,没有兰芝的笑窝。

老太太看了很高兴,说她将来死后也就给后世人留了个纪念。我把像卷好,用线线缠着,告诉老太太不要用手摸,不要折起来……。老太太笑着抖着手接过去,包在她的衣服包包里。

好一阵时间,兰芝回来了,手里拿着红色的剪纸,我顺手向她要过来,展开一看,红色的图景映得我的心都红了。

很多只眼睛都和我一同欣赏着兰芝的作品,我除说好之外,在兰芝面前再找不出别的话来,兰芝的嫩脸羞红着,显得不好意思。

我把剪纸拿起来,谨慎地放在我的笔记本里,在白色的衬底上愈发显得兰芝的作品灿烂夺目。

回来一看,住处已经空空,老金他们又转移回桃树庄了。

在县政府吃过饭,怅怅然与民政科马科长一路来到桃树庄。在路上碰到司务长,他说:"你们不在过去住过的院里住了。现在要住到从前县政府住过的地方。"我想:"那不是住在春梅家院里了。"

到了桃树庄看到书灵,说他父亲病得很重……

春梅回来了,她到我们窑里来,说和丈夫吵了架,在王村住了两天就到杏花湾。我问:"兰芝回去了没有?"她说:"回去了。"我说:"是不是和兰芝一道从王村到杏花湾的?"她说:"兰芝先走,我后走。"

接着春梅告我,兰芝曾和她谈起我的情形,说我曾到杏花湾看过她……。但正谈论间,有人来了,就再没有谈下去。

春梅关心的是她能不能离婚,丈夫打她,她跑了,现在回来,不干啦,要离婚。我告诉她,我可以和县政府马科长谈谈。

下午,听马科长说:春梅的丈夫拿火柱打她,把臂膀上都打黑青了,她脱了衣服给马科长看。我听到后,对春梅很同情。但她没把这些实情告我。

我们的祖先就认为:"娶到的媳妇,买到的马,由人骑来由人打。"这种该诅咒的封建思想还要继续多久呢?

老金调走了,据他说,可能到张家口去。

为了春梅和她丈夫离婚的事,民政科马科长今天召集了村副、闾长、妇女会主任,还有春梅的婆婆商谈,作为调解,也想给大家一些教育。因为村里人过去处理这种事用强迫手段实在不合理。

作为一个旁听者,我静静地坐着,但却有一种按捺不住的心情,好几次想发言。当中马科长因事出去了,我便趁机给他们讲:夫妻的结合完全依靠自愿,决非强迫能够解决问题的。打人是一种犯法的事……。他们对我的讲话满口赞同，但却不知道本心如何。老实说，在这个问题上我是站在春梅一边的，在这里谁又知情她和一个不爱的人成为夫妻的痛苦呢？

从调解的地方出来，没有想到竟会看到兰芝，她在场里和一个女人谈话，那熟悉的深绿色的袄袄和红花花裤使我很远就认出是她。

兰芝来我是早有预料的，因为她父亲病得很重，但当她出现时，我仍是惊喜异常，象已经有几年没有见似的。

和她谈话的，是她的二姐，她们在认真地谈论关于春梅离婚的问题。我到了兰芝面前显得窘拙，不知道该讲些什么话好。总觉得好象四近有什么眼睛在偷视我们。

兰芝态度持重，既不流露热情，也不表示冷淡。我对她说："我就要离开S县了。"兰芝问我："啥时还来？"我说："大概不会再来了。"问我："啥时走？"我说："还得七八天。"我再次要求她给我剪窗花留作纪念。她要我找纸去，我就急急忙忙到武强妈家里找了三块红纸交给她。

在兰芝家里，她二姐出去了，只有老太太和她的爸爸在。这次回到桃树庄，因为不住在他们院里了，还是第一次来看这两位老人家呢。老汉躺着，腿从破旧的被下露出，就象一段烂了的萝卜似的滴滴地淌着淡血，兰芝正用一大堆旧棉花给她父亲拭疮上的脓水，象医院的护士，她做这一切，亲切自然，令人感动。

我很想找个机会，把我的心思向兰芝说明。碰到春梅时，托她转告兰芝说我喜欢她,愿她做我的朋友,做我的妹妹。

黄昏时,春梅告我,兰芝和她二姐走了,她把我的话转告了兰芝,因为急于要走,兰芝没有表示什么。

本来说今天小学教师训练班要开学,马科长让我去讲话,因学生没有来,我没去成。

春梅告我兰芝来了,我对春梅说,请她到这里玩。

几分钟工夫兰芝和春梅一道来了,兰芝那样大方,酒窝是那样动人,然而我却十分窘,不知该如何接待,窑里有两个地方干部正在谈工作,我向她们招呼说:"咱们到上面窑里去坐吧。"

谢天谢地,上面窑里恰好空着。兰芝来看我,还是第一次,我心跳得厉害,不知向她说什么好。第一句话就问:

"你头上的花是从哪里来的?"兰芝态度倒处之泰然。她对我说:"这花是人家送的。"

她仍然穿着深绿色的棉袄,裤子换了平素那条紫色的,其它照旧,只是头上多了一朵水红色的绢花。头发的梳法好象也有些改变,显得年轻活泼,有点小妹妹气,因此更加使我动情。

"天哪,让我们好好地谈谈吧。"我想。

于是我从王村谈起,又谈到去杏花湾看她,又谈到向她要窗花。有时兰芝解不下的,就由春梅翻译,我真不知道为什么春梅能完全听懂我的话。

我打开心,向兰芝表白:"在王村打听你和编村的关系,想知道你是一个怎样的女人。知道你正直、纯净,因此我就愈加尊敬你,同情你,喜欢你。我是个八路军,和阎军不一样,我喜欢你,愿你做我的好朋友,做我的妹妹。"

"你懂吗?你当他的妹妹,以后就叫他哥哥。"春梅逗笑地说。

兰芝笑着,羞怯地把头转到春梅的背后了。

春梅对我说:"这些话,我昨天也给她说了,她懂。"

我们之间已没有戒备,当我问到她的丈夫时,兰芝告我,她丈夫今年三十二岁了,前年被编村抓去当了常备兵。冬天在炭窑拉炭,热天给人家打忙工,一年四季很少回家。

"有没有打过你?"

"咱不惹他,他也不会打咱。"兰芝说。

"他走时对你说了些什么活没有?现在有信吗?"

"没有,要是感情好也总该说几句的,走了就再没有来过信。"

后来她告我,她男人是个老实的苦命鬼,丑得不象人样,这村里就没有这样丑的人……。我同情兰芝,这样美丽聪明的姑娘,命运竟如此之苦……

说到她的姑姑时,兰芝告诉我自从婆婆后嫁到武家庄后,她就住在姑姑家,姑姑脑筋旧,管教严,因此她不敢告姑姑给她画像的是个八路军,只说是个识字的人……。这时,我才明白兰芝为什么不在她姑姑家里接待我,而要在别人家里,为什么拒绝我给她姑姑画像,为什么在这之前一再怕我去杏花湾。

兰芝和春梅提出想进学校学习,我说:八路军在这里,以后总会有机会的。

我们闲谈着,春梅用我的水笔在手背上写了一个"春"字给兰芝认。她们两个争论起"春"字,是春天的春呢,还是村庄的"村",我写出"村"字解决了她们的争论。接着我就顺手拉来一张《晋绥人民画报》给兰芝看,没有想到她竟能认识"人民画报"及"今年边区的四大任务"几个字。

我问她是怎么会认识这些字的,她说:"没上过学,就是平时随便认下的。"

春梅说:"兰芝比我可心灵得多啦。"

接着,我拿来我的笔记本,翻开问兰芝:

"这剪纸的含意是什么?"

她说:"这是结婚用的,不是贴在窗上的。"但却不肯告诉我它的含意。经过我和春梅的一番唇舌,她才指着剪纸带羞地用方言说:

莲花夹钱,过年养个胖孩,

桶里出莲出桂花,卡上儿孙卡外甥。

兔儿抚莲花,辈辈享荣华;蝉攀桂,女婿爱,

莲花桂花石榴花,夫妻二人活到老。

它寄托了旧时代妇女们的多少愿望和理想呵!我还是第一次了解到剪纸还会有这么丰富的内容。

兰芝的这幅剪纸,不是通过实际,而是通过想象,把自然界永远没有机缘聚会的东西凑在一起,搭成象征的图案。照理金钱不会夹在莲花的中心,兔儿不会跑在莲花的上面;有

石榴的时候,也不会再开莲花……然而从图案的观点看,却感到整个的形式是那么统一和谐,每个形象是那么生动美丽。它们的相聚决不显得勉强生硬,倒显得融洽自然。因此反而好象这一合唱是非常合理非常近情的。这是多年来农村妇女的集体创作,不过现在是通过兰芝的巧手执剪而成。我感到兰芝是聪敏好学的好姑娘,但愿她有幸福的生活,幸福的姻缘,幸福的前途。

春梅要走,说要回去做饭去。硬要兰芝一个人和我在,这使兰芝很窘,而我也弄得很窘。

兰芝对我说过一阵再来,于是她俩一齐出去了。隔了一阵,春梅来,贴在窗玻璃上告我:"兰芝愿意做你的妹妹……"她说完返身就走,我看着她的背影,想到《西厢记》中的红娘。

黄昏,我去看兰芝,走近门时,听见她正在西窑里唱"信天游":

　　山丹丹开花背洼里红,
　　先交人才后交心。
　　有心和你拉几句话,
　　又怕别人笑话咱。
　　青杨柳树树长得高,
　　你看妹子哪达好?
　　……

大约是听到我的脚步声,不唱了。走进门去,看到兰芝正坐在炕上剪窗花呢。

西窑里摆一架织布机,我问兰芝:"谁在这里织布?""我正织哩。"

兰芝是在百忙中给我剪窗花,我不知该怎样感激她。

今天要到赵家庄给教员训练班讲时事,吃过早饭,出发之前,我去看兰芝,因为兰芝今天要回杏花湾去了。不去看她,今后就会有几天,也许有更长的时间看不到她了。

兰芝把她用红纸剪好的窗花给了我,剪的是"老鼠闹葡萄"和一个"扣盖茶碗"。茶碗上装饰着一个展翅飞翔的花蝴蝶,并配以梅花之类的图案,精致而优美。老婆婆们说:"兰芝的手艺真好……"我说能人都在老百姓里头……兰芝坐在炕前的窗下,面对着镜子在梳理她的头发。我告诉她说,我要到赵家庄去,问她走不走。兰芝说,一阵就回杏花湾。

一路上老马和小柳总是在开我的玩笑,我给他们诚意地讲出我和兰芝的关系,请求他们以同志的态度给我以批评。

我说,在这件事上我要对党负责,对兰芝负责,对我自己负责……

上课时,讲的时间很长,教员们似乎颇感兴趣。末了,我信心百倍地说:共产党、八路军不但不久就会解放S县城,不久也会解放太原和北平的,你们应该想到如何培养新中国的一代新人……

归途中,感到嗓子有些沙哑,我知道这是由于我好久不讲话,这次讲得太用力的结果。但我是愉快的。

来到桃树庄,暗想兰芝一定已经回到杏花湾了。我带着空虚的预感走进兰芝的家。没想到兰芝没有走,看到我来,又认真地下手给我弄茶水。

我向兰芝提议要和她合作一个剪纸,她听不懂,我说:

"我画下,你剪,懂了吗?"

"懂了,那你画吧。"她笑的说。

"我要画你织布的样子……"

于是我指挥她到西窑坐在布机上织起来。我回住处把画具拿来,就照着她织布的姿态画了一个全然用线条描绘人物轮廓的速写交给了她。

"由你剪吧,剪成个窗花就行了。"我说。

谈起兰芝的身世,我真为她难过。由于家贫,很小就童养出去,在别人家吃糠咽菜、打狗喂猪……婆婆再婚后,又多半住在一个冷酷的姑姑家。现在全靠纺花织布自食其力,还要养活姑姑,没有享受过一天幸福的生活,没有人真真疼爱过她。

其实,兰芝昨日并没有走,听说今天可真要回杏花湾了。

早饭后我便去看她。一出门就碰上二狗,他要我给他父亲画像。这个工作我自然是乐于答应的,二狗是我们的民兵队长,前些时老金在就说过画像的事,我已满口应承,再说我正有求于他的老婆。我告诉二狗,要他去找纸,我去拿画包,在武强家等他。

到武强家,一进门就看到兰芝,真意外。今天她头上没有戴花,象我第一次见她时的穿戴,我问她走不走,她说一阵就要走。这我是知道的,今天她再不走,别人真要说闲话了。

将要出门时,回头对兰芝说:

"到二狗家串去吧。"没有想到兰芝竟真的来了,她勇敢地跟着我们。半路上我们碰到二狗的老父,老汉正拿了个木凳准备去修理果树。二狗硬叫回来,说给他画像哩。老汉说:"画不画了吧。"我对二狗说:"那天我在武强家就提议给老人画像了。"老汉说:"我老啦,活得人家还黑切我哩,还要的个像做什么!"

我对老汉说:

"来吧,你儿很孝顺,要是黑切人就不叫我专门给你画像了。"兰芝笑着,在欣赏我们的对话。

上土坡时,我们居高临下,总觉得好象全村的人都在注意着我和兰芝。

到了二狗家窑里,我首先看到的是窗上的红窗花,不用问,这自然是二狗家的作品无疑。有一对鹿,其生动与美丽是很引人喜爱的。S县自古是晋中皮影艺术的故乡,大概这个地区和人民就有皮影和剪纸艺术的传统和才华。我喜欢二狗家的剪纸,象喜欢兰芝的窗花一样。

主人招待我们喝茶,吃果子片,我在人们中间认出主妇——二狗家的,她瓜子脸,眉毛细长,嘴唇很红,象上了口红,有如画中的美人,二十多年岁,身材玲珑细长,穿一身深紫色的衣服,和人说话总是先带笑。好象在什么地方见过似的。

和二狗家谈起窗花,我从画包里笔记本中取出兰芝和文华家的作品给她看,她说文华家的是她亲姐姐。至此我才明

白,为什么这样面熟。于是我告她:

"正是由文华家的介绍,我才来找你。"

我对二狗说:"你婆姨的手艺真不坏!"二狗笑笑。

兰芝坐在我的身旁,我开始给老汉画像。

后来兰芝要走,我大胆地约她过五六天再来一次。但我却没有勇气去送她。

二狗家送了我两个窗花,告诉我,她剪窗花并不用别人的样子,是看上画剪的……

我把给二狗家爹画的像装在镜框里,而后告辞。

连我也不知道,却无意中走到书灵家院里。没想到南窑的一个老婆婆竟把兰芝和我的关系全看在眼里,当她邀我进她家后对我说:

"兰芝两三天就会回来的。她说你是个好人。"接着又说:

"花花世界,好花谁不爱,人就应该趁年轻时风流风流……好花能有几日红,人能活几天……"

我对她说:"我们是八路军,不能胡来。"

"八路军没人敢说……"

我想老太太在少女时代一定也很风流吧!

这几日,春梅家舅舅石忠国——我们的一个老同志来,给春梅和她丈夫调解。石忠国和我谈了很多,说当初靠父母之命,媒妁之言硬捏合在一起,现在要让春梅和丈夫好好过日子也真是一件难事,春梅说:"我不爱他,你们也不能强迫我吧……"看来石忠国也真感到为难。

兰芝离开桃树庄已有好几天了，我在住处感到坐卧不安，看书不是，写东西不是，走到村里，又走到村外，在道路上闲步，在田野里蹒跚，与其说是散步，倒不如说是逃避一种精神上的空虚……

已是春天了，麦苗已返青，令人感到新绿的可爱，路旁的枯草中长出了嫩叶，黑色的小蚂蚁在草中忙碌。在疏朗的核桃树枝上已经有早归的戴胜鸟在鸣叫，好象在呼唤他的情侣。

田野蒸发着水蒸气，蔚蓝色的远山衬托在核桃树林的疏枝背后，使我感到了美的画意。

然而，我一看到田里盛开的水红色的打碗花，就想到兰芝头上插的那朵迷人的绢花。

杏树已放出花蕾，不久就要引得蝴蝶在她身边飞舞，引得蜜蜂在她的花间歌唱……

如果此刻兰芝能坐在我的身边，共赏这春光明媚的美景……那多么幸福……

我和分区派来的农民部薛部长等参加南头和杏花湾的村选工作。南头选完到杏花湾，在路上感到山区春光的美，绯红色彩的山桃花开在崖边，把山野打扮得分外娇艳。喜鹊在核桃树上喳喳地鸣叫……

来到杏花湾，我的心就跳动起来，希望能看到兰芝，看到那迷人的酒窝。

村干部领我们到一个院里，进了窑内，我看到窗上的窗花,俨然是兰芝的作品,我装着不知,问主人是谁剪的,主人告我是个巧媳妇剪的,名字叫兰芝。

然而在杏花湾的选民会上竟没有看到兰芝。

小柳从陶镇回来,告诉我,他在薛庄集中看到了兰芝,在卖布。他因买下辣子无处放,便向兰芝借了个筐筐。兰芝曾问他:"张鸿走了没?他不是说七八天就走吗?"小柳告她说我还没走。还说,兰芝明天要来桃树庄……小柳知道我心上有兰芝,所以总是把兰芝的消息告诉我。

小柳最后说:"有个好消息,听说来了一个有名的坤角叫'夜明珠',是回家省亲路过这里的。咱们打算请她演几场戏。"我还没有听说过"夜明珠"其人,但能在这里看看她的戏,也算是生活中的一种乐趣。

妇女会主任翠花说,春梅挨丈夫打之后,就躲得他远远地,夜里也不和他共被褥。丈夫说:"你和别人睡,竟敢不和我睡,你反了。"春梅说:"你要打就打吧,总归打死我也不爱你,就是不和你睡……"也许是八路军来后春梅就敢反抗了,所以竟说了这样的话。于是丈夫就又狠狠地打了春梅几拳……结果一到炕上,你睡到东我睡到西。看来他们是很难维持下去了。而这又成为桃树庄彼此传说的一件头号新闻。

从孙家庄参加会议归来,很希望能看到兰芝,因为小柳说,她今天要到桃树庄来。

急急地走出孙家庄,就在村口遇上书灵家同院里的一个女人,我问她兰芝有没有到桃树庄来,她说没看见,我立刻没劲了。

到了桃树庄,感到无聊,我到民政科李苏同志那里去坐,不料春梅在,谈了她和丈夫的一些新问题,要求民政科给她离婚。看来她是非常坚决的,但李苏同志不敢表态,总想通过调解使家庭和睦。

谈到兰芝,春梅告我那天我从她家走后,她的婆婆和嫂嫂都在议论我,她嫂嫂嫌要求我几次还没有动手给她画像,很不满意地说:

"我再也不问他了,他给画就画,不画了就拉倒。他想给谁画了,就能画好,你看兰芝的像,谁的也比不上。不想画了,你硬叫他画还怕给画的丑眉八怪了呢……"

婆婆怪兰芝,说:

"兰芝实在坏,年时过年我请她给咱们剪了个花花,说不会剪,现在给人家就剪得那么多,那么好!"

嫂嫂并说:"以后兰芝来,我一定要她领上我叫老张画,看他给画不给画……"

春梅责备我说:"那天你给她们看花花,不该说那四五张好的都是兰芝剪的,她们问我,我说只给你剪了一个,你倒说是剪了那么多……"

听了春梅的话,真使我不知如何是好,兰芝得罪了她们,我也得罪了她们。这些指责不知兰芝知不知道。看来我是不能在此久留了。然而我能真的离开兰芝吗?

夜里,我心神不宁,走出村外,月光如水,照耀着夜幕覆盖下的梯田、山峦、小河、树林……一切都在沉睡之中,世界是多么的静谧呵,而我的心却不能平静……

我在小柳家里向夜明珠搜集一些有关她的身世方面的材料,正在进行中,李苏领来一个女人,我的天,是兰芝。我让她坐下,问她从哪里来,这几天在什么地方,为什么杏花湾村选没有看到她,并问兰芝今天走不走,她说马上就要回杏花湾,又说还要到韩家岭她大姐家去住几天。我说过几天我要到杏花湾去看她,兰芝急忙告我:"不要来,不要来,过些时我就来桃树庄……"

我的处境使我十分窘拙,使我心中慌乱,既要和兰芝谈话,又不能让夜明珠冷落,我对兰芝说:"你坐坐,我和她谈一些材料……"

兰芝坐了一阵,向我告辞,我没敢出去送她。

事后我问李苏:"怎么会把兰芝领来?"李苏说:"我在春梅家门口碰到兰芝,兰芝问柳秘书在哪里?我领着她到处找,兰芝有些不好意思,找了两处终于找到了你们。"然而兰芝并没有和小柳谈什么。我明白,她是在找我哩。

兰芝走后,无情的大雪就纷飞起来,在我的眼前好象出现了兰芝在雪路上滑行的身影,她为什么一定要走呢?

应该下雨了,反倒下起大雪,这场春雪虽然十分好,但下在兰芝身上,下在兰芝行走的路上,就象是下在我的心上。

和夜明珠告辞,从小柳处走出,在雪路上遇到马科长,邀我到他的住处坐坐。

象驴咬脖子,互相把身上的雪扫净后,就畅心地闲聊起来。

谈到夜明珠,他说山西的中路梆子看的不多,也还喜欢。但因他是陕北人,所以对秦腔很怀念,可在山西是看不到秦腔的。我对秦腔也极爱好,在延安时和秦腔有了缘。

又谈到三姑娘。我说,我和兰芝的交往是想多向她求些窗花,但也并不否认对她的喜欢。于是由三姑娘而谈到了春梅,他说春梅最近又挨了丈夫的打,昨天夜上来找他,哭着不走,硬要老马批准她离婚。老马说,如果在陕北,早批准她离婚了。而这里是新解放区,过早批准怕影响不好,何况我们就住在桃树庄,还必须首先听取群众的意见,得到他们的支持,因此不宜操之过急。其实老马也知道调解已不生效,因此只好暂时拖着,等待时机的成熟……

我听了老马的话,总有些不放心,因为这种事是最容易出乱子的。可我没有向老马说出我心里的不安……

回到住处时,路上已是一片雪海了,差点把我滑倒。

一早就和小柳到花溪参加赵铭同志和朱秀芳的婚礼。

在寒风中踏着雪前行,竟想起孟浩然踏雪寻梅的诗情来。然而我现在是踏雪寻情人,因为去花溪必经杏花湾,也不知能否看到兰芝,也不知她昨日归来有没有摔跤,衣服有没有淋湿……

小柳在前面领路,他知道我现在在想什么吗?

终于来到杏花湾,初升的太阳把白雪染成绯红。我举目观看,希望能在绯红的雪道上出现一个绿袄袄、红花裤的女人。

我想兰芝现在也许正在灶前生火,也许已经在火炉旁开始做早饭,我想告诉她桃树庄今天有夜明珠的戏……

一只喜鹊在核桃树上鸣叫,喳喳喳,摇摆着长尾,震动得枝上的积雪纷纷下降,我的心愈加不宁……

很想上村里去看兰芝,然而她已经关照过我:"不要来,不要来……"

黄昏时我走进戏场,已经是人山人海了……难道我真的是来看戏的吗?

我用眼睛向城墙一般的女人们的看座上扫视,希望能看到兰芝。大概我一进戏庙就被她发现,知道我在寻她,所以当我的目光扫射到她身上时,她立刻提起脚跟,象穿高跟皮鞋似的挺起身子,引我注意,并用目光示意:"我在这里。"

我的视线至此不再移动,表示已看到了她,我的心象一只徬徨乱飞的小鸟找到了归宿。我很想立刻跑上去向兰芝诉说我寻觅她的苦情,然而在这人多的戏庙里,我没有这种勇气。

天色渐渐昏暗,兰芝被夜幕所淹没……

夜明珠出场了,唱的是《龙戏凤》,虽然在这村里找不到适合于她的服装,但她在台上的形象和台下相比竟判若两人,一个无精打彩,貌不惊人的少女,而今在台上真乃如花似玉神飞色舞。她以一副忧郁而含蓄的眼睛凝视左右,用纯熟婀娜的动作扮演凤姐准备饭具,真是动人。十六红也出来了,以高昂的唱声赢得了观众的喝彩。

在昏暗里，我走近兰芝身边，大胆地和她说话。我问她："昨天在雪中回去有没有摔跤？"

"摔不了。"她笑着说。接着就告诉我织布的窗花剪好了，放在她妈家里。

戏又开了，接下来唱的是《骂阎》。有人问我："是不是从前真的有过这样的事？"我说："秦桧害岳飞是真的，但胡迪骂阎就难说一定是真的。"

兰芝问我："戏台上用胡子把脸盖起来的是什么人？"我说："是鬼"随口问兰芝："你有没有见过鬼？"兰芝笑着说："没有。"她也问我："你见过吗？"我说："我也没有见过。"我告诉兰芝，鬼是没有的，这是迷信……不觉得戏就完了。兰芝告我："不回杏花湾去了。"我听了非常高兴。

戏散了，兰芝和女人们一起散去，我跟在她们的后面，兰芝在夜色中时常回过头来向我环视，我知道她在人群中寻觅我，象我在人群中寻觅她一样。

我跟着兰芝走着，一个熟人问我："老张，怎么走到那里去了？"我说："我有点事。"其实我并没有什么事，不过想和兰芝多相跟一阵，所以走了一段远路。

兰芝快进院门时，我问她："你明天吃了饭才走吧？"她告我："吃了饭走。"并问："明天还唱不唱？"我说："不唱了。"

路人们都回头来注意我们的对话，兰芝回去后，我才怅然归来。

我就要走了，还能和兰芝再见几面？

一早,我就去看兰芝,急于要见到她和我合作的《织布》。

当她从一本闲书里拿出这个富有创造性的红色窗花时,我高兴得难以形容。我说:"你剪得真好,很合我的心意。"兰芝笑笑,脸涨得通红。

兰芝给妇女身上不但配上了美的图案,而且处理得既多样又统一。例如裤子上的"如意",是根据位置的不同而安排的,使"如意"多变而完整。其次是布机腿上方两侧也加上了图案,既美化了布机,又和妇女身上的花纹有了呼应,给整个剪纸增加了光彩。最使我惊异的是:我的原画因透视之故,只画出妇女的一条腿,而窗花上的妇女却一脚踏布机,一脚放在地上,这样一来,就使画面更生动美观了。我们的合作非常成功,彼此都感到了创造的欢喜,既是艺术的交织,又是爱情的结晶。

我对兰芝说:

"吃过饭后再给你画一张像。"兰芝会意,因为这是我前些时就和她说定了的。

早饭后我先给十六红画了一张像(他是军属),老汉向我表示无限的感激。我对他说:"我们八路军对你们旧艺人是绝不小看的,我们尊重你们为人民的贡献。"

给十六红画毕,我去给兰芝画像。春梅来,看到她的神色很不好,说要到杏花湾去,要兰芝和她一道走。兰芝不开口。老婆婆会意,说:"兰芝来一次也不容易,让她下午再走,你要去就先走吧。"我看出兰芝丝毫没有想走的意思,就趁机挽留说:"现在路上还泥,不好走,要走下午再走。"哪怕能让她在我身边多待一分钟我也高兴,我也感到幸福……

我一面给兰芝画像,一面和她谈天,无意中我想到一位波斯诗人的诗句,大意是:

我的爱人呀,有你在我身边,再有一瓶酒,一本书,这就是我的天堂了。

而今在我,既不需要酒,也不需要书,只要兰芝坐在我面前,让我细读她那面容的美,尽情欣赏她那含情的眼睛和甜蜜的酒窝,就感到是在天堂了。

画完像,我回到住处,把兰芝的像有如圣母像似的保藏起来。不料兰芝从门外进来了,她看家里只有我一个人在,就交给我一个布包。

我颤抖着两手把布包打开,呀,是特制的果子片,既厚实又红润,我在S县尚未吃过如此精美的干果。不知该向兰芝说什么好,我大胆地握着兰芝的手,握得紧紧地说:

"我的好妹妹,谢谢你了!"

兰芝的脸刷地羞得绯红,说:

"没有好东西送你,谢什么。"

不幸的事终于发生,春梅自杀了。

丈夫又用擀面杖痛打她,她感到既不能离婚,又走投无路,就气得上吊自杀了,死在曾经和情人幽会过的草房里。

我从武强家回来,就曾看到几个妇女带着惊异的神色在窃窃私语,当时还不知道出了什么事,现在我才恍然大悟。

春梅是兰芝的好朋友,除了兰芝,她也是我在桃树庄很喜欢的一个姑娘,开朗,心地善良……兰芝如果听到了这个噩耗,将会怎样地痛心。

为此县委召集县长和民政科马科长等举行了一个临时的碰头会,因为春梅的自杀,固然她丈夫应负重责,但也是对我们不批准她离婚的抗议……因此马科长受到了批评……

我决定后天离开兰芝到军区所在地……

上午到村外画了些老乡耕地的速写,觉得天还很早,便下了最后的决心,找了一根手杖,去韩家岭看兰芝,向她告别。

沿路一面问讯一面走,待得从小河里走出,爬上山坡,韩家岭的村房出现在我的眼前时,我停下步来,擦着头上的汗,看看太阳还是那么高,才知道十五里的路程走得真快。

当我出现在兰芝面前时,她向我射出了惊喜的眼光。

"从哪里来?"她问。

因为她大姐在,我撒了个谎,说从前面村里来,是路过这里顺便来看看的。她便连忙问我:"是不是书灵告你我大姐家住在这里的?我以为你已经走了。"说完要我坐在炕上。

兰芝问我:"有没有吃饭?"

我如实告诉她说:"还没有吃。"她便立刻动手给我做,她大姐也在门口有风箱的火炉上忙乱起来。

兰芝在盆里把面和好,又弄到案板上来擀,我坐在她的近旁,待家里就剩下我和她两人时,我告她:"我是从桃树庄特意来看你的。"她笑着,好像在说,她知道我刚才是撒谎的。我接着问:"我看看你,怕不怕你大姐不高兴?"她摇摇头说:

"不怕,我已经全告诉我大姐了。"

兰芝把面擀好,认真地给我切面条,象做手工似的那么细,好象她是知道我爱吃细面条似的,我对兰芝说:

"我还是第一次吃你做的饭,第一次吃你做的面条哩!"

她有点不好意思地说:

"我不会做饭,做得不好。"

外面的风箱声突然停止,兰芝的大姐进来了,说:"第一次来也没有好饭给你吃,就是这豆面,而且连一点菜也弄不到。"我说:"我明白,老阎把你们刮穷了呀,要是早些年,这自然是拿不出来的,可是现在就是头等饭了。"

接着兰芝的姐夫也回来了,告诉我有从阎军那里逃出来的八个逃兵来到他们村公所,是他们村里的一个当班长的一下领出来的。并说近来从他村里过路的逃兵已有二三十个了……

待得家里第二次剩下我和兰芝时,我告她:"你又送给我的三个窗花收到了。"兰芝好象已经忘记了这件事,经我一提,她红着脸问我:

"春梅给了你啦?"

"给啦。"但我不愿把春梅自杀的不幸消息告她,怕她难过,怕她受不了。

"我总想给你剪个好的,可剪来剪去剪不出个满意的来。"

于是她告诉我,那天她去桃树庄看戏,一直等到天黑还不见我回来,实在等不上了,她才走的,只好把给我的剪纸交给春梅。

我觉得很对不起兰芝,对她说:

"那天在南庄参加人家的斗争会,一直开到半夜,所以没有回来,真没有想到你会来。"

兰芝的大姐在外面叫唤,要兰芝把切好的面条拿出去,说水已经开了。听到说"水已经开了",我才觉得肚子很饿,近半天来我沉醉在和兰芝谈话的甜蜜中,竟忘记了自己还没有吃饭。

兰芝的姐夫又从外面回来了,吃过饭,我对他说:"我想去看看逃兵。"于是他领着我去看。

到了村公所,其他人都出去了,炕上仅有一个黑黑的三十来年龄的人,兰芝姐夫说:"这就是。"我问他是哪里人,说是石楼的。谈了几句,才知道他们正是停战后阎锡山开往子洪口进攻我军,打了败仗回到太原才逃掉的,说是逃走后人家还追了半天……

后来兰芝的姐夫又把我领到小学校里,当我和教员们座谈时,他向我告辞了,我知道他大概是要到地里去劳动。

当我从学校里回去时,我从门外听到兰芝在织布机上又唱"信天游":

　　干石板栽葱扎不下根,
　　什么人留下人想人。
　　三天没见哥哥的面,
　　大路上行人都问遍。
　　白日里想你穿不上针,

到夜晚想你吹不下灯。
黄花公鸡爬在墙头上叫，
想哥哥想得睡不着觉。

……

我走进去，她不唱了，问我："看到逃兵了没有？""看到了。"我坐在炕上说："人家的都逃回来了，就是你家的没有回来，你想不想他呢？"

兰芝冷淡地说："想吧有什么用。"

她大姐在炕上纺线线，插嘴说："走了两三年了，也没有一封信。"她大姐的话说完，全家就突然变得异常沉闷起来，于是织布机和纺车的响声就怪样地叫吵起来。

隔了一阵我问兰芝："你姐夫到哪里去了？"

她说："担粪去了。"

我下了炕，在窑里来回地踱着，一个问题盘踞在我的心头："回呢还是住呢？"我走出门外去看天色，蛋黄色的太阳就要下山了，然而我打不定主意。

我站在墙边发呆，墙外的草地上有一群鸡在啄食，一只公鸡啄到一片绿色的草叶给母鸡吃，而且咕咕地不知在说些什么。这时候兰芝在织布机上又歌唱起来：

大红果子香水梨，
不想你来再想谁。
百灵子过河沉不了底，
一辈子我也忘不了你。

……

此刻我的心情是难于描写的,从兰芝的歌声里知道她也不想让我走。但我一想到如果这一晚上不回去,同志们将怎么想,就决然走进门内,告诉兰芝:"我要走了。"兰芝和她大姐都同声挽留说:"不早了,住下吧。"

我希望兰芝送我,但她仍在织布。我想:也许她大姐面前不好意思吧。

我把粮票从口袋里拿出,说:

"给你们粮票吧。"她们又同声拒绝说:"不要放下,叫你在别处用。"

但我给她们摆在炕上了。

"这是八路军的规矩,吃了饭总要给粮票的。"

兰芝立刻跳下炕来,跑到我跟前,拿起粮票硬放在我的衣袋里,命令我说:"不许拿!"

我象一个士兵服从长官似的说:

"你要我不拿,我就不拿。"我知道如果一定要放粮票,她心里会难过的。

我拿起手杖向兰芝大姐告辞,说:"就走了,谢谢你们。"她连忙下炕要送我,我说:"不要下来!"她不听,走在兰芝后面把我送出大门外,我要她留步,她便站在院墙下,对我说:"以后来了回来吧。"

兰芝还继续送我,好象她不知道去路似的,回头问大姐:"走不走枣沟?"

"走枣沟就绕远了,下了山就从河里向上走吧。"大姐站在墙边说。于是兰芝就指上告路把我送到村外,其实她何尝不知道我就是从这条路上来的呢?

走到村外,象走到十里长亭,两个人就一齐停下来,兰芝问我:

"你不是早已就说要走了,为什么还没走呢?"

"离不开你呀,总想最后看看你再走呢!"我蠢直地说。

"我已梦见你走了。"她说,"我想再也看不到你了。夜晚上我梦到死人啦,人家说'梦死见活',我想今天谁会来呢,没有想到就是你。"略略一停她又接着说:"你看,为了我害得你跑了这么远。"我的心为她的话所激动。看看四近梯田里无人,就拉兰芝在一个杏树旁坐下,初开的杏花和兰芝的美容相映而红,蜜蜂在花间唱着,我再不能克制,便搂住兰芝,她软软地倒在我的怀里……

我感到无比的满足和幸福,看到兰芝的脸燃烧得通红,含情的双目似乎含着泪水。这是我们最初的吻,也是最后的吻。

我走出好远,回头观看。兰芝还痴情地站在原处向我凝视……

一场桃色的梦从此结束。

我和兰芝的爱情是人生长途中的一个插曲。

一别四十载,虽然没有书信往来,但我每每看到她的画像,忆及那动人的酒窝,含情的双目,以及别时的甜蜜亲吻,怎不使我永世销魂;每每看到她剪的"花花",那优美的造形,多情的祝愿……怎不使我衷心怀念。但四十年来对她却杳然无知,去年我因事去S县参加一个文艺大会,偶然在会场上看到了李苏,虽都已白发苍苍,但还相识,自然我首先要向他打听兰芝的消息。

李苏告我:兰芝的矿工丈夫死在异乡,她遵姑母之命嫁给一个农民,夫妻无爱,生过两个女儿后,丈夫别有所欢,兰芝既不能忍受,又不能离婚,一气之下喝下滴滴畏自杀了。我立刻想起春梅。而这样痛心的消息发生在兰芝身上怎不使我下泪。

我在县城买了一个花圈,借了一辆吉普车,请李苏带路,在山野里找到了兰芝的坟。

在野草丛生的墓上献上我的花圈,洒下我的老泪。

上帝无情,并未按照你在剪纸所寄托的祝愿安排你的命运,你死在无"女婿爱"的冷酷家庭中。而今爱你的人来看你,愿你能再说一句:

"为了我害得你跑了这么远。"

1986年8月作于山东安邱县宾馆发表于《黄河》文学季刊1987年第二期

注:编村是阎锡山在农村的组织。

一只野兔的悲剧

一、灵灵的来历

已经过了整整二十五年了,我和明明还怪怀念我们那灵灵。但每每想起它,内心里总是有一种难言的悔恨。

你以为灵灵是一个小孩子的名字吗?错了,灵灵不是一个孩子,而是一只野兔。

你一定会说:这才怪啦,一只野兔还值得你们这样怀念?

是的,因为我爱小动物,觉得它们就象小孩子似的可爱。尤其是灵灵,自幼为我们抚养大,又善良,又听话,又温柔,又干净。我喜欢它,小明明也疼爱它,我们对它真有很深的感情了,就象和一个可爱的小朋友有了深厚的感情一样。

怎么一只野兔叫个"灵灵"了呢?说起来还有一段不平凡的历史呢。

一九五七年我从北京到山西灵石县下乡。灵石非平原之地,到处是土山,象海浪一样起伏,无处不梯田,象鱼鳞一样铺陈。沟壑纵横,灌木丛生,有狐狸、野兔、黄猺、獾类……出没其间,有喜鹊、山鹰、戴胜、斑鸠……飞鸣其上,我爱这样的山区,因为我就生长在如此有趣的地方。

那时是秋季,天高气爽。一天下午我带着速写簿到村外散步,想画点什么。到了崖头,看到山坡上梯田里绿蔓蔓的一片,庄稼长得着实喜人。我走到一块黑豆地里,正在地畔漫行,偶然看到豆叶下有个东西在动,猫下腰细端详,呵!有一只小兔子藏在豆叶下。大概是听到我的脚步声了,吓得躲了起来,一动也不动,有如藏迷迷躲起来一样。为了震慑它,我轻轻地放下速写簿,大吓一声,象猫捕鼠似的突然扑在小兔身上,竟把它扣在地下了。小兔吓得吱吱地在我手下叫,它大概以为是一只老鹰擒住了它,要亡命了。

我把它紧紧地抱在怀里,肉乎乎的,感到它的心在急速地跳动,身子也在发抖。它大概是没有得到妈妈的许可就偷偷地跑到黑豆地里玩来了。现在被我所擒,妈妈一定在家里等它回来呢。当她发现小兔失踪了时该多伤心呀!

我把速写簿夹在腋下,象得了宝贝似的,高兴地把小兔抱回住处,放在地下,把门关好,让它活动。

那是一只多么可爱的小兔呀,初放在地下,它一动不动,两只大耳朵贴在背上,团在那里,象一个小球。隔了一会,它突然把两只大耳朵一竖,后腿一蹴一蹴地在屋里跑开了,跑得多好玩!

"小兔兔,你跑不走啦,跟我回北京吧。"我说,"不要害怕,我家里的明明会和你做朋友的。"

我这个人很奇怪,爱野兔不爱家兔。细研究起来,可能和我的童年时代见得野兔多,对它有感情有关。

野兔也是我的乐园里的住户,我经常在草滩里看到兔屎,在山野里行动也往往能看到它。野兔很怕人,一看见人就死命地跑。

我时常想能够捉到一只野兔喂在家里多好呀!

大概我不爱家兔而爱野兔,也还因为家兔太驯服了,驯服得象绵羊。而野兔却有一种野性,我就爱这种野性,它生龙活虎,在大自然里神出鬼没,不可思议。

我小的时候,有一次,一只野兔竟然跑到村边,但不幸被我家的大黑狗看到了,就一股劲地追,追,追,终于追到,我希望大黑狗能给我捕一只活兔回来,让我玩。可它口里衔回来的却是一只血淋淋的死兔。我哭了,拿起木棍就打大黑狗,恨它咬死了野兔。

我是多么想捉到一只活的野兔呀!

但它不象小松鼠那样容易逮,因为它跑得快。而且古人有言"狡兔三穴"。我想,那是永远也捕不到的了。

可是有一回,割麦时节,邻家叔叔从麦田里竟逮住一只小野兔,大概生下不久,然而叔叔不给我,却给了他的小冬冬了。我时常去冬冬家看小野兔,觉得怪可爱的。我和冬冬一起给它找野草吃,一起和它玩,它已经成为我们不可缺少的小伙伴了。可是不几天竟被韩家的大花猫偷吃了。冬冬哭得不吃饭,说是不把大花猫打死不解恨,而我也为小野兔的死而难过。

我想,我也能有一只小野兔该多好呀!

多年的梦想,今天总算成为现实了,我真的有了一只可爱的小野兔。虽然现在我已远离了童年,却还象儿童似的高兴。

当离家时,我的明明听说我要下乡,就说:

"爸爸,从乡下回来一定给我带回个好东西来!"

到底是什么东西,是吃的,还是玩的,连他也弄不清。现在终于拿回个小野兔,我想明明一定很喜欢,他一定会认为小野兔是个好东西的吧?我为明明的高兴而高兴。

我到田里给小野兔弄回些黑豆叶来,可它不吃,仍然团在墙角里,一动也不动,大概是想妈妈哩。

我把它抱在手里,仔细观察它那长耳朵、黑眼睛、小胡须,在我的手接触到它的小嘴时,发现它竟舔我的手心,大概是手心的体温使它发生了错觉,以为是妈妈的奶。于是我给它找来些小米稀饭,又放了一点白糖,让它吃,它果然吃起来,我高兴极了,心想这样可就饿不死了。

离开灵石乡下时,我把小野兔放在一个小小的布袋里,里面放了些黑豆叶和馒头,挂在火车坐位的衣钩上,让小野兔也享受一下乘火车的滋味。

小野兔真乖,它在布袋里也不动也不叫,我只怕它在布袋里闷死。感到它在动,我就放心了。

火车到了北京站,明明的妈妈和明明来接我。

"爸爸,你手里提的布袋袋装的什么呀,怎么还动哩?"明明发现小布袋后问我。

"好东西,你等着瞧。"我故意不告他,让他急得慌。可他马上跑过来,抢着要拿。我提得高高的,就是不给他。

"到底是什么呀?叫他怪急的。"妈妈也替他帮腔了。

"急什么,回去就知道了,总归是个好东西!"这样说,明明愈心急,可我就是不给他看,怕他在路上鬼捣得跑掉了,我好不容易从山西带回来。

一到家,我就从小布袋里掏出小野兔来,让它在地下跑。这可把明明乐坏了,他追上它,抱起来,又是和它亲嘴,又是摸它的头,爱得不得了。

他妈妈看了也真高兴,说:

"这下明明可有个玩的了。"

从此全家人都把它当成个小宝贝。我们把它安置在一个敞口的木箱里,箱底铺了些细沙,作为它的新居。之后把小木箱关在厕所里,怕小野兔乱跑。

明明每天早上总要留一些牛奶给小兔吃,对它照顾得真是无微不至了。我想,如果小野兔的妈妈知道她孩子的生活情况,也会高兴的吧。

一天明明把小野兔抱在怀里,一面喂牛奶一面说:

"爸爸,人都有个名字,咱们的小野兔也应该有个名字吧?""那你就给起上一个。"我看明明能给小野兔起个什么好名字。

明明想了想说:

"爸爸,小兔兔是生在灵石山里的,咱们就叫它灵灵吧!"

"这个名字起得好,又好听又有纪念意义。"我说,并为明明的聪明而暗自高兴。

从此我们全家就把小野兔叫做"灵灵"了。

二、灵灵的黄金时代

灵灵渐渐长大了,作为一个野生动物,而今居然象一只小猫一样,竟成为我们家庭的一员。

白天当我去上班,当明明去上学后,灵灵就乖乖地关在厕所里,一点也不闹,很听话。可是当我下了班,或是明明下了学从楼下走上五楼,一开门,那灵灵就不干了,也许是它嗅出了我们的气息,或许是它听到了我们的声音,知道我们回来了,马上就用两只前爪敲厕所的门,象一个鼓手敲急点一样"啪啪啪、啪啪啪……",我们知道它是要出来了,于是给它拉开门,它就跟着我们来到寝室。我们开饭了,它就趴到桌边要吃,于是我们吃大米,明明就给它一匙大米饭,我们吃馒头明明就给它掰一块馒头,如果我们吃苹果,就把削下的苹果皮给它吃。后来成为常规了,总是明明吃苹果,灵灵吃苹果皮。

有一次明明在屋里找灵灵,怎么寻也寻不到,也不知它藏在柜子下了,还是藏在床后面了。

"灵灵在哪里,快出来呀!"明明在叫,可它死也不出来,象个顽皮的孩子和明明藏迷迷。

真奇怪,当明明坐在沙发上削苹果,才削下短短一条皮,

就突然感到有个东西从沙发下钻出来,把他吓了一跳。呵!原来是灵灵,它已经嗅到了苹果味,爬在沙发上要吃皮。明明说:

"你真坏,怎么叫你你也不出来!"

但我们都惊奇它的嗅觉之灵。从此,当我们在家里找不到灵灵时就削苹果。

我有时上厕所,惊了灵灵的美梦,它从木箱里跳出来,竖起那双长耳朵,在地下长长地伸个懒腰,然后走到我跟前闻我的手,表示亲热,大概它心目中已经把我当做它的妈妈了。

一天,明明和小朋友们同灵灵玩了好一阵就一起下楼去了。没想到灵灵也跟下去了,楼下的小孩子们一见灵灵感到奇怪,就追它,吓得灵灵赶快往家里跑。明明追上来,可是全家都找遍了也没有灵灵的影儿,就是削苹果也不见灵灵出来了。

明明走到厨房里,看到妈妈正忙的切菜哩。

"妈妈,你看到灵灵没有?我亲眼看见它上楼了,可是全家也没寻到。"

"你不是和它玩的吗?怎么就没了? 我可没看见呀!"妈妈说。

现在明明傻啦,丢了宝贝了,可到哪里找它去呀?他一个人坐在沙发上,一言不发,呆若木鸡,比老师批评了他还要难过。

正在这时,四楼的同学春春从门外进来了,双手抱着灵灵。

"我们的门开着,你家的小兔就跑到我家来了,钻到床底下不出来,还是姐姐帮我捉到的……"春春笑着说。

明明看到灵灵,喜出望外,好象灵灵从天而降。于是左谢春春右谢春春,说不尽的感谢。

开饭时,灵灵也来吃饭了,我们全家研究今后如何管理灵灵的问题。因为它万一跑出去寻不回家来,可怎么办?这次的教训够严重的了。

"那以后就把它用绳子拴起来吧,这样它就不乱跑了。"明明的妈妈说。

"我不干,还怕把灵灵拴坏了,那样它不是太不自由了吗!"

明明说,"假如妈妈用绳子把我拴起来,我能好受吗?那还不如把它一直关在厕所里。"

全家三个人好象也想不出个好主意。

最后还是明明想出个切实可行的办法来。

"妈妈,给我找个小铜铃,拴在灵灵的脖子上,不是它走到哪里都能知道它的行踪了吗!"

这个主意一出,我和明明妈妈都感到明明想得好。于是就找了个红带子,正好明明童年的玩具上有个铜铃,就把它取下来缝在带子中间,又把带子缝在灵灵的脖子上。于是灵灵一动铜铃也就一响。这样灵灵的行动就由铜铃管理起来了。

有一回明明又把灵灵抱到房间里玩,玩了一阵它突然用两个前爪敲起我们的门来,啪啪啪……象击鼓一样,而同时铜铃也配合着响打起来,有如鼓瑟齐鸣。大家都不解其意,因为灵灵到底不会说话呀。于是我把门打开,观察它要做什么。

灵灵一出去就又去抠厕所的门,于是我又让它进了厕所。真没想到灵灵之所以要来厕所,也和人一样,是为了小便,于是它在一贯用的沙土上上了"厕所"。

我真不明白,一个小动物竟这样长心。说实在的,我们的灵灵真是讲卫生,它在我们家里从来也没有在地上小便过,更不要说大便啦。因此我们更加爱灵灵,象爱自己的乖孩子一样。

明明和灵灵的感情也愈来愈深了,爱它爱得不得了。他有时抱上灵灵去玩,开饭了也寻不到他,他妈妈到处叫唤:"明明!明明!"他也不答应,大概是抱上灵灵到同学家里玩去了。

待明明归来,妈妈生气地说:

"开饭了,你也不回来,和灵灵就玩得没完没了啦,这可不行!"明明也知道不对了,说:

"妈妈,我以后不这样了。"

明明是小学一年级的学生,上学后老师告诉我们,明明虽然贪玩,可学习成绩是不坏的。但一次我们考察明明的学习成绩时,发现成绩下降了,语文和算术过去都在九十分以上,有的还有打一百分的时候。而今顶多也不过八十分。甚至有的变成了七十多分了。妈妈看了很不高兴,就对我说:

"明明近来学习成绩很不好,是什么原因?"

我很明白,"大概是和灵灵玩的完成不了作业,所以考得不好……"

等明明回来时,妈妈问他:

"你的学习成绩愈来愈不好了,怎么搞的?"

明明低下头不吭气。

"是不是因为和灵灵玩得不安心学习了?"

还是不吭气。

"如果因为和灵灵玩,你就学习成绩下降了,我就把灵灵杀得吃了。妈妈警告你,说到做到!"

这使明明很震动,他大概想:如果真的妈妈把灵灵杀了,那可怎么办呢?那还不如把我也一齐杀了呢……

虽说妈妈要杀灵灵不过是诈唬明明的,但真的要杀,不仅明明舍不得,连我也不忍心。这一年来,灵灵不仅解除了明明生活中的寂寞,而且也给我的生活增添了不少乐趣。例如我有时坐在沙发上写文章,灵灵就象一只猫似的卧在我身边。我一面摸抚着它,一面构思,不知不觉也就把一篇文章写成了,好象并没有费什么劲。有时我也对着灵灵画速写。它乖乖地坐在沙发上,俨然是一个懂事的"模特儿"。

现在发现明明和灵灵玩得没有很好做作业,考分下降了,这,我和他妈妈也是有责任的。我们没有经常检查明明的作业,没有硬把灵灵关在厕所里,让明明好好做功课。我们俩机关里的工作一忙,家庭该管的事就顾不上了。真该死……

是的,今后必须既管机关的工作,又管家庭的事。

于是我就把明明叫来,规定他下了学回来,不许一进门就到厕所里抱出灵灵来。必须等晚上做完了作业,才能和灵灵玩。这,他都满口答应了。

我们的明明是很听话的,知过必改。从这天起,他确实能照自己的诺言办事。每次下学回来,总是利用吃饭前的时间看功课。在晚上也能把作业一口气做完。因此考分又上升了。我和他妈妈都高兴。

那是1958年的初秋,一天明明下学归来说:

"妈妈,给我找些没用了的废锅什么的,为了响应毛主席的号召,我们学校也要大炼钢铁了,可老师说,'没原料'……

我一听就感到有些不是味,怎么小学一年级的学生也要大炼钢铁呢?简直是胡闹。但这是我的心里话,是不敢说出口的。因为毛主席号召大炼钢铁,谁敢反对呢!

从这时起,好象明明也大忙起来了,有时下学归来,脸手都是黑的,衣服上也又是土又是煤的,象从炭窑里刚爬出来,并且还在家里和同学们讨论大炼钢铁的事。因此,有时就是在做完作业之后也很少抱上灵灵玩,好象他已忙得把灵灵忘记了,使它闷闷地独个儿呆在厕所里,有时它两爪敲门也没人理。

在这大跃进的时代,不仅明明忙起来了,我们也更加忙碌了,虽然我们机关不炼钢铁,但要画有关大炼钢铁的画,要写歌颂大跃进的文章,心情是非常紧张的。听说亩产万斤啦,共产主义就要实现啦,粮食多得不知如何是好啦……一种盲目的乐观燃烧着大家,象发了高烧一样。

就在这时,灵灵可也长成一个大兔了,简直象一只又肥又胖的大花猫。因此它很能吃,一顿饭可以吃多半碗大米,如吃馒头能吃很大的一个,几乎和一个小孩子吃得一样多。我心里高兴地想:吃吧,怕甚哩,我们已亩产万斤了,粮食多得没处打发,还愁喂不起一只能吃的野兔吗。

三、灵灵之死

一天明明从学校回来,有点忧郁地说:

"妈妈,不知道为什么,我们同学有好几个脸都肿啦,老师说是'浮肿病',为什么要得'浮肿病'呢?"

我知道妈妈心上很沉重,不好回答。

中国的事,有时也真有点神鬼莫测,才刮东风,突然,又刮起西风来,才说是粮食多的令人发愁,不久人们就饿得得了"浮肿病"。妈妈和我都知道"浮肿病"是由于副食品不足,买不到肉,粮食也吃不饱而得的一种病。然而这可怎么给孩子说呢?

可是明明见妈妈不答话,愣在那里,突然说:

"妈妈,灵灵会不会也得'浮肿病'呢?""傻孩子,人还顾不过来呢,还顾得上你那灵灵,真是不识死活。"

我明白,妈妈作为家庭的主妇,她大概已经预感到"浮肿病"象刮风似的,可能袭击我们的家庭。明明担心的是灵灵,而妈妈担心的却是明明,这是我可以猜想到的。

近些时,明明妈妈买不到一点肉着实发愁,加以全家三个人的口粮要供四个口吃。由于副食品的缺乏,粮食就显得紧张起来,"巧媳妇难为无米之炊"呀!怎么办呢?这些问题,明明的妈妈已向我提出来了。我也非常发愁。

正在这时,我们的支部书记找我谈话,说党中央感到农村的问题严重,要派一万名干部下到农村整风整社,据说是整浮夸风、共产风,希望我也能响应这次的万人下放……,我说,一个共产党员怎能不响应党中央的号召呢,去就去吧。

直到这时,我才算明白:所谓亩产万斤啦什么的,都是鬼话,都是骗局。但骗人是小事,结果弄得连毛主席的头脑也发热了,这就严重。现在要我们下放农村整浮夸风什么的,就说明他老人家已明真相,头脑开始冷静下来了。

明明妈妈一知道了我要下放的消息,就更加发愁起来。你想,我一走就变成两个人的口粮供三个口吃了,况且因为没有肉食,明明近来的饭量也大为增加了,怎么办?

当我快要动身离家时,一天夜里等明明睡下了,妈妈郑重其事地悄悄和我商量:

"你就要走了,我也做不出好吃的给你送行,左思右想不如忍痛把灵灵杀了,咱们全家会一顿餐,也省得粮食不够吃,我和明明都得浮肿病。"

这真是一个可怕的主意,但我想,古时候饥荒之年人们还"易子而食",现在要真的杀灵灵,也势在必行了。

刽子手是我当的,明明妈妈说:

"你心硬,你下毒手吧!"

我瞒过明明,咬着牙齿,横下心来,当雪亮的刀子接触到灵灵的脖颈时,它四只蹄在乱动,我的两只手在发抖……

当我看到我的两手所染的灵灵的血时,立刻就想起肖洛霍夫的一篇短篇小说《父亲》——描写十月革命年代,一个名叫密吉夏拉的哥萨克农民在本村反苏维埃权力的威胁下,竟亲手结束了两个当红军的儿子的性命。

如今,历史逼着我扮演了密吉夏拉似的角色。

当全家吃送行饭时,明明高兴地说,

"妈妈,好久好久吃不到肉了,真香,是什么肉呀?"

我和妈妈都不敢回答……

原载《山西文学》1986年6月号

张侯拉访问记

一

如今在山西保德县的农村里,到处都在墙壁上书写着这样的大字:

"学习张侯拉精神,走小赵家沟道路。"

小赵家沟是一个经营得法由穷变富的村庄。而张侯拉却是一个义务为国家植树的"造林英雄"。

自从《山西日报》于1983年10月18日在头版头条发表了《"野人"张侯拉》的动人报道后,我就深为这位八十四岁的老人因植树造林而历尽艰苦的事迹所感动,从而决心想去保德县拜望他,为他画像,为他刻一幅木刻,以表示我对他的崇敬。

今年的5月18日,在保德县委副书记陈良继和地区的同志陪同下,我终于来到化树塔公社,亲眼看到了所谓"野人"张侯拉所在的新畦村和他的住所。他因到九塔林场去了,开头未能见着。

张侯拉占用着两眼破窑,一眼是他的住处,一眼是他的仓库。我们走进他的住处,看到炕上除了他的又脏又旧的被褥外,还零零乱乱堆着些破烂什物。看来张侯拉现在虽不在山上当"野人"了,但实际上还是过着"野人"式的生活。

后来陈书记又领我们在不远处去看了张侯拉的新窑。一进院子就感到宽敞洁净。窑有三孔一孔住着他的正坐月子的四儿媳妇,另两孔住着他的老伴,窑门栏上挂着两块大匾:其一是中共保德县委会、保德县人民政府于1983年九月授给张侯拉的,上书"义务植树功臣"六个大字,其二是中共忻州地委、忻州地区行署于1984年2月赠给张侯拉的,上书"造林英雄"四个大字。

据我们所知,除此之外,山西省人民政府于1983年10月曾授予张侯拉"造林英雄"的光荣称号。10月19日和11月18日山西省林业厅和山西省人民政府又先后向全省发出关于向"造林英雄"张侯拉学习的通知。

我们大家在匾前摄影留念,遗憾的是张侯拉不在场。

二

下午两点多钟,我终于会见了久久期望拜访的八十四岁老英雄张侯拉。

张侯拉的精神很好,也不戴帽子,一头乱蓬蓬的白发和乱蓬蓬的银须,衬托出多皱纹的紫黑色面庞,显得还很健壮。看来他从来也不洗脸,从来也不洗手,保持了"野人"的本色。

上衣的纽扣懒得扣,用一根布带拦腰勒着,赤脚穿一双球鞋。应该说他的穿着打扮和他的住处环境非常协调。是的,他的精力、他的兴趣已全倾注在他的林业上了,已没有心思去考虑这些生活细节。

我提议要到他当年当"野人"时住过的葫芦头去参观,老人很高兴。葫芦头是当年张侯拉和老伴闹翻后,最初到山里当"野人"一心搞绿化大业的地方(现在他的老伴病重,老两口还没有和解)。由老人领路,我们坐吉普车沿沟前去,走了不远,车行无路了,于是大家就下来步行。

两岸是十余丈高的悬崖,一只山鹰在狭窄的蓝天上盘旋。我们在纵横的巨石间寻路,然而八十四岁的张侯拉却在无路的石间象有路似的走得飞快。他指着仅存一二株水桐树的荒坡说:"这就是我当年植过树的林地,你们看,那么多树都给人偷伐光了。"言下有不胜悲痛和惋惜之情。

是的,现在虽然树没有了,但还残留着一个个比碗口粗的树墩子。这不禁使我想起了俄罗斯大画家列宾的名作《库尔斯克省的宗教行列》。这是一幅描写天旱求雨的油画,背景上正有数不清的伐过树之后残留的树墩,列宾要表现由于商人为了发财,把大片的森林伐掉了,于是造成了这个省的严重旱情。现在保德县也是山西的一个干旱地带,我一路所看到的到处都是不毛的童山。而张侯拉当"野人"植下的树林,却无人爱护,竟被偷伐了,怎不令人心痛!因此,与其说我们是到他的林地来参观,倒不如说是来凭吊的好。

当老人把我们领到葫芦头他当"野人"时住过的地方时,

原来是一个仅可避雨的石岩,而并非什么"石窟",石岩下有块象棺材似的斜卧的大石,每晚野鸽在石岩上栖息,张侯拉就在这块大石上过夜。他象一只候鸟似的,春天他就来到这里开始植树造林,秋后天寒了他又回到新畦老窝去,如此经历五年之久。现在石床旁还能看到老人当年用过的锅台和炉灶。

老人告诉我们,他在这里当"野人"时,吃了很多野菜,如苦苣、沙蓬、灰菜,有时候煮熟吃,有时候也生吃。附近地里的野菜几乎都让他挖光了。

我们从葫芦头归来,吃过晚饭和老人闲聊,他给我们讲了一个最近的故事。

老人说:林遮峪公社后村大队,有个社员名叫刘亮清,是个植树造林的专业户,八三年秋季植树四万株,今年又植了六万株,他肯下本钱,把骡马和缝纫机都卖了,雇人植树,但成绩不算好。刘亮清去年在三干会上曾夸了海口说:"五年赶上张侯拉,十年当上百万富翁(打算植五十万株,每株按二元计,岂不是一百万元)。"表态后,刘亮清和爱人不但亲自看望了张侯拉,而且还把老人特意请到他们家里,美食相待,要求拜英雄为师。于是张侯拉向刘亮清讲了三条意见:第一条,植树造林要有决心,没决心啥事也办不成;第二条,不能用公家的钱,公家的钱来自群众,用了公家的钱,就等于用了群众的钱;第三条,栽下的树不能成为自己的,应交给群众。老人说:"如这三条做不到,你就永远赶不上我。"结果刘亮清没有表态。

我想,栽下的树归自己所有,当然并不违反林业政策。没有理由要求植树造林的专业户都得学张侯拉把树献给国家，但我们也得承认张侯拉的思想毕竟高人一筹。

临睡前，我们商定明天早上五点钟起床，到张侯拉的林地九塔去参观。

三

早上五点钟起床，天已大亮，但太阳还未出山。走出公社大院，听到院边的枣树林中有斑鸠在鸣叫，"姑姑苦，姑姑苦"，这熟悉的声音勾引起我的怀乡之情，也使我感到山间的闲适和恬静。

饭后，在初升的太阳光辉照射下，驱车上路。走三十余里，到石塘附近的公路上，车停下来，大家沿条小沟向九塔徒步而行。这样的走法，据说比从公社到九塔可近十里，而现在只要走五里就到目的地了。

张侯拉走在最前面，路遇一个牵牛的农民朝着老汉说："这可是当今的贵人。"我向他笑笑，并感到高兴。以前人们曾把张侯拉说成是"野人""傻瓜"，甚至污蔑为"财迷""死皮"，而今竟称之为"贵人"，这真是世事大变了，正气上升了，张侯拉受到了应得的尊敬。

我们在小沟里不断地踏石过水，蜿蜒寻路，当过了石塘村时，老人就指着前面的一座土山说：

"那山顶有树林的地方就是九塔了。"

我抬头看时，只见在童山群中，确有一片绿色的林地。象在沙漠中出现的绿洲，委实可爱。

这之后，就爬上土山坡，走上梯田层，最后经过难行的羊肠小道，你牵我拉，终于走上了九塔林地。我们都嘘嘘喘气了，而老人却毫无喘意。石鸡在山头咯咯地欢笑，小鸟在林间吱吱歌唱，好象它们都在欢迎我们。

站在九塔的高处，向四处瞭望，就不难看到张侯拉在十余年间凭了决心和毅力，或者说凭了一种原始的生命力和蛮劲，在共产主义精神支持下，不辞劳苦在三百一十亩土地上新植的三十万零七千五百余株布满梁梁坡坡沟沟壑壑的大片树林了。这片绿林之形成，既不是靠集体的力量，也不是靠机械的帮助，而是全靠张侯拉的心血和双手，怎能不感到是一种奇迹！

据老人说他种的这些树有水桐、洋槐、榆树、醋柳柳、加拿大、沙枣、杏树、椿树，此外还有外国柳。沟底是芦苇草和树林羼杂在一起，已密不透风了。因为张侯拉的树林的特色是不修剪斜枝，很多树长得类似灌木，也象原始小森林。总之，在九塔的沟沟岔岔已真正实现了小流域的水土保持了。

之后，我们让张侯拉领路寻到了他曾经在九塔当"野人"的住处。在一个山凹里，于密林深处，有一个人工开凿的小窑洞，张侯拉在这里住了五年。窑内的土墙上还有来访者手刻的歌颂老人的诗。

大家在土窑前的林中休息，我问张侯拉有没有羊群来啃树，张侯拉说，他最恨羊工了。有一年一个羊工把羊群打进他的林地放牧，他干涉，那羊工不但不听，还和他胡打起来，结果打掉了他一个门牙。"我跑到县里找公安局,希望把破坏林业的羊工给我抓起几个来,可公安局只给公社写了一封信,要公社管管羊工……"

陈书记问张侯拉:"听说你那年在林地冻伤了腿,住了医院,为什么病没好你就出院了?"张侯拉幽默地说;"'驮好了的脊梁,跑好了的腿。'"

辞别了张侯拉,下得山来,我边走边想:老人何尝不象一头牛,吃的是草,献出的是牛奶。不是吗,他比任何人都享受的少,而一生贡献给祖国的却如此之多——百万余株的树林!祖国多么需要更多的张侯拉呀!

我的奶妈和奶爹

我时常想起我的奶妈和奶爹。

听妈妈说,我小时候没奶吃,就奶给本村最贫寒的一个婶婶家。于是,我就有了奶妈和奶爹。

我是很喜欢我的奶妈和奶爹的。

我不曾记得奶妈怎样喂我奶,单记得小时候总喜欢跑到她家玩,觉得比自己家里好玩得多了,虽然她们家比我家穷。

我的家,窗上安块大玻璃,桌椅板凳也是油漆了的,发着亮光,粉墙上还挂着字画……而奶妈家的窗纸尽是窟窿,风吹着忒楞楞价响,地下只有带土的锹,根本没有什么油漆家具,有人来,就坐在装粮食的麻袋上,墙上是多年的黑色的老泥皮,近炕处还有一道一道的臭虫的血迹,炕席也是破的……但我仍然喜欢奶妈家,一点也不嫌她家穷,觉得她家可热闹了,可快乐了。

奶妈家有一个大姐姐,四个大哥哥,我去了就经常和较小的两个哥哥玩。奶妈任我们在炕上胡折腾,从来也不骂我们,更不打我们——不象我的亲妈妈那样,动不动就狠狠地骂我,掐我,打我——因此我很不喜欢我的妈妈。

大姐姐很早就嫁到郝家铺了,较少回来。论我们郝家辈数,我应该叫她奶奶呢,但我总愿叫她大姐姐,觉得这样叫亲切些。大哥哥时常为人家打短工。二哥哥比我大得多,玩不在一起,后来不幸早夭了。只有三哥哥、四哥哥和我年龄相当,能够在一起玩。听说我就是分享了四哥哥的奶长大的。四哥哥已经五六岁了,到了冬天还是赤屁股,把大腿冻得紫红紫红的,但他也不说冷。我知道奶妈没钱给他做裤子。

我时常和三哥哥、四哥哥一起在山里捉毛圪狸,寻串山林……一天,三哥哥在地里撒粪时,竟用撒粪的笸箩扣住一只石鸡。我每天要去奶妈家看石鸡,红红的小嘴,红红的小腿,翅膀上还有黑白的花纹,怪好玩的。三哥哥把石鸡喂了一二年,熟了,很通人性。他上地时就带到田里,它在田里胡折腾,把种下去的玉米又从土里挖出来寻着吃,累了就睡在土里,有时引来很多野石鸡一起玩。收工时跟上三哥哥和奶爹往家飞,常常是人还没到家,石鸡就先回去了……

后来听三哥哥说,奶妈的娘家,远在灵石县的静升河苏溪村,家里很有钱。她父亲曾经做过保定府的总督,外号叫"于瞎打"。在苏溪的老家门口,竖着两支铁旗杆,很威风的。她母亲生了七个女儿。当时奶爹在静升学买卖,竟被"于瞎打"看上了,自愿把七姑娘许配给他。这七姑娘就是我的奶妈。

奶妈嫁给奶爹后,很爱他,不嫌他穷。后来就跟上奶爹来到我们小庄上下户,过着贫寒的农家生活,就象王宝钏丢彩球嫁给了薛平贵,住了寒窑①似的。自我记事,奶妈娘家的人就没有来看望过她,也没听说她去住过娘家。她真象王宝钏,穷得有志气,不愿沾娘家的光……

奶妈从来也没有在我们面前夸耀过她娘家的富,更没有任何表示嫌奶爹的穷。她经常穿着打补丁的衣裤,总是微笑着,说话也没有高声过,任劳任怨地劳动着,抚育着儿女,从来也没有和奶爹吵过架,从来也没有打骂过儿女们。由于家贫,买不起灯油,奶妈就用细荆条串起蓖麻籽照明当灯用。在这种灯下纳鞋底,一天一夜就能纳一只。一到春天,奶妈就以花叶菜、地木耳、苦苣菜、刺尖叶、椿芽、柳芽、榆钱等野菜掺在饭里吃,度过春荒。有时还跟别的穷家妇女一道,到东山里去采龙芽菜,当天去当天回,一群小脚女人往返走七八十里路不算,还要背四五十斤龙芽菜爬山路走回来。

有一年,奶妈喂了一口猪,因为年终急需钱,就卖给了杀房。来人将猪拖走,猪在叫,她心在疼,跟了好一段路,最后她哭了——因为喂了一年,和猪有了感情,舍不得杀。奶妈就是这样的好心肠。这件事是三哥哥后来讲给我听的。

奶妈有时也在我们孩子们面前说到她娘家的情况:

"我们家的河里可好了,"奶妈说,"有清得朗朗的水,绿圪黎黎的草,草里开着小红花,水里游着小鱼儿。山里有很多大树,也有很多灌木,里头有一种名叫'圪尖'的紫红色野果,比茹茹甜。还有一种叫'酸溜溜'的,结着很酸很酸的小黄果……"说得我立刻就心动了,而且流着口水。

我的乐园里有小河,河里有蝌蚪、青蛙,但就是没有鱼。我只是在图画里看到过鱼,活的鱼是从来没有见过的。我的乐园里有茹茹,有酸枣,但就是没有甜美的"圪尖"和"酸溜溜"。听了奶妈的话,我神飞天外,多么想到她那遥远的家乡看看那能游会跳的小鱼,多么想尝尝"圪尖"和"酸溜溜"的美味呀……

奶爹是个很和蔼的人,还识几个字,会讲《西游记》中唐僧到西天取经的故事。我就是从他那里知道孙悟空的神通和猪八戒的蠢事的。他对待奶妈可好了,村里的男人们象打牲口似的打老婆,而奶爹对奶妈却连句重话也没有。

我很喜欢我的奶妈和奶爹。

有一次,郝家铺官道上丢下一只因拐了腿而掉队的小骆驼,奶爹就把它收拾回来养在家里,引得孩子们天天去看这新的来客。我们感到新奇,好玩。起初很怕它,不敢走近,后来和它熟了,知道它既不咬人,也不踢人,和老黄牛一样的善良,我们就喂它草,摸它的头,它跪下时,我们就骑在它的两峰间玩。它已成为我们儿童们的好朋友了。

后来骆驼的腿不拐了,奶爹就牵上它去耕地,引得附近村庄的人们都来看热闹。他们看到过牛耕田,驴耕田,却从来也没有看到过骆驼耕田,因此在附近村庄中就成为人们饭后闲谈的笑料了。人们说:"骆驼耕地,真是逆行哩。"但它不仅乖乖地给奶爹耕地,还让三哥哥骑上去炭窑上驮炭哩。它真是个可爱的牲畜……

有一年,奶爹在沟里安了几亩西瓜和甜瓜。当瓜快上市的时候,妈妈就警告我:

"不要到你奶爹的瓜园里去玩,人家该给你吃不该!……"

可是有一天,我和四哥哥在一起玩,玩着玩着他就把我引到奶爹的瓜园里。奶爹看见我就说:

"小鬼,你来得正好,拿几个甜瓜回去,给你妈妈尝尝。"

于是就在瓜田里左寻右挑,摘了三个大甜瓜。一放到我怀里,那扑鼻的香味就撩逗得我直流口水。但我同时也就心跳起来,突然想起妈妈的警告。经验告诉我,违反了她的旨令比违反了上帝的吩咐还可怕。怎么办呢?还给奶爹吧,舍不得,口水已流得止不住了,拿给妈妈吧,岂不是自讨苦吃。

但我又不忍心一个人私自独享了,总得想一条既不挨打,又让妈妈也能吃到甜瓜的妙策……我两手抱着香喷喷的甜瓜,一面走,一面心在扑通扑通地跳着,在苦恼着……

快进村时,看到几丛茹茹的灌木,妙策有了。于是我就把三颗甜瓜放在茹茹丛下,空着手回到家门口。那时妈妈正和很多妇女在碾盘上坐着纳鞋底。我看见小弟弟,就把他叫上,领他去村边玩。走到茹茹丛旁,我就大叫起来:

"看!怎么这里有三颗甜瓜?"

弟弟很高兴,象发了洋财似的。这样就把三颗甜瓜交给了妈妈,并说明了它们的来历。因为有弟弟作证,不怕妈妈怀疑我是从奶爹瓜园里得来的。但碾盘上一个大娘却大叫道:

"这一定是五儿偷了我家地里的瓜,见有人就藏在茹茹丛下了……"好象她家地里的甜瓜真的被五儿偷了似的。但我心里最明白,觉得可笑。

于是妈妈就拿回家去,母子三人分吃了。瓜又脆又甜,吃得妈妈满意,弟弟满意,我当然也满意,并为自己高明的妙策而得意。

第二天早饭后,不料奶爹来到我的家。我一看到他就心跳起来。他进门后就对妈妈说:

"我让春儿昨天给你拿回几颗甜瓜来,也不知熟了没有?口味好不好?"

这真犹如亚当吃了上帝的智慧果,我已预感到大祸将要临头,全身都颤抖起来……

妈妈即刻就火冒三丈,说:

"这该死的东西,真可恶!拿回来还不敢承认是你给的,说是在路上拾来的。我老早就告他,不要到你瓜园里去,让你为难……"

"唉,他大娘,看你说到哪里了!自己地里种下的,算不了什么……"奶爹笑着说。

"你们怪苦寒的,留着卖几个钱。村里人多了,都这样,还行吗?"

"还能这么说,你越说越远了。春儿就象我自己的孩子一样……"

说了一阵奶爹就告辞走了,但我是多么地怕他来,又多么地怕他去呀。

果然,他一走,妈妈就很生气地把鸡毛掸子倒拿到手里,向我走来。我所遭受的自然是痛苦。

以后我进了县里的高级小学,就很少有机会去奶妈家了。但我常常想念奶妈和奶爹。

有一次我从学校回家,妈妈告诉我:奶妈因得急病死去了。我伤心地赶到现场,奶妈已装进棺材。奶爹泪流满面,拍打着棺材盖哭着说:

"你丢下我和孩子们,可叫我怎过呀!怎过呀!……"

我听着也泪珠直流。

我长大起来,参加了革命工作,常年在外。后来,听说奶爹在抗日战争初期也去世了。三哥哥在抗日战争中参加了八路军,之后,一直在陈赓将军的部下做后勤工作。全国解放后,四哥哥在山西省汾西煤矿南关矿当党委书记。只有大哥哥一直种田。他们的生活都好起来了,这对儿过了一生穷苦生活的奶妈和奶爹,当会含笑九泉的吧。

原载《山西文学》1983年第5期

注:①这是戏曲传统剧目《平贵别窑》里的故事。

我的第一位老师

我曾经有过一位"二爷爷",村里人都叫他"二老汉"。提起"二老汉"几乎是没有人不怕他的。因为他脾气不好,而且有些怪。但我并不害怕他,因为知道他很爱我。

二爷爷的模样我还记得很清楚:瘦弱的身躯,稀疏的胡须,右襟上方吊一个水牛角的胡梳梳,闲下了,他就用这梳胡须。冬天戴一顶大红桃黑绒扁圆帽,类似清朝一般官员戴的那种帽子。

就是这个"二爷爷",是我学画和获得文化知识的第一位老师。

自我记事时,他已经是经营果木的园艺家了。我就亲眼看见他用根接的办法在杜梨的砧木上嫁接梨树。

他的炕桌上虽然经常摆着颜料——诸如藤黄、花青、胭脂、赭石……可很少见他作画。但我在庙里——也就是小学里的墙壁上,却看到一幅《凤凰戏牡丹》的彩色画,是直接画在墙上的,今天看来也算一种壁画。大人们说这就是我二爷爷的手艺。此外,在别的什么地方好象也看到过据说是他画的菊花,是红色和黄色的两种花瓣。所以附近村庄都知道二爷爷是一位画家。

其实二爷爷不仅是园艺家和画家,听我妈妈讲他在前清曾进过武秀才,后来还立志要进武举,但不知什么原因没有如愿。这对二爷爷可关系大啦。

妈妈说他年轻时曾娶过一位媳妇,没有生养,不幸早早地去世了,因此我未能见到我的二祖母。人家劝他续弦,他说:"等我进了武举,能有两个丫环搀上新娘拜天地时,我再结婚吧。"

真是"时不利兮骓不逝"①,由于他一直未进武举,因而后来就一直打光棍。这真是二爷爷的悲剧。

二爷爷可亲我了。他每到镇上赶集回来,总要给我买个有枣的"火烧",一进院门就大声喊:"狗囊子,快来!"我知道这是在叫我哩,赶快跑出去,于是就得到一个香甜的饼饼。这是我童年印象最深的。

我常到二爷爷住的窑里,见窑洞后墙上挂着一张大弓——据说就是他当年进武秀才时用过的——上面都结了蜘蛛网,可见长期不动用了。但听村里的大人们说,早些年他们曾看到过二爷爷在老槐树下拉弓,耍一百多斤重的大刀。可是我没有眼福看这种场面。

我不能理解,为什么在二爷爷的窑后头堆积了那么多炉灰,已堆成山了,他也不清除;吃了饭也从来不洗锅洗碗;桌上积满了灰尘,也从来不用鸡毛掸掸一掸……为此,妈妈经常和邻家婶婶以他的脏在背后议论。

后来终于懂得:因为二爷爷没老伴,所以他对这些日常生活显然已没心劲讲究了。

可是他对他的桃园却是很有兴趣的,园里的草总是锄得很干净。一到桃子快成熟时,他就搬上铺盖住在园地靠山修建的庵庵里。这住处没有门窗,地下铺着麦秸,褥子又铺在麦秸上,就象当地人看西瓜的庵庵一样。我经常看到蚂蚁和蚰蜒在庵里墙上爬,但我二爷爷是并不怕的。如果说这庵庵有什么好处的话,那就是晚上睡觉空气好。二爷爷活了八十多岁,大概和他的这种桃园生活是很有关系的。

可是他也怕野兽,庵庵里经常放着一支土枪,是为了打狼的吧。你想,他一个人住在这野山沟沟里,能不怕吗?

二爷爷做饭烧水,就把砂锅架在三块石头上,用从山坡上捡来的干柴枝在锅下烧火。不见火苗了,他就趴下用嘴吹,风不顺时,烟熏得他两眼直流泪。我喝过他烧下的水,一股烟熏味。他吃面食连菜也不放,就咬上自己种下的绿辣角就着吃。生活够清苦的了,但二爷爷却乐在其中。

一天,二爷爷要到镇上去,就把看园的任务交给我的亲爷爷,也就是他的四弟。而我是寸步不离亲爷爷的。一到桃园就是我的天下了,想吃哪一颗桃就吃哪一颗,挑红的拣大的,没有人敢阻止。突然看到园边上有一人多高的荆条,象围墙一样长得密密麻麻的,很茂盛。我一时心血来潮,一定要把最高的砍下几株来玩,但在场的人谁也不敢给我砍。"我们怕你二爷爷骂。"其中一个放羊的说。但我非要不可,爷爷就叫他给我砍了三株。

待到傍晚,我依在爷爷的怀里在大门口的老槐树下乘凉,二爷爷突然来在树下向全村大声叫骂:

"谁把我的荆条糟踏成那个样子了,你们真胆大……"跳得有三丈高。

爷爷即刻说:

"二哥,不要吵,那是你小孙孙干的。"

二爷爷二话没说,扭身就回去了。要是别人干的,那可算捅下乱子了,不知要骂成个什么样子。而一说是我,没事,他就是这样的爱我。

大概是对二爷爷的绘画作品自幼就耳濡目染,我上学后竟喜欢起画画来。画人,画鸡,画树,画狗……村里人看到我的图画就夸奖地说:"真是门里出生,自带三分。"这所谓"门里",就是意味着我的二爷爷的。

二爷爷知道这种情形后,当然很高兴,破例用他炕桌上的颜料给我画了很多画,都是小品,其中除了梅兰菊竹,还有海棠花和小鸡之类,作为我学画的楷本。

从此二爷爷就不断地给我谈画事,论古今,讲有趣的故事……当时在我的家里,父亲在外经商,母亲是文盲,我的亲爷爷那时早已去世,能和我谈书论经的就只有我的二爷爷了。

一次他看到我用红铅笔在纸上画《喜鹊登梅花》(这是我们乡下人很喜欢的画题,正象喜欢《凤凰戏牡丹》一样),二爷爷就告我秘诀,说画梅不离"女",意思是说梅花的枝干要象"女"字那样交叉。并顺便告我:画兰草在第二笔时就应画出凤眼来,三笔画成象眼,意思是凤眼是长形的,象眼是三角形的,这也是讲兰叶之间的交叉关系的。并告我在画事上"寻师不如访友"。据他说,他最初不懂得什么是章法,每画都把花物放在纸正中,感到不是味,但也说不出个所以然。后来访了一位朋友,就改变了这种画法。从此就感到画内有画、画外也有画,耐看了。我听到这些有关画画的技法自然是很感兴趣的了,但更感兴趣的是有关大画家傅山的故事。

他说有一次傅山给人家作画,在墙上画了许多黑墨道道,主人看了很不高兴,以为是胡画哩。但到夜里,墙上的黑墨道道燃起了熊熊的火焰,照得全屋通明,始知傅山画的黑墨道道是些木炭。在民间,这种神化了画家本领的故事是很多的。

他还给我讲了另一个有趣的神化了画家的故事:

有一个财主请一位大画家到他家作画,每天给吃酒吃肉,但画家就是不动手,而是到野外闲游,如此者有十余日,财主心里不高兴,但也不好催问,只好耐心地等着。一天画家从野外归来,兴致所至,就给财主画了一丛灌木,其间又画了一个叫蝈蝈。画家走后,财主把画裱好,挂在客厅里。有一个晚上,竟听到客厅里有蝈蝈叫,但他在客厅里寻来寻去又寻不见蝈蝈,日子久了才发现原来是画中的蝈蝈在叫哩。后来竟观察出当雨天蝈蝈就从灌木上走下来,晴天蝈蝈又从灌木下爬上去。因此这幅画就成了宝物。

这个故事颇有意思,说明了画家描绘事物必须经过细致的观察和较深的感受,而后才能"外师造化中得心源",有所传神。虽然也有个浪漫主义的结局,却是说明了画家不能凭空构思这一现实主义的真理的。而在当时,我只觉得有趣而已。

现在想来,不仅二爷爷所讲的绘画秘诀和画家故事对我后来从事美术工作有影响,而且二爷爷的热爱大自然,热爱园艺工作于我对各种树木感兴趣,在版画创作上喜欢表现风景和林木,也是有一定影响的。

自古书画同源,能画者就能书。我的二爷爷也不例外。在我家的墙上就有他写的对联,上联是"虎行雪地梅花五",下联是"鹤立沙滩竹叶三"。写得很工整挺拔,并颇有画意。为此,他也很关心我的写字,并以我们家辈辈会写字而骄傲。一次,在除夕之前,二爷爷让我写全村的春联,算是培养接班人吧。他和村人在旁边观看,并用水牛角小梳梳他的胡须。起初他以我能写似乎很欣赏,但写着写着,由于我计划不周竟把一条的最后一个字有一半写在纸外了。他看了很生气,大声说:

"这还算什么写家,狗家!"

看的人都笑了。这是二爷爷第一次骂我,但这种骂也是包含着他内心对我的爱的。

这时我已经在太原的初中上学了,很少和二爷爷在一起。

有一回我暑假回家,去看他,谈起了考试,他给我讲了一个古时考场舞弊的故事:

说有一个考官和办学的老师是好朋友,一次相会,考官问老师:

"这次你有学生来考吗?"

"有四个,只是学得很不好,写'也'字都不会挑钩。"

考官点头。

老师回去就关照四个学生在考卷上写"也"字不要挑钩,并严加保密。结果四人都榜上有名。因那时都是密封卷子,不让考官知道卷上的人名,以防舞弊。

自讲这个故事后,我就再没有见到过我的二爷爷。绝没有想到那竟是最后的一别了。当年寒假回家,妈妈说二爷爷去世了,因为怕耽误了我的学习,没有让我知道。我不禁失声而哭。

算来二爷爷离开我已有五十多年了。

十年浩劫的后期,当我回乡插队当了林业队长,率领全村青年在二爷爷当年的桃园里进行植树造林时,心里是很不好受的。看到在桃园的废墟上一片荒凉,枯草在春风中颤抖,很不是滋味。当年二爷爷住过的庵庵、果实累累的桃林、围墙似的荆条……都哪里去了呢?后来看到那在荒草中尚可辨认的庵庵遗址,架锅用过的石头……我的眼泪就暗暗地流下来,接着,二爷爷那稀疏的胡须和他的瘦弱的身影就在泪花中浮现在我的眼前……

原载《山西文学》1983年第6期

注:①语出《史记·项羽本纪》。这句话的大意是:时势不利,青白杂色的马也不肯往前走了。

力群的生活道路及文学创作(代编后记)

在姿容纷呈的文艺园地,似乎文学与绘画最易联姻。自古便有诗画结合、诗情画意之说,在滔滔的文化史长河中,不乏画家为文、文人作画的范例,古代的王维、苏轼、郑板桥,现代的闻一多、艾青、李金发……他们的诗画互补,各增其色,靠姊妹艺术的滋养,拓展了新的审美领域。这里向大家介绍的是鲁迅培养的一位版画家的文学创作。

无疑,力群是以木刻版画闻名中外的,其木刻道路漫长而坎坷,几乎和我国新兴木刻的历史一样长,其版画作品优美动人,曾随中国版画展到过五十几个国家。然而,他又是一位用语言的彩笔描写旧时代、讴歌新生活的作家,在操刀向木之余,一直坚持文学创作,涉猎体裁之广,几乎包容了文学的各个领域。

力群的文学生涯是这样开始的:当他怀着美好的幢憬,怀着"艺术为人生"的信念,"放刀直干",刻画人生时,因组织进步美术团体"木铃木刻研究会",被投进了监狱,过上了比他画面上的主人公更低下的生活。这一年多的铁窗体验，象一本生活的教科书，使他在迷茫中醒悟，从而以迅捷的步伐走向成熟。在监狱里，在曹白的影响下，他以极大的兴趣阅读了鲁迅的小说集《彷徨》和《呐喊》，他最爱读《伤逝》，更喜欢《故乡》的结尾："地上本没有路，走的人多了，也便成了路。"一九三五年出狱后，他便踏上了艰难的人生旅途。在失学、失业的日子里，木刻、文学双管齐下，用刀和笔开拓着自己的艺术前程。

抗日战争的爆发，改变了力群的生活，也改变了他作品的面貌。从此，他离开了上海的亭子间，投入了抗日斗争的漩涡，参加演剧队，主编木刻画刊《铁军》。他的木刻与文学作品由过去表现人民的贫穷和苦难，转为反映他们的觉醒和斗争。此时期的生活及创作影响，可在一九三八年茅盾先生给他的约稿信中略见一斑：

力群先生：在沪曾通函札，至后闻先生赴嘉兴一带战地服务，在立报《言林》见有大文，述及曾至乌镇，乌镇乃弟故乡，今沦陷矣。弟自上月来湘后，匆匆一月，顷始知先生住址。而弟因办《文阵》，今晚即赴广州（"文阵"在南方印刷，汉口出版）。附奉预告一纸，旨趣内容，具见其中。现请先生拨冗写稿。并请最好能于三月五日以前寄出。因《文阵》定于四月一日出版也。临行匆促，不及多详，到广州后当再通讯。即期日新

茅盾　二月廿一日

并请转约尊友写稿。

可见,力群当时发表的一些战地见闻颇有反响,以至引起了茅盾的注意。从此,力群便在茅盾办的《文艺阵地》上发表文章和木刻,并且与他屡通函札,所获教益非浅。

其实,力群对茅盾的作品早就熟知了,还在中学时代,上海开明书店出版的《中学生》杂志,便用大字推介茅盾的三部曲。在杭州艺专就读时,正是《子夜》问世之际,他与同学争相阅读。在文学上,如果说鲁迅是对力群影响较大的作家,那么茅盾则是对其影响较早的作家,而对力群鼓励支持最多的当属胡风。力群在忆胡风的文章中曾这样写道:"我想到自己的文学生涯,就不能不想到胡风先生……是胡风先生主编的《七月》培养了我的文学兴趣,提高了我的写作胆量和劲头。"力群当时有新作便寄给胡风,仅一九三八年半年左右,便在《七月》上发表散文、小说八九篇之多。胡风曾多次给力群写信,评点其作品,鼓励他写作。

在延安的六年,是力群的知识积累阶段,也是他创作的收获季节,其版画一改欧化风而具有了民族气派,文学热情达到了沸点,曾一度想改行了。这位鲁艺美术系的教员,又自愿当了文学系的"学生",系统地听了周立波的文学名著选读课,并阅读了在延安能找到的所有文学名著。他早期的代表作《野姑娘的故事》,也是在延安诞生的。

这篇以自己的妹妹和村里的一个贫家姑娘为模特儿的短篇小说,描写了一位因生辰八字而受父亲虐待、邻里歧视的村姑成为抗日战士的经历,形象朴实,性格鲜明。周扬在给作者的信中曾这样评价这篇作品;

力群同志：

来信和稿，均已收到。

"野姑娘的故事"虽是你的处女作，但却写得很不错，我应当庆贺你。从全篇看，比较起来，还是上部好。这差不多是一般的情形：写人物，写转变以前总比写以后来得好，因为心理上的转变过程实在是非常微妙曲折的，要把握她，不是容易的事，你的还算是写得不错的。结尾的一句标语，我也不大喜欢，好象总有些不自然，但一时也想不出更好的结尾，而且任意删改人的文章，我总常是惧怕着伤害了作者的苦心孤诣，所以，我只涂去了篇末'妇女节于延安"那几字，免得由它们更使那不自然的形迹显著，好象最后的标语是完全为妇女节而硬加上去的，并不是小说中事件开展的自然的逻辑的结论。

《文战》闻已出到三期，但我却只见到二期，将来能出到几期，很难说，你的这篇，大概在五期上发表。

此致

敬礼

周扬　七月十九

周扬以为是力群的处女作，显然不确，但对作品的赞赏之情却溢于言表。这篇小说基本能代表力群前期创作的水平和风格，质朴无华，象民间艺人讲书一样，语言力求口语化，个性化,虽个别处流于粗俗,但却充满土味,有较强的时代感和浓郁的生活气息。

　　力群的文学创作与他的木刻一样,以建国为界可大致分为前后两个时期。前期的朴实浑厚,由于时间的障碍,对于今天的青年读者或许有隔岸观花之感,甚至不无可挑剔之处,但它反映了风云变幻的历史进程,颇富史料价值。后期的文笔流畅,清新淡雅,优美抒情,更具审美价值。作为一个画家,他的文学创作别于他人的显著特征,就是表现了他对世界的独特感受,用画家所特有的审美力去把握对象,观照生活,从而使文学作品具有了绘画性。

　　五十年代末写的一本访问记——《访问苏联画家》,把读者带进了琳琅满目的俄罗斯艺术宫殿,饱赏巡回展览画派的杰作,领略苏联当代美术家的风采。八十年代初诞生的散文集《我的乐园》,叙述了他初恋丹青的经过和陶醉于大自然中的乐趣,使读者与这位老画家一起,回到了他儿时那丰富多彩的大千世界。还有记录他在天山之下、白山黑水之间作画的游记,缅怀先贤、回忆与贺龙、鲁迅、茅盾、胡风等人交往的文章,都与画家的经历、生活有关,细心的读者可以从中发现画家的生活规律及行为方式,甚至可以从中觅出力群卓然成家的原因及线索来。

　　至于作品的绘画性,后期的散文最为明显。看得出,这位与线条、色彩打了一辈子交道的画家,对自然美极其敏感,在文学创作中,也能迅捷地捕捉它,熟练地描绘它,因此,你在他的作品里随时可以遇到浓淡相宜的色彩,虚实相生的画面,"似乎看得见那些活泼飞动的鸟兽虫鱼,闻得见那些艳丽芳香的奇花异草"(冰心序《我的乐园》)。我们不妨剪裁两幅,导读者共赏:

"粉红色的杏花开了,蜜蜂在花间嗡嗡地唱着,茹茹的灌木丛也开出小白花来,在杏树下悄悄地放出清香。这时榆钱成熟了,在春风中颤动,发着鹅毛黄的嫩色……""红艳艳的桃花也开了,桃园的绿草中点缀着蓝色的猫眼花和紫色的荞璐璐花。我和小姑娘们一面采摘一面唱着童谣:荞璐璐花,登登镲,好女嫁给老鼠家。"你看,有声、有色、有情、有景,是诗?是画?仿佛置人于梦幻般的童话世界。

可贵的是,力群的这些抒情怀旧之作不是那种情假意浅的浮泛文字,他写出了幼小心灵对人生的憧憬和残年画家对生活的热爱。如《童年逝了,故乡永在》,情真意切,那种对故乡的深情,对童年的怀恋,令人心动。散文诗《萤火虫》,不仅情真而且意深,内中对萤火虫的赞美,分明是对真理之光的褒扬。《马兰花》中写马兰草生长、开花、衰老、再生的生命无限进程,怀恋的是人生的春天,生命的童年,含而不露地显示着生活的变迁,人类的永恒。

当然不能说力群是成就卓著的作家,甚至有的体裁他还不能驾驭自如,但却可以认定他是有特色的作家。在现代文学史的浪潮中,尽管他没有掀起狂涛巨澜,其创作不象文学大家的那样波峰跌宕,代表着某一时期的高水平,但却象平静水面上的鳞鳞波光,呈现出色彩斑斓的画面。如果用一种尺度去衡量作家的水准,也许力群只具中等水平,但他作品的存在价值却应该而且肯定超出中等作家，因为他那为数不算太多的文学成果可以被很多作家所代表，却不能被任何人所代替，原因就在于他以作家的文采，表现了画家的生活及感受。所以我觉得，无论是文学爱好者还是美术爱好者，以及现代文学的研究者，读读力群的这些作品都不无益处。因此，当我在写《力群传》时，搜集到他许多文学作品，便产生了选编成书，以飨读者的愿望。

需要指出的是，本书所辑只是力群的部分作品，大都选自各报刊杂志，为使读者对力群的文学活动有一个稍微全面的了解，也为了给研究者提供一点线索和方便，书后附有"力群文学作品索引"，遗憾的是这个索引也不是力群文学作品的全部，由于时间的久远，早期刊物难以查找，甚至连力群本人对作品所刊之处，也印象模糊了。在选编之中，力图囊括力群各时期较有代表性的作品，或着眼于史料价值，或着眼于审美价值，但由于编者思想水平及鉴赏能力所限，取舍之间，定有不当之处。书中插有力群版画若干，或许有助于读者立体地认识力群，也更为读者增添情的感染与美的享受。

应该感谢东北师范大学出版社的领导热情接收了这部书稿，也应该感谢责任编辑，为此书的编辑、润色和出版付出了许多精力。借此成书之际说了以上的话，代为编后记。

齐凤阁
1987年10月